EL ANİLLO MÁGICO
y otros cuentos

Félix Fernández Madrid

Información del Editor

EBook Bakery www.ebookbakery.com

correo electrónico: aa1108@med.wayne.edu

ISBN 978-1-953080-15-8

©2021 de Félix Fernández Madrid

Dedicatoria

A mi querida Anita, la inspiración de mi vida,
y a mis hijos
Rosemarie, Félix Esteban, Ana María e Iván Jorge,
quienes nos han dado tanto.

Índice

Prefacio

Los protagonistas de estos cuentos son hombresy mujeres de nuestra época o de épocas pasadas, y algunos seres que no pertenecen al género humano y hasta ciertos objetos inanimados que adquieren vida en nuestra imaginación. La acción se desarrolla en un escenario global. Si bien la globalización es un concepto económico, los temas no tienen nada que ver con que la globalización sea buena o mala. Me interesa en cambio la transformación que se está operando en el ser humano, tanto en Argentina como en Indonesia, Japón, Estados Unidos, Europa o en cualquier otro lugar del planeta. En nuestra era, la tecnología ha aparecido como una poderosa fuerza nivelante que nos transforma gradualmente sin que lo notemos.

Por supuesto la tecnología es universal y no se la puede ignorar. Más aún, ignorarla sería equivalente a un suicidio tonto. La comunicación instantánea, aún en los sitios más remotos del globo, es sin dudas una maravilla. La ciencia descubre todos los días nuevos secretos de la naturaleza y muchas cosas que en el pasado pertenecían al campo de la magia se han incorporado al proceso de racionalización, que en una época pasada hubiéramos llamado de la vida de occidente. Hoy la hipercomunicación a empequeñecido al mundo y debemos agregar el oriente, Africa y todo lo demás.

La disparidad no tiene límites en nuestros días y sin embargo los medios de comunicación tienen cierto poder homogeneizador y al llegar a los sitios más recónditos de la tierra tienden en cierto modo a igualar a los humanos, por lo menos superficialmente.

Sin mucho tiempo para pensar, nos vemos obligados a hacer un análisis instantáneo para esclarecer cuánto hay de verdad o de mentira detrás de las imágenes predigeridas y rápidamente cambiantes que nos presenta la pantalla, que entran por nuestros sentidos sin requerir esfuerzo.

Sin embargo millones de neuronas y conexiones nerviosas se ven progresivamente invadidas por información trivial que tiende a empobrecernos. Es probable que se esté forjando un nuevo tipo de hombre solitario que interacciona con los ordenadores y las pantallas de televisión, pero cada vez menos con otros seres humanos. Es probable que el número de hombres y mujeres que hacen de la soledad cibernética un *modus vivendi* aumente en proporción gigantesca como efecto secundario de la pandemia con el virus Covid 19. Por otra parte, tanto el poder político como el dominio militar brillan con luz enceguecedora y el dinero y lo material dominan las sociedades más desarrolladas de nuestro tiempo.

El hombre que se cree muy sofisticado, se comporta como un monito que imita todo lo que ve o como un loro que repite todo lo que se dice en los países de vanguardia. Ésto por supuesto, no es un fenómeno nuevo y no completamente negativo, pues lo reconocemos fácilmente en la historia de la humanidad, desde el hombre primitivo y luego en las civilizaciones que dejaron su marca y contribuyeron a lo que somos en la actualidad. Pero no se confunda esa influencia civilizadora de que hablamos, con la influencia de la globalización.

Una de las características más escalofriantes de la globalización es la rapidez con que se produce la homogeneización de las masas de la que habló Ortega y Gasset. Algo de esa fuerza unificadora es saludable e índice de progreso, pero una gran parte de ella nos lleva sin darnos cuenta a un retroceso intelectual y moral. En realidad me he equivocado al mencionar la moral, pues hoy ésta es una palabra no solamente tabú sino aún peor, fuera de moda. Así que no se crea que estos cuentos pretendan ser moralizadores, si bien algunos tratan de enfocar cuestiones acerca de las cuales debiéramos pensar por lo menos de cuando en cuando. En la mayoría de los casos presento el problema y dejo al lector en libertad para encontrar otras soluciones.

Creo que la cultura de Hispanoamérica tiene mucho que aportar al plasma germinativo que forjará el hombre del futuro y por ese motivo debiéramos conservar nuestras tradiciones, nuestro lenguaje y particularmente nuestro modo de sentir. Mantengamos la comunicación con el resto del planeta, analicemos críticamente y adoptemos lo novedoso que nos parezca bien, pero no nos abochornemos de respetar a lo telúrico, lo que tal vez podría evitar que nos incorporemos inadvertidamente a las masas globales y deshumanizadas, al hombre número.

En 1999 publiqué una colección de cuentos cortos titulada "Cuentos Grises y Rosados" que se agotó rápidamente. En esta obra he rescatado unos pocos de esos cuentos que creo pueden ser de interés. El autor assume la responsabilidad por la traducción de los refranes que preceden a los cuentos que en algunos casos puede no ser del todo exacta.

Anita, mi compañera de toda la vida, me estimuló, leyó, releyó y corrigió cada uno de los cuentos y se puede encontrar en ellos su contribución valiosa. Marcela Fittipaldi aportó su crítica constructiva y me convenció de que esta obra podía ser de interés general. Sylvia Pellizari y Martín Preusche hicieron sugerencias valiosas. Matías Fernández Madrid contribuyó excelente material fotográfico e ideas originales para la tapa.

Esta colección de cuentos no se hubiera publicado sin el importante aporte de mi editor, I. Michael Grossman. Su paciencia infinita y su humor contagioso transformaron el tedio en un proceso placentero.

A todos ellos mi agradecimiento.

Félix Fernández Madrid, Mayo, 2021

Introducción

Pensamiento Científico, Medicina y Fantasía

A los que no me conocen tal vez les parezca extraño leer esta colección de cuentos escritos por alguien quien ha ocupado la mayor parte de su vida profesional en investigación científica. Supongo que muchos pensarán que es una locura que un investigador se interne en un terreno tan escabroso como la ficción, porque no es obvio que exista un vínculo entre el proceso creativo que produce una novela o un cuento corto y el rigor y la disciplina que demandan la investigación científica. Reitero, que a pesar de que la relación entre el pensamiento científico y el complejo proceso creativo que en literatura produce la ficción no es evidente, más aún, *prima facie* parecerían dos polos opuestos e incompatibles, me parece un tema fascinante al que he dedicado mi atención durante años.

Cuando ocasionalmente un científico fantasea su reputación sufre y cuando fabula basado en datos fraguados, hablamos de fraude científico. La propagación de información falsa facilita la proliferación de castillos en el aire y frecuentement da lugar a un enorme y costoso volumen de investigación estéril. Por lo general la revelación de la superchería culmina en un escándalo de proporciones y en la destrucción de una carrera científica. Aunque el escritor de ficción también exprese su *verdad*, percibida a través de una óptica única, e intente transmitir un mensaje convincente, no intenta engañar a sus lectores y no creo que tenga nada en común con el investigador fantaseoso. Sin embargo, existen a mi juicio importantes puntos de contacto entre la ideación fantástica y el pensamiento científico no usualmente reconocidos.

La ficción es un mosaico maravilloso que también requiere rigor y disciplina. El escritor desarrolla una idea, probablemente originada en experiencias propias o ajenas, que se aleja cada vez más de la realidad a medida que escribe y se interna en una realidad virtual. De esta manera crea personajes y nombres, inventa relaciones humanas o sobrenaturales y si se trata de un buen escritor, teje los hilos de una historia que tiene el poder de persuadirnos.

El científico desarrolla una idea basada en su conocimiento de trabajos anteriores y en su experiencia personal, pero mientras el escritor de ficción goza de mayor libertad en la elección del tema y en su desarrollo ulterior, la elección del científico es por necesidad mucho más restringida. Sus limitaciones son evidentes pues dependen entre otros factores, de estudios previos que no se deben ni se pueden ignorar y de la creciente tendencia a la superespecialización.

Su primera limitación está vinculada con la dimensión de su campo de interés. Así es posible que un escritor celebrado se explaye acerca del significado astrológico de la constelación de Orión, escriba una comedia divertida o una novela de terror o se dedique a través de metáforas a pintar al ser humano en su quehacer diario. En cambio es muy improbable que un físico nuclear publique un estudio acerca de la filoxera o que un pediatra diserte con autoridad acerca de los hábitos del ornitorrinco.

No es mi intención sugerir que el escritor tenga libertad absoluta, pero sí que el conflicto entre su sensibilidad y las pasiones de sus semejantes y su contacto vital con la naturaleza ponen a su disposición una temática inmensamente más amplia que la que ofrecen las mejores escuelas de ciencias. Es probable que tanto la riqueza de las experiencias vividas como sus convicciones y controles interiores tengan influencia sobre su libertad de elección.

La libertad de elección del científico está coartada como la ruta de los caballos por las anteojeras. La persona que dedica su vida a la ciencia ve un pequeño campo del conocimiento que juzga importante y trata de introducirse en él por un minúsculo agujerito si posee la preparación necesaria para conocer de su posible existencia y la capacidad para desarrollar sus ideas. Tan reducido es el campo del científico, que frecuentemente cuando éste amplía su esfera de interés y trata de introducirse en muchos agujeritos simultáneamente o en uno demasiado grande, se dice de él que que su gusto científico carece de foco y que sus ideas son difusas. Ésta es una mancha gravísima para la reputación del científico, porque existe acuerdo en el mundo de la investigación en lo esencial de mantener focalizado el objetivo de un proyecto para lograr éxito. Además el científico frecuentemente encuentra ideas preconcebidas y generalmente aceptadas en su restringido campo. El dogma usualmente se apoya en resultados experimentales compatibles, directos o indirectos y en la opinión de investigadores establecidos que gozan de una posición de poder en los organismos que manejan fondos para investigación y en los consejos editoriales que juzgan los trabajos para su publicación.

¿Qué distancia hay entre la verdad científica y la verdad de la ficción? Esta última es la visión de una realidad deformada, embellecida o envilecida o cambiada de algún modo, que la fantasía del autor ha convertido en una hija de su imaginación.

No debiera sorprender a nadie que la verdad científica también es relativa. Aunque los límites de su relatividad son más estrechos que los de la fantasía, la verdad científica está lejos de ser absoluta. Muy pocos dogmas de antaño han resistido los embates del tiempo. La historia de la ciencia enseña que la verdad científica evoluciona y que la mayoría de las ideas dominantes hace varios siglos parecen ahora meras hechicerías. Más aún, la lectura de trabajos serios publicados hace sólo unas décadas permite descubrir publicaciones de científicos prominentes cuyas conclusiones eran erróneas y ahora son obsoletas.

Esto nos hace pensar que los dogmas de hoy serán en el futuro objeto de escrutinio y que algunos serán finalmente reemplazados. Lo opuesto puede ser también cierto en algunos casos. Han habido científicos de gran calibre cuyas profecías fueron desechadas por la ciencia de la época para ser resucitadas después de muchas décadas. Un ejemplo fue el estudio de Rudolph Virchow quién propuso que la irritación de los tejidos capaz de producir inflamación crónica es una causa del cáncer. En la actualidad la relación entre la inflamación crónica y el cáncer es generalmente aceptada.

Otro ejemplo notable es el efecto descripto por Otto Warburg quién observó a principios del siglo pasado que las células cancerosas tienden a favorecer el metabolismo de la glucosa para producir energía en cambio de favorecer la fosforilación oxidativa en las mitocondrias, la que es preferida por la mayoría de las células normales. Aunque el efecto Warburg fue eventualmente confirmado en muchos laboratorios su causa continúa siendo objeto de investigación en la actualidad.

Sugiero que el enfrentamiento de un científico destacado con la idea preconcebida puede acercarlo al escritor de ficción. Por lo general el dogma impide que el pensamiento evolucione y pienso que muchas veces inhibe el progreso de la ciencia. A primera vista el dogma parece un enorme gigante que infunde terror en el bisoño investigador, quien pretende formular preguntas en campos trillados por investigadores de primer nivel. Desde luego, el escritor de ficción también encuentra estereotipos que la sociedad de su época acepta o rechaza.

Dice Vargas Llosa en su valioso estudio acerca de lo que significa escribir ficción, que el punto de partida de la vocación de escritor es la rebeldía. Al crear personajes ficticios y hechos imaginarios el escritor manifiesta un rechazo de la vida tal como se manifiesta en el mundo real y expresa su deseo de sustituirla por otra vida que fabrica su imaginación. No me cabe duda que la rebeldía es también una propiedad del pensamiento científico y que éste es un punto en común entre el escritor de ficción y el científico. El investigador que se interna por primera vez en un tema científico encuentra con frecuencia que las bases del dogma están firmemente apuntaladas por opiniones de investigadores consagrados que rayan en la infalibilidad. Es posible que en su búsqueda bibliográfica descubra fracturas en el dogma y si es emprendedor y osado, que pueda intentar formular una hipótesis alternativa que explique los hechos conocidos.

Ésta es la situación -rebeldía- en que la mente del escritor de ficción y la del científico vibran en la misma longitud de onda. Tal vez a los científicos les cueste aceptar que en el proceso de formular una hipótesis utilizan elementos del pensamiento fantástico. El tiempo y la experimentación han probado que muchas de las hipótesis científicas no son correctas. Una hipótesis puede ponerse a prueba por medio del experimento y existe la posibilidad de obtener evidencia a su favor o en contra. Los que han trabajado en un laboratorio saben que los resultados obtenidos pueden ser estimulantes al cabo de mucho esfuerzo y que los descubrimientos no se hacen todos los días y que muchos experimentos dan resultados negativos. La magnitud de las hipótesis científicas erróneas no se conoce pues los resultados negativos casi nunca se publican. El científico reverencia la evidencia pero la relatividad de la verdad científica no es usualmente reconocida. Hasta los experimentos que parecen rendir una prueba concluyente, pueden más tarde interpretarse en otra forma cuando se hace un descubrimiento en un campo paralelo.

Creo que es saludable adoptar la verdad científica como guía, e ignorarla es equivalente a retroceder. Con todo, la relatividad de la verdad científica es ignorada tanto por el público general como por algunos miembros de la comunidad científica quienes elevan a la ciencia casi al nivel de una religión en la cual el dogma no se pone en duda.

El escritor de ficción no necesita poner a prueba su fantasía con el experimento, pero debe superar un obstáculo no menos difícil. Su historia inventada debe ser coherente y persuasiva. Esto tal vez explique por qué, dada la enorme masa de fantasía escrita a través de los siglos, sólo una minoría selecta haya tenido la fuerza suficiente para resistir al olvido. Y ni que hablar de los trabajos científicos que no fueron aceptados para publicación y de los volúmenes de ficción que no llegaron a salir del estado embrionario.

Él carácter necesario de la ficción, que es indispensable para que el lenguaje novelesco resulte persuasivo, lo es también para el lenguaje científico. El carácter necesario de la prosa científica pone de relieve nuevas observaciones que despiertan el interés de la comunidad científica. A veces el evaluador de un trabajo científico puede no percibir su carácter necesario, aunque se trate de un trabajo original, si su juicio está esclavizado por el dogma y cierra su mente a nuevas ideas, o carece de la preparación requerida para apreciar el significado de un hallazgo novedoso .

Es probable que el buen escritor de ficción casi siempre tenga la oportunidad de encontrar su público, en cambio si bien es cierto que los trabajos de un buen el científico pueden ser citados en centenares o miles de publicaciones, por lo general escribe para un círculo más restringido que puede ser a veces reducido a un grupo de expertos en el tema.

Quiero aclarar que la imaginación es una condición deseable y tal vez *sine qua non* de un investigador que aspira a contribuir al avance de la ciencia. Pienso que la destreza metodológica y el conocimiento teórico y aún enciclopédico por sí solos, son atributos de un investigador mediocre. Un científico destacado une a estas condiciones esenciales la imaginación y la habilidad de relacionar hechos aparentemente no vinculados.

Nos preguntamos con frecuencia cuál es el origen de las narraciones que escriben los escritores de ficción. No es obvio que la creación "químicamente pura" sea extremadamente rara en el dominio literario y que la fantasía por lo general tome forma a partir de hechos, circunstancias o personas que dejaron una marca en la mente del escritor y pusieron en marcha su fantasía creadora. En esta visión el creador de ficción concibe una idea desnuda y la viste poco a poco con ropajes imaginarios hasta el punto en que resulta casi imposible reconocer el origen de la fantasía. A este proceso del pensamiento fantástico lo compara Vargas Llosa a un *striptease* invertido.

¿De dónde surgen las ideas que llevan a un descubrimiento científico? Aplicando el mismo razonamiento a la inversa, vemos que el pensamiento científico se parece más a un verdadero *striptease*. La verdad científica está revestida por muchas capas que la ocultan. El investigador descubre formas cubiertas por vestiduras que hasta entonces había sólo imaginado, las elimina una por una, hasta que por fin con sus experimentos descubre la verdad desnuda. La verdad, aunque relativa como hemos dicho, puede resultar tal como el investigador la imaginara, confirmando su hipótesis, o tal vez diferente llevándolo por caminos novedosos y poco transitados. De todas maneras vale la pena encontrar la verdad desnuda aunque ésta no sea la esperada.

Al evocar la lucha virtual del Quijote con Malambruno y su viaje fantástico con Sancho en ancas de un caballo de madera, no podemos pasar por alto los antecedentes que el mismo Cervantes nos brinda, las hazañas de Pegaso, Bucéfalo, Brilladero y otros caballos famosos incluyendo el de Troya. De modo que esta idea ingeniosa de Cervantes, como otras que en ficción parecen salir de la nada, no se las puede juzgar invenciones completamente originales. Tampoco podemos concebir la creación "químicamente pura" en la ideación científica contemporánea. Una hipótesis científica debe explicar hechos conocidos y surge usualmente en un campo en el que se ha pensado y experimentado profusamente y por lo general por más novedosa que sea, se basa en conocimientos adquiridos minuciosamente por la comunidad científica. Sin embargo existen a mi juicio fuerzas intangibles que influencian tanto la ideación del científico como la del escritor de ficción.

Creo que estas fuerzas se aproximan al proceso mental que origina una idea prístina, que tanto en fantasía como en ciencia no reconozca antecedente alguno. García Lorca se interesó sobremanera en los elementos fundamentales del proceso creativo que origina la ficción en general y la poesía en particular. García Lorca habla del crecimiento intelectual del hombre como un proceso que lleva casi indefectiblemente a la ignorancia aprendida con una paulatina disminución de la potencialidad de crear.

Realmente García Lorca se refiere a la influencia inhibidora de la idea preconcebida, del dogma que tanto al escritor como al científico les impiden crear. El poeta habla de intuición o inspiración, o efecto duende, lo que equivaldría a la sabiduría innata que puede encontrarse intacta en los niños, y tal vez -yo agregaría sin implicaciones religiosas- en algún poeta como García Lorca que haya recibido el "soplo divino". Durante el momento creador, el artista ve a la persona o al objeto como nunca han sido vistos antes. Se vuelve de la inspiración como se vuelve del extranjero, dice García Lorca, el poema es la narración del viaje.

Para disecar más aún el momento creativo tanto en ciencia como en ficción debo recurrir a Horatio Walpole, un político y escritor inglés del siglo XVIII. Walpole se distinguió como literato y se radicó en la villa de Stawberry Hill en la ribera del Támesis donde estableció una imprenta en la cual imprimió la primera edición de la mayoría de sus obras. Walpole fue considerado el mejor escritor de cartas de la lengua inglesa y entre sus muchos trabajos de mérito se recuerda el Castillo de Otranto, un modelo de la novela romántica que tuvo gran influencia sobre generaciones de escritores en los dos últimos siglos. Lo menciono porque en una de sus más de tres mil cartas, escrita en 1754 se refirió a un relato sin mayores pretensiones, que sin embargo viene muy al caso que estamos discutiendo, el de una presunta relación entre la fantasía y la hipótesis científica.

En su carta Walpole habla de un descubrimiento atribuido a la serendipidad. Al crear esta palabra, el escritor inglés se inspiró en el nombre arcaico de Ceilán, Serendip. Esta palabra era parte del título de un cuento de hadas llamado Los Tres Príncipes de Serendip quienes durante sus viajes, con gran sagacidad hacían descubrimientos accidentales de hechos no buscados. La serendipidad tiene dos atributos principales, la casualidad del descubrimiento y la sagacidad del observador que interpreta correctamente el significado de lo descubierto por accidente. Se puede decir que la serendipidad lleva al descubrimiento fortuito captado por un observador receptivo.

En ciencia la serendipidad tiene importancia, pues es de ocurrencia frecuente y a ella se deben descubrimientos notables. Para que la serendipidad tenga consecuencias para la ciencia, el investigador debe poseer imaginación que le permita internarse con su pensamiento en territorio inexplorado. Por ejemplo, accidentalmente un técnico comete un error que cambia las condiciones de un experimento y logra un resultado inesperado. Lo primero que se piensa en tal caso correctamente, es en un error de técnica, pero a veces se trata de un resultado original y reproducible que el investigador preparado reconoce como de significado especial.

Pasteur, probablemente el científico más brillante de todos los tiempos, conocía por experiencia propia el valor de la serendipidad. Un ejemplo es su investigación del ácido tartárico, que le permitió descubrir cristales que desvían la luz polarizada en sentido opuesto formando imágenes en espejo, lo que lo llevó a proponer una nueva clase de sustancias, los isómeros.

Otro ejemplo clásico de serendipidad es el del científico argentino Bernardo Houssay, quien en su época de investigador joven reconoció que la desaparición del mar de orina que había anegado la jaula de un perro diabético todos los días antes de la operación, era un fenómeno extraordinario relacionado con la resección de la hipófisis a que había sido sometido. Houssay imaginó que la glándula seccionada podría estar vinculada con la regulación del metabolismo de los hidratos de carbono y concentró su búsqueda en la fisiología de la hipófisis. La serendipidad puso ante los ojos del joven Houssay un hecho inesperado y el investigador alerta, dio vuelo a su imaginación y diseñó experimentos que le permitieron hacer descubrimientos notables que lo hicieron merecedor del premio Nobel.

Creo que en la ficción, la serendipidad puede jugar un papel no usualmente reconocido. Tal vez el escritor de fantasía esté convencido de la originalidad de su invención. Sin embargo tangentes no buscadas, encuentros sorprendentes que sugieren un personaje o ideas que vienen a la mente porque tomamos una u otra calle o porque perdimos un tren y asistimos por casualidad a un espectáculo inesperado, son hechos procesados por la imaginación, interpretados en el contexto de una historia cuyo origen resulta irreconocible cuando toma forma en la ficción. El personaje de una novela, inicialmente un mero bosquejo, va gradualmente adquiriendo carácter en la mente del escritor con pinceladas cuyo origen no puede descubrir a veces ni en el momento de su creación, un proceso que podría homologarse con la generación espontánea que en ciencia desecharan Pasteur y Spallanzani. Diría que a partir del bosquejo, el personaje de ficción parece crearse a sí mismo y creo que la serendipidad está escondida en muchas de las pinceladas que se van agregando al dibujo mental inicial que animan al personaje y le dan vida.

Tanto la autenticidad como la independencia del escritor son temas que han atraído la atención de los críticos literarios. Por supuesto no son independientes los que aun en forma sutil usan el plagio como instrumento y tal vez tampoco los que copian el estilo de un maestro aunque en este aspecto pueden haber excepciones. En el científico, la autenticidad no es evidente para el público, que puede quedar deslumbrado por apariencias y jerigonzas seudocientíficas inpronunciables. Sin embargo, la falta de autenticidad de un científico es fácilmente detectada por la comunidad científica. Mientras el escritor de ficción es como regla el único autor de su obra, la complejidad de la investigación moderna requiere la colaboración de talentos distintos que origina publicaciones con múltiples autores.

El autor cuyo nombre figura en primer lugar puede ser el investigador principal o alguien responsable de un aspecto crítico del estudio, pero frecuentemente el que figura en último término en el trabajo ha sido el director del proyecto o el científico que tuvo la idea original. La participación de un investigador en publicaciones donde figuran múltiples autores no necesariamente niega su autenticidad porque la investigación contemporánea requiere la convergencia de múltiple disciplinas.

También en el tema de la independencia que es parte de la autenticidad, un ejemplo claro es el del científico que participa en numerosas publicaciones de calidad mientras forma parte de un equipo establecido, pero desaparece del mapa cuando sale de la órbita protectora de su institución. La categoría de las revistas en que aparecen sus trabajos y la existencia de un tema de investigación explorado a fondo durante su carrera, en contraposición a múltiples temas no relacionados que revelan su falta de foco, son algunos de los elementos de juicio importantes para juzgarlo. Lo que para el escritor de ficción puede ser un atributo positivo que avala su imaginación y su versatilidad, es por lo general un factor negativo para el científico. El lector preparado puede con razón recordarme, que contradiciendo esta afirmación Louis Pasteur hizo contribuciones extraordinarias en campos distintos, algunos aparentemente muy alejados de los intereses de un químico. Áreas tan distantes como el estudio de moléculas isoméricas, su trabajo en fermentación que revolucionó las industrias del vino y de la cerveza, la demolición de la teoría de la generación espontánea, la investigación de las enfermedades del gusano de seda que llevaban a la ruina a la industria de la seda en Francia, la prevención del cólera de las aves, del antrax y de la rabia por medio de vacunas, bautizadas así por Pasteur en honor a Jenner, dejaron la marca indeleble del genio francés. Pasteur, al moverse con comodidad en campos tan diversos actuó como lo hubiera hecho un escritor de ficción, abarcando temas muy distintos con autoridad. Además del rigor científico con que enfrentaba problemas tan diversos, Pasteur gozaba de una imaginación fértil.

Una guía relativamente sólida para juzgar la independencia de un investigador, es su éxito para conseguir subsidios de investigación de agencias nacionales o internacionales. Si bien a veces una o dos novelas exitosas pueden crear la reputación de un escritor, frecuentemente la contribución de un científico puede juzgarse sólo a través de toda su carrera. A este respecto existen excepciones tanto en literatura como en ciencia.

El último punto de contacto entre la fantasía y la ciencia que quiero tocar se refiere al estilo. El estilo de un novelista o de un poeta debe ser eficaz y convincente. El estilo literario podría compararse a los métodos empleados por el investigador. Si bien en ficción tal vez importe poco que se usen o no puntos y comas u otras expresiones del lenguaje, sí importa que el estilo sea persuasivo. En cambio el estilo del científico debe ser correcto. No se concibe un investigador serio que cometa atropellos metodológicos. La eficacia de un trabajo científico depende de la coherencia interna de los datos experimentales y de su reproducibilidad. El trabajo científico *vive* como la ficción, en la medida en que se independiza de sus creadores y perdura, estimulando a otros investigadores a tomar la antorcha de la búsqueda sin fin.

Si bien la palabra escrita es casi todo en la ficción, en el trabajo científico es parte del estilo. La buena prosa científica es uniformemente concreta, sobria, evita redundancias y no abunda en adjetivos. El investigador describe lo que los datos han establecido, relaciona los hallazgos experimentales con trabajos anteriores, algunos coincidentes y otros tal vez conflictivos y especula dentro de ciertos límites vinculados al conocimiento previo en el campo y a la necesidad de transmitir un mensaje conciso y claro.

Hay ejemplos de eximios escritores que tuvieron una trayectoria científica que probablemente ejerció influencia sobre su estilo literario. Entre los que recuerdo sobresale Voltaire, quien además de haber sido un eximio y prolífico escritor fue un historiador y filósofo con sólida formación científica. Durante su exilio en Inglaterra Voltaire fue influenciado por los trabajos de Isaac Newton y con su característico estilo literario claro y convincente, su libro "Elementos de la Filosofía de Newton" desempeñó un papel fundamental en clarificar las ideas de Newton y hacerlas accesibles al público general. El estilo de Voltaire, irónico y sin exageración y el uso terso y simple del lenguaje podría ser un modelo de la prosa científica. Los escritores de ficción inventan palabras o situaciones que son fruto de la imaginación estimulada por hechos reales o por su "duende" interior. Los científicos, por su parte están contínuamente inventando palabras que intentan describir metafóricamente un submundo abstracto, una proteina nueva o una función hasta entonces desconocida. Así el mundo microscópico y la danza de las moléculas dentro de la célula se expresan bajo formas y homologías imaginadas. La abstracción adquiere forma en la mente del científico quien inventa un lenguaje nuevo y elitista, un verdadero esperanto científico que puede ser leído con facilidad por un científico español, inglés, francés, chino o argentino, pero tan enigmtico como el sánscrito para el público general.

Creo que los contactos entre la ficción y la ciencia son más frecuentes de lo que se supone y que existen lazos fascinantes entre la ideación fantástica y el pensamiento científico que son dignos de mención.

1

La Mansión de la Quinta Avenida

1961

Para llegar al puerto del cielo,
debemos navegar, a veces con viento de popa
y a veces con viento en contra,
pero debemos navegar sin ir a la deriva o anclar

- Oliver Wendell Holmes,
The Autocrat of the Breakfast Table

LA RAYUELA QUE JUGABA de chiquilín, los partidos de bolita en el patio de tierra apisonada de la escuela primaria, los picados de rompe y raja en los potreros en los que alguna vez hiciera un golazo que aún recuerdo, el pericón nacional, que de pánfilo no quise bailar un 25 de Mayo porque me daba vergüenza, los plantones después de hora por no haber sabido la lección, la imagen de mi maestra de primer grado de la que estaba perdidamente enamorado, la piba del banco de al lado, la de la naricita respingada y trenzas renegridas que no me daba ni cinco de corte, eran memorias borrosas de mi infancia romántica que tomaban cuerpo y adquirían foco de cuando en cuando impulsándome a seguir adelante.

Recuerdo las facciones sufridas de mamá y he tratado de olvidar -sin conseguirlo- el escapismo de papá. Luego, el noviazgo eterno con Elena que terminó misericordiosamente, cuando ya cansada de esperar se casó con otro y el broche final de mi juventud, mi estudio fracasado.

Fue una gran desilusión porque después de quemarme las pestañas estudiando logré el ansiado título que colgué en una pared de mi bulín con cierto alarde, que al final me resultó tan útil como un boleto de ida a la luna. Claro, sería fácil echarle la culpa de mi fracaso al país. Sin embargo, de ésto no culpo a nadie más que a mí.

De chico me gustaba subir a los árboles. En el fondo de mi casa había un roble enorme con ramas retorcidas y una copa frondosa al que subíamos todos los días. El árbol era un imán poderoso para la barrita[1].

A medida que subíamos, las ramas se dividían y nos obligaban a hacer una elección. Las habían gruesas y fuertes, pero otras eran delgadas y más difíciles de abordar, de modo que algunos chicos subían más alto que otros. El premio para aquél que llegara a la rama más alta era una vista espectacular de la azotea de la casa de al lado, en la cual nuestra vecinita, una rubia despampanante, frecuentemente tomaba sol con su malla baja hasta la cintura. A mí me lo contaron porque yo nunca llegué a la rama más alta.

En el ocaso de mi vida pienso con frecuencia en ese árbol de las decisiones del que aprendí mucho, aunque demasiado tarde. La vida entonces era como el roble,

---

1 Diminutive de barra, en Argentina, grupo de muchachos

cada vez que llegábamos a la intersección de dos ramas teníamos que elegir alguna de ellas y esa decisión nos conducía a algún sitio o a ninguna parte. A veces al encontrar dos ramas no me podía decidir por ninguna y ahora comprendo que eso era peor. En esa época no sabía interpretarlo, hoy pienso en estancamiento o casi peor aún, en conformismo. Así, yo sólo imaginaba a mi vecinita semi-desnuda, mientras que unos pocos de la barrita gozaban desde las ramas más altas. Así como nunca fui capaz de ver las formas de mi vecinita desde el roble, tampoco hice nada con mi título que siguió colgado en la pared por *secula seculorum*.

El día llegó en que advertí que ya no era un chiquilín y me encontré algo perdido sin saber a donde ir. La bohemia, las noches interminables con los amigos en el café de la esquina, donde resolvíamos no solamente los problemas políticos y económicos de Argentina sino los del mundo entero, los partidos de billar con los amigos del café, el tablero de ajedrez que me encandilaba, los infaltables bailes de los sábados en el club de barrio, todo eso salpicado con abundante sudor y muchos kilómetros diarios en mi taxi trucho[2] era la suma de mi bagaje.

El país que yo vi manejando el taxi resultó bastante diferente del que ven los ojos de los políticos que buscan el negociado, de los señoritos que ven la vida color de rosa, de los extranjeros que vienen de paso, de los inversores ávidos de ganancias o de los duros banqueros del Fondo Monetario Internacional que hablan el idioma de la austeridad y de los intereses.

Con mi experiencia de taxista podría escribir un libro o tal vez varios. Para muestra baste un botón.

---

2 Un taxi no autorizado

Un domingo a la noche, después de dejar un pasajero en Barrancas de Belgrano volvía a casa cansado y con hambre. Al pasar cerca de la cancha de River aminoré la marcha, pues una masa de imprudentes en la cola de la multitud que salía de ver el partido cruzaba la calle peligrosamente entre los autos. Yo no quería tocar a nadie y andaba muy despacio. De pronto cuando estaba casi detenido vi un grupo de muchachones que rodeaba a alguien amenazadoramente. No sé porqué lo hice, pero en un instante doblé el volante enfilando el coche hacia la vereda e iluminé la escena con los faros del taxi.

Como si hubieran sido tocados por una varita mágica los maleantes se esfumaron y sólo quedó en el escenario un jovencito que parecía un pollito mojado empapado de sudor -con una expresión de alivio infinito al haberse desprendido del asedio- con sus bolsillos al revés como testigos del abuso.

Se acercó al taxi y me preguntó en buen castellano que ubiqué en alguna parte de Latinoamérica -¡Muchas gracias! ¿Me lleva al centro?

-No pensaba levantar a nadie, pero como me quedaba de paso, -suba- le contesté.

-Otra vez, gracias por sacarme del apuro. Usted me hace reconciliar con los taximetreros de Buenos Aires.

-¿Porqué dice éso, ha tenido acaso una mala experiencia con alguno de mis colegas?

-Nada demasiado importante. El episodio empezó en un taxi y terminó en un taxi. Esta mañana llegué de Miami y como no tenía cambio arreglé de antemano el precio con el taximetrero, pues así acostumbro a hacerlo y al llegar me dio el vuelto en dólares. Como es domingo dejé mi dinero en donde estoy parando y me fui a ver el partido con el vuelto del taxi de la mañana.

-No me lo diga, ya me imagino lo que le pasó.

-Sí, eso que está pensando fue lo que pasó. Al llegar a la ventanilla miraron los dólares con cara extraña, tal es así que le pregunté. -¿Qué sucede, no aceptan dólares?

-Sí, por supuesto, pero verdaderos. El único parecido que tienen éstos con los dólares es el color verde- me dijo, poniendo los billetes falsos sobre la ventanilla. Me los puse en el bolsillo y me alejé con la cola entre las piernas.

Ya me había resignado a no ver el partido cuando unos pocos pasos más adelante me paró un revendedor y me ofreció una entrada a "un precio muy barato," muchas veces superior al valor real. Sin pensarlo, metí la mano en el bolsillo y sacando uno de los verdes le dije sonriendo -es lo único que tengo- lo cual si bien era verdad, no era toda la verdad. El muchacho me arrancó el verde de la mano y entregándome la entrada se hizo humo.

El partido estuvo de lo más bueno pero cuando caminaba donde usted me encontró me abordaron seis o siete muchachones que al principio caminaban a ambos lados y me hablaron descaradamente.

-¿Sos[3] extranjero, no es cierto?

-Sí, soy colombiano y estoy de visita en Buenos Aires.

-¿Sos hincha de River o de Boca?

Les aseguré que no era hincha de ninguno para no insultar a nadie pero la respuesta bizantina no me sirvió para nada.

3 Diálogo informal a la usanza de Buenos Aires

-¿Vos sabés[3] que es peligroso andar por la calle con dinero?

-Sí, lo sé- le contesté.

Entonces me rodearon y el jefe de la pandilla me dijo -bueno, si sabés de los peligros de la calle, ¡entregáme toda la plata que tenés!

Acto seguido muchas manos revisaron mis bolsillos y me sacaron el resto de los verdes falsos. En el momento en que los malandrines palpaban minuciosamente mi anatomía para descubrir tal vez algún tesoro escondido, la luz de los focos de su taxi los encandilaron y salieron disparando.

-Imagínese las bendiciones que le habrán echado los de la pandilla al tratar de cambiar los dólares. Ellos bien se merecían los verdes falsos, pero al revendedor le tengo un poco de lástima porque al final de cuentas se estaba ganando la vida.

Ya estábamos al final del viaje y mi pasajero se adelantó a decirme. -Por favor, espéreme dos minutos que debo buscar dinero para pagarle.

-No se preocupe, le dije. -Ya había terminado de trabajar, y con una carcajada agregué- ¡yo no acepto verdes porque no distingo los verdaderos de los falsos!

Cuando evoco mi pasado vuelve a mi mente el recuerdo del árbol de las decisiones en el fondo de mi casa y me pregunto. ¿Es posible encontrar una rama que nos lleve a nuestro destino y que no se quiebre antes de llegar a la meta? A veces elegía una rama muy endeble que no resistía mi peso. ¡Me he caído tantas veces! Recuerdo que mis caídas no tuvieron más consecuencia física que uno que otro raspón. En alguna ocasión, antes de que la rama cediera, me daba cuenta que estaba a punto de romperse y retrocedía lentamente para no caerme e intentaba trepar por otra rama que antes despreciara. Eso fue lo que me sucedió cuando decidí dar el gran salto que debía haber dado diez años antes. El roble me enseñó que aprovechar el momento oportuno es esencial cuando tomamos decisiones. El tiempo es una dimensión abstracta que nos cuesta entender y cuando somos jóvenes lo derrochamos porque creemos tener tanto.

Mis amigos me decían -con tu capacidad llegarás muy arriba, aquí no se puede hacer nada. Yo permanecía mudo y aunque los argumentos no eran demasiado convincentes, después de mucho cavilar, convencido que no tenía nada que perder tomé la decisión de buscar nuevos horizontes.

Con unos pesitos que me dieron por la venta de mi taxi destartalado y algo que me dio el tío Venancio -que Dios lo tenga en la gloria- para que pusiera en la cuenta del olvido, me lancé esperanzado a una nueva vida. De todo eso han pasado muchas, muchas lunas ....¿Cuántas? No me acuerdo.

Hoy me levanté tarde y salí de mi mansión encantada como todos los días, con el anhelo de conquistar el mundo. Había nevado toda la noche pero el sol iluminaba la ciudad y atenuaba el frío al que estaba muy acostumbrado.

Caminé unas cuantas cuadras hasta llegar a una de mis esquinas preferidas donde hay un gran tráfico de estudiantes y una pared de mármol bajita en la que a menudo establecía mi cuartel general. Limpié la nieve seca con un diario que recogí en la vereda y dispuse mi tablero de ajedrez con las piezas en posición de combate. Coloqué el consabido cartelito que guardaba en un bolsillo que apenas se podía descifrar porque el fondo blanco ya era historia.

A medio día salían los estudiantes de sus clases y con frecuencia alguno mordía el anzuelo con lo que a veces me alcanzaba para comer algo.

Mi primera víctima ese día fue una hermosa mulata que apareció en mi radar con sus libros en la mochila. Con una sonrisa de oreja a oreja me preguntó-¿Porqué te vendes tan barato?

Mirando el cartelito arcaico le dije con una sonrisa forzada -No es que me venda barato. Ese era el precio del día cuando lo empecé a usar hace mucho tiempo. Supongo que la inercia me ha impedido cambiarlo.

Jugamos ping pong[4] y a las pocas jugadas me di cuenta que la chica se las traía. Le gané una partida muy disputada en un final de peones que gocé enormemente. No sucedía todos los días que encontrara alguien que me hiciera pensar.

Me perturbó tanto la mulata, que tal vez por eso -pensé- perdí la segunda partida en la cual no pude contrarrestar un ataque sorpresivo a mi flanco de rey. Cuando más tarde, en la quietud de mi mansión encantada pude analizar la partida, deseché ese pensamiento como una excusa barata. De todos modos la derrota hirió mi amor propio -aunque parezca mentira todavía me quedaba algo- porque había caído en la estratagema como un novato. La sonrisa de la mulata dejaba ver sus dientes marfileños perfectos y sus ojos llenos de vida tenían una expresión traviesa que parecían decir -¡Te agarré!

---

4 Informal, ajedrez de juego rápido

Le di la mano al doblegar mi rey y mientras ella me pagaba le propuse la revancha para vengar cara mi derrota.

-¿Querés⁵ jugar otra partida?- le dije sin poder ocultar mi ansiedad. La muchacha me dijo que casi no tenía tiempo, pero no quiso dejarme con la sangre en el ojo y accedió.

Me tocaron las blancas y elegí una apertura inglesa que supuse la chica no conocía. Esta vez me concentré y puse en el tablero todo lo que había aprendido con el maestro Jacobo mucho tiempo atrás, pero la muchacha parecía poseída por el demonio y anticipaba mis combinaciones más brillantes. Al poco rato era claro que ninguno podía forzar el juego y terminamos haciendo tablas.

Ella abrió su cartera para pagarme pero me negué a aceptar. Yo había propuesto la partida y era una cuestión de principios, aunque hasta unos centavitos miserables me hubieran venido muy bien. Pensé, tal vez estúpidamente que la ética era más importante que el hambre.

La tarde estaba muy destemplada. Espesos nubarrones habían ocultado el sol y caía una nevada muy finita. El frío glacial me congelaba el trasero apoyado sobre el mármol y luego de un rato, viendo que no caía ningún cliente junté las piezas, puse el tablero debajo del brazo y empecé a caminar silbando bajito. Mi encuentro con la mulata me había hecho bullir la sangre en mis venas y me permitió comprar dos panes frescos y un pedazo de queso cuartirolo que sabía conseguir en un sitio especial.

---

5 Informal, a la usanza de Buenos Ares

Una de las tiendas sobre la Quinta Avenida tenía calentadores en la entrada y me detuve debajo para calentar mis huesos congelados mientras comía un emparedado de queso que hice con uno de los panes. El otro me lo guardé en un bolsillo para la noche.

Mientras terminaba mi merienda me puse a mirar la vidriera. Allí había ropa para todos los gustos, tanto exquisitos como estrafalarios. Maniquíes de jóvenes y viejos, negros, blancos y amarillos, la mayoría elegantemente vestidos estaban dispuestos artísticamente. De pronto pensé -¡qué mal gusto!

En la vidriera pude ver un maniquí que reproducía a un vejete pelado con barba blanca y ojos fijos en el infinito que parecían dos huevos duros. Su saco ajado y sin color, sus pantalones desflecados y sus zapatillas llenas de agujeros habían conocido tiempos mejores. Mientras pensaba en la estupidez de los decoradores modernos que visten a sus maniquíes con ropa usada, entró en la vidriera un hombre vestido de uniforme que puso su mano sobre el hombro del maniquí. Entonces escuché una voz cortés pero firme que me dijo

-¡Circule señor por favor!

Caminé un buen rato sin rumbo fijo, solamente llevado por mi instinto y por el roce casual con peatones que a veces desviaban mi ruta sin que yo opusiera resistencia.

La noche cayó rápidamente y me encontré caminando a paso de tortuga por la Quinta Avenida. La nieve caía copiosamente sobre mis hombros mientras yo tarareaba Mi Noche Triste.[6]

---

6 Mi Noche Triste, Tango 1917. Letra del poeta chivilcoyano Pascual Contursi y música de Samuel Castriota.

Al poco andar pensé buscar un sitio donde pasar la noche cuando vi un globo redondo cubierto de nieve con forma de "iglú". Sacudí la nieve blanda con mis manos hasta que pude ver el plástico de color azul clarito. El "iglú" parecía ideal para mi propósito y me propuse descubrir el nudo de entrada, cuando desde el interior me saludó un gruñido -tal vez parecido al de un oso- mientras la pared de plástico azulino se conmocionaba bruscamente.

-¡Qué lástima! -pensé con fastidio- está ocupado.

Seguí caminando hasta divisar otro "iglú" de gran tamaño. Por la misma vereda pero en sentido opuesto, se aproximaba un posible competidor caminando con gran rapidez. Aceleré el paso y llegué antes que mi rival, quien al ver que había tomado posesión del albergue, apenas se dignó a mirarme despectivamente por el rabillo del ojo y siguió su marcha. Entonces, ya con la tranquilidad de espíritu del que ha llegado a su destino, sacudí la nieve seca que cubría el plástico y constaté que era rosado, que en los últimos años de mi vida se había convertido en mi color preferido. Desaté cuidadosamente el piolín que sujetaba un extremo del "iglú lo cual dejó salir un vaho calentito con un olor penetrante a Limburger maduro, muy prometedor.

-¡Aquí hay mucha vida!- pensé alborozado.

Abrí el extremo de la bolsa de plástico e introduje mis pies, abriéndome paso entre la maraña de preciosos objetos. Una vez en su interior mi cámara resultó bastante espaciosa y la cerré por dentro, para lo cual había adquirido en el curso de los años una habilidad especial. El farol de la calle iluminaba el plástico rosado y su luz mortecina le daba vida al moblaje y a las maravillas que me rodeaban en el interior de mi morada.

Mientras me acomodaba en el interior de mi mansión, mi mano rozó una masa tibia y pegajosa que temblaba en mi palma la cual reconocí de inmediato. Estaba un poco hambriento pues no había probado bocado desde el emparedado del medio día y me acordé del pancito que tenía en el bolsillo. Comprobé con alegría que aún estaba crocante. Lo partí por la mitad, hundí mi mano en el hervidero temblón y saqué un puñado de pequeños fideitos alargados que se retorcían en una danza infernal y me hacían cosquillas en la palma. Llené la mitad del pan hasta que rebosara de ambrosía y lo cubrí con la otra mitad.

-¡Qué manjar exquisito!

Todavía saboreaba mi deliciosa cena cuando el calorcito reinante en mi cubil me adormeció y me interné una vez más en mi fantasía nocturna.

Esa noche me volvió a visitar la mulata del medio día a quien no pude ganar ninguna partida a pesar de mis mejores esfuerzos. Me paralizaba su soltura, la seguridad con que actuaba y su sonrisa compradora que me dejaba admirar sus dientes de marfil. Por fin se rompió el encanto y me desperté. Intenté soñar una vez más para reencontrarla y jugar la partida definitiva, pero esa noche la muchacha no volvió.

Al amanecer decidí abandonar la calidez de mi mansión encantada. Desaté el extremo de la bolsa, salí lentamente del "iglú" y repuse el suntuoso moblaje en su sitio. Luego lo cerré y -siempre pensando en el prójimo- lo dejé tal cual lo había encontrado la noche anterior.

El aire helado de la mañana me resultó estimulante. La nieve caía blandamente sobre mi cabeza descubierta. Me sacudí alegremente como un perro mojado y con mi tablero debajo del brazo y los Versos del Capitán[7] en el bolsillo, me eché a rodar por las calles silbando La Cumparsita,[8] disponiéndome una vez más a conquistar el mundo.

---

7 Poemas de PabloNeruda
8 Tango de Gerardo Matos Rodríguez con letra de Pascual
   Contursi y Enrique Pedro Maroni

2

Una Caricatura Magistral

1995

Arte es el espejo
mágico que usas
para reflejar tus
placeres invisibles

-George Bernard Shaw, *Back to Methuselah*

I - LA SILESIA ROSADA

LOS PRIMEROS RECUERDOS QUE REGISTRA mi memoria son los del castillo de Rauenstein que imponente se elevaba en las montañas de Sajonia cerca de la frontera con Checoslovaquia donde mi padre era guardabosque. El castillo, construido alrededor del año 900 A.D. cuando la mayoría de la población era de origen eslavo, había cambiado de manos muchas veces a través de los siglos. Después del vandalismo y del pillaje que asolaron la región durante la invasión de los tártaros, la devastada Breslau fue reconstruida como una ciudad alemana.

Una vez por año un grupo de señores ricamente vestidos ocupaba los aposentos del castillo por unos pocos días y se dedicaban a la caza en los bosques que lo rodeaban. Luego de la cacería, un gran festín hasta altas horas de la noche con estentóreas risotadas y voces altisonantes perturbaba la paz del castillo. Aparte de nuestra familia y de los pocos cuidadores y sirvientes, el castillo estaba deshabitado y cuando niño lo recorría y conocía todos sus recovecos como la palma de mi mano. Aparte de esa odiosa visita anual, el castillo me pertenecía.

Las luchas sangrientas entre los príncipes bohemios, polacos, austríacos y alemanes habían dejado leyendas memorables que mi padre nos contaba, cuando en las noches de invierno nos reuníamos alrededor de los leños ardientes del hogar. Varias brechas en la vieja puerta del castillo eran las huellas de las heridas infligidas por las huestes del príncipe Otto en el siglo pasado.

En el centro del gran patio del castillo con piso de piedra y altas paredes bordeadas de armaduras, había una hermosa fuente de azulejos tachonados con manchas rojizas donde, decía la leyenda, habían caído una por una las cabezas de Carlos, Príncipe de Bohemia, de su mujer la Princesa Carlota y de sus seis hijos. Uno de mis juegos preferidos era visitar los sitios más sombríos del castillo y dialogar con los fantasmas que lo habitaran en el pasado. Ese pasatiempo divertido terminó abruptamente un día cuando por casualidad mamá fue testigo de un *tête a tête* romántico que tuve con Carolina, una de las hijas de Carlota, justo cuando el asunto se estaba poniendo interesante. En ese entonces la prohibición terminante de mamá me pareció muy arbitraria.

Durante mi niñez que no conoció hermanos ni amigos, se despertó en mí un gran interés por la naturaleza, las flores silvestres, los bosques misteriosos llenos de pájaros, sus animales salvajes, sus montañas y sus riachos serpentinos que bajaban torrentosos desde las sierras nevadas. Gozaba perdiéndome en los bosques donde no encontraba un ser humano por muchos kilómetros a la redonda. Me fascinaba encontrarme solo con la naturaleza. Descubrir que el silencio no era tal sino una sinfonía en la que las hojas mecidas por el viento, la lluvia cayendo sobre el bosque, los pájaros con sus trinos que conocía tan bien, los animales grandes y pequeños y hasta los insectos más insignificantes tocaban sus instrumentos cual ejecutantes de una orquesta celestial que tocaba sólo para mí.

Tengo muy buen recuerdo de los inviernos duros de mis primeros años. Me deslumbraba el maestro de la escuelita en las afueras de Breslau a la que llegaba esquiando más de una hora desde el castillo que estaba emplazado en la ladera de la montaña. El señor Schmidt tenía muchos alumnos de distintas edades. Algunos como yo, ya sabían leer y escribir mientras que otros recién empezaban. El señor Schmidt era el colegio mismo. Mantenía una disciplina rígida y los mayores le ayudaban a mantenerla. Su único equipo era una vieja pizarra, tiza, un borrador y un cierto número de libros que todos leíamos por turno.

Al callar los cañones con el armisticio de 1918 yo había cumplido ocho años. La querella suscitada por la pertenencia de Silesia entre polacos y alemanes no llegó esta vez como otrora hasta el castillo de Rauenstein, pero recuerdo que mis padres bajaron a la ciudad para votar en el plebiscito que dividió a Silesia políticamente. Mis padres, como buenos sajones eran muy flemáticos pero en esa ocasión estaban muy agitados. Como resultado de la votación, el castillo donde vivíamos quedó situado en la Silesia alemana.

Éste fue el inolvidable período bucólico de mi vida, que transcurrió en el medio de una naturaleza agreste, docenas de libros que devoraba con fruición y mucho tiempo para pensar en un mundo que ansiaba conocer.

Con el correr de los años adquirí cierto parecido con mi padre y durante los veranos lo ayudaba a hachar leña que apilábamos al costado de nuestra casa antes de las primeras nevadas del otoño.

Una tarde de verano, durante una de mis exploraciones por lo más espeso del bosque, llegué a un río de montaña bordeado de coníferas que era una fiesta para la vista. Allí encontré a una mujer joven, sencillamente vestida, que plácidamente sentada en una banqueta pintaba el panorama sobre una tela montada en un bastidor. Me acerqué lentamente atraído por la pintura como por un imán. Al notar mi presencia, la pintora me invitó a acercarme con una sonrisa amistosa. Luego de saludarla, le dije:

–¿Me permite que mire cómo trabaja? Le prometo no molestarla.

–No me molestas en absoluto, fue su respuesta, mientras limpiaba su pincel y escogía otra combinación de colores. Así transcurrieron tal vez dos horas mientras yo observaba alucinado hasta que la pintora hubo concluido su tarea diaria. Charlamos un largo rato y le dije que me gustaría algún día pintar como ella.

-Si tienes interés en aprender puedes venir todas las tardes durante esta semana a este sitio y veremos qué es lo que puedes hacer –me dijo la pintora.

Cuando esa noche volvía al castillo, mi corazón palpitaba de emoción pues intuía que ese encuentro podría cambiar mi vida. Todas las tardes durante una semana volví a ver a la pintora que me hizo descubrir un nuevo mundo que no había sospechado. El día que volvió a Berlín, donde vivía, me dijo:

-Eres casi un niño, pero veo que tienes talento para la pintura. Tal vez algún día llegues a ser un pintor famoso y te acordarás de mí.

Muchas veces durante mi vida volví a pensar en mi encuentro providencial con la pintora. En la escuelita de Breslau puse gran empeño en las clases de arte y empecé a pintar por mi cuenta con mi escaso bagaje de aprendiz. Cuán no sería mi sorpresa al recibir casi un año más tarde una carta estampillada en Berlín. La pintora de marras no se había olvidado de mí y me había recomendado para una beca de arte para el próximo verano en una escuela de Bellas Artes en Berlín.

II - BERLÍN, UNA MARMITA A PRESIÓN

La beca en Berlín me abrió las puertas de un nuevo mundo.

El tono pastoral y contemplativo de mis primeros años en Silesia se esfumó como por encanto y mi vida adquirió un ritmo vertiginoso. El contraste entre mi formación rústica en Silesia y el estilo sofisticado de la vida en Berlín fue notable, pero ambas etapas de mi vida dejaron una marca indeleble en mi personalidad. Si bien trabajaba duramente y me adaptaba a la vorágine berlinesa, me gustaba divertirme pero gozaba a veces estar solo y dedicarme a la meditación.

Durante la última mitad del siglo XIX y el principio del siglo XX, Alemania había experimentado una revolución industrial y se convirtió en una potencia mundial. Sin embargo, la guerra mundial la había aplastado, millones de hombres habían perecido en el combate, su moral estaba por el suelo y su orgullo había sido herido de muerte.

A pesar de la precaria situación económica del país en la post-guerra, Berlín en la década de 1930 había adquirido un desarrollo económico de gran nivel y se había convertido en un centro industrial y comercial importante. Tenía entonces 18 años.

Cuando llegué a Berlín a estudiar, la economía había mejorado algo, pero aún era muy débil e inestable. La inflación que había alcanzado niveles astronómicos, el desempleo rampante y las cargas económicas vinculadas a la reparación de daños de guerra hicieron la vida de los alemanes muy difícil. Yo estaba en el medio de ese desastre económico del que estaba temporalmente protegido dada mi situación de becario. Los ecos del colapso del mercado de valores de Nueva York en octubre de 1929 resonaron en Alemania, donde se agudizó la crisis económica.

Poco más de tres años más tarde, el partido Nacional Socialista, que en la elección de 1928 había conseguido sólo unos 800.000 votos llevó al poder a Adolfo Hitler. En un momento crítico para el país apareció Hitler con una plataforma política y económica atractiva y la promesa de gloria y trabajo para el pueblo. La juventud hervía de entusiasmo y la población había idolizado a Hitler como el motor de la recuperación alemana después de la humillante derrota de la Primera Guerra Mundial.

Mi vida transcurría en una vorágine y tenía muy poco tiempo para pensar en otra cosa que no fuera mi trabajo y mi arte que crecía dentro de mí. Sin embargo, la situación política y social del país me preocupaba mucho, en particular el tono demagógico de los discursos de Hitler y el racismo, primero velado y luego su abiertamente declarado antisemitismo. Era entonces muy difícil sustraerse a la actuación política pero lo logré concentrándome en mis estudios y poniendo todo mi empeño en progresar en mi carrera a pesar de que más de una vez fui invitado con insistencia a participar en las actividades de la juventud nacional socialista.

Mis estudios en la academia de arte no fueron en vano y cuando llegó el momento de mi graduación tenía mucha seguridad en mí mismo y veía el futuro con optimismo.

Después de mi graduación en la Academia de Bellas Artes, conseguí trabajo en un estudio cinematográfico en Babelsberg. Ésa era la época de oro de la cinematografía mundial, que culminó con las primeras películas sonoras después de 1927, que llegaron a Alemania recién a fines de 1929. Había gran demanda de artistas para pintar toda clase de escenarios y afiches de propaganda. En Babelsberg no había rutina, todos los días eran distintos y el tiempo parecía volar. Frecuentemente trabajaba en el estudio hasta altas horas de la noche y cuando no podía más me echaba a dormir en alguno de los camarines de las "estrellas". Una mañana me quedé dormido y me desperté sobresaltado al sentir unos sacudones en mis pies.

-Despierta holgazán, que tengo que cambiarme de ropa –me dijo risueñamente una voz conocida. Sentada a los pies del cómodo sillón donde había pasado la noche, el Ángel Azul se disponía a iniciar su rutina diaria, mientras yo abandonaba su camarín.

Babelsberg trataba desesperadamente de competir con Hollywood, favorecido por la pérdida del valor del marco que disminuía el costo de producción y la carga impositiva real y favorecía la exportación de películas al extranjero. Pero la puja entre Hollywood y Babelsberg no duró mucho y poco tiempo más tarde Marlene y otras estrellas, los mejores productores y técnicos especializados fueron absorbidos por Hollywood. De todos modos, en ese momento en mi pequeño mundo de artista imberbe me parecía un sueño tener la oportunidad de pintar los escenarios de muchas de las mejores películas de la época.

Fue allí donde conocí a Hans, que trabajaba en el laboratorio del estudio. Hans era químico industrial pero lo habían contratado por ser un experto en fotografía. No era infrecuente que lo encontrara en su laboratorio trabajando hasta la madrugada, rodeado de tanques con soluciones reveladoras, sales de plata y cristales de color púrpura oscuro de permanganato. Nos hicimos muy amigos y frecuentemente salíamos juntos a comer, beber cerveza y a divertirnos en Babelsberg.

Hans tenía una sólida formación política y una firme vocación democrática. Mi amigo no tenía duda alguna acerca de la dirección política del Führer. Estábamos de acuerdo en que no sólo era obvia la persecución de los judíos sino que todo tipo de oposición era suprimida como traición. Las reuniones del Partido Social Democrático al cual Hans y yo pertenecíamos, eran frecuentemente interrumpidas con violencia, sus oradores eran asaltados y la prensa partidaria suprimida. Cierto día Hans no apareció a trabajar en el estudio y se dijo que se había incorporado como "voluntario" en el ejército. Todos mis esfuerzos para descubrir el paradero de Hans fueron infructuosos. Poco tiempo después estalló la Segunda Guerra Mundial.

III - LA SILESIA ACIAGA

El Führer proclamó a los cuatro vientos que los judíos alemanes eran responsables de todos los males de Alemania. En una serie de leyes, confiscaciones y *pogroms*, desde 1933 hasta 1938, Hitler socavó los cimientos políticos y económicos del judaísmo alemán. Los judíos fueron despojados en sucesión de la nacionalidad alemana, de sus sinagogas y de sus bienes y fueron llevados en masa a campos de concentración donde fueron sistemáticamente exterminados.

Durante la Segunda Guerra Mundial del siglo, los alemanes establecieron un campo de concentración, llamado Auschwitz-Birkenau, en la cercanía de Auschwitz. El campo de concentración se estableció en el sur de Polonia, en la provincia de Cracovia, situada en la confluencia de los ríos Vístula y Sola, que se había incorporado a Silesia en el siglo XII. Los primeros prisioneros llegaron a Auschwitz en julio de 1940. Hans no sólo había sido incorporado al ejército como todos los alemanes de su edad sino que había sido destinado al destacamento en Auschwitz, lo cuál lo torturaba sobremanera.

Los prisioneros llegaban en furgones que los descargaban en estado calamitoso, ya medio muertos de hambre y de sed. Las cámaras de gases y las fosas comunes aplanadas por los tractores eran la rutina en Auschwitz. Hans ya no podía resistir lo que veía y más que todo se negaba a continuar siendo un engranaje más en el mecanismo de terror que lo rodeaba. Frecuentemente tenía vómitos, pero la náusea no lo abandonaba en ningún instante. Su cara demacrada había adquirido un color pajizo y el uniforme le quedaba grande pues había perdido bastante peso. Por fin decidió dar parte de enfermo. El médico militar que lo examinó en la enfermería del campo de concentración dictaminó que Hans estaba sano y que era apto para continuar de servicio.

IV - LA HERENCIA DE HANS

Luego de la caída del Führer, el ejército alemán se dispersó desordenadamente y el perseguidor se tornó en perseguido. En una calle de una pequeña villa del norte de Checoslovaquia encontré a Hans en el instante en que el pueblo era tomado por la avanzada de las fuerzas rusas.

Los que sobrevivimos al fuego de ametralladoras fuimos rápidamente rodeados y despachados en furgones con destino desconocido. Aunque Hans había desertado poco tempo antes, corrió la misma suerte. Hans una vez más fue mi compañero durante un breve tiempo en el que el destino nos llevó por el mismo camino. Cuando los soldados rusos abrieron las puertas del furgón donde estábamos hacinados, a Hans le pareció una horrible pesadilla, pues poco tiempo antes había concentrado toda su energía para escapar de ese lugar donde había pasado cuatro años de terror y ahora el destino lo traía al mismo sitio como cautivo.

La enfermería del campo de concentración de Auschwitz era lo más parecido al infierno que uno pudiera imaginar: una enorme barraca con frío piso de cemento a la que se entraba por una sola puerta guardada por un par de soldados. Docenas de camastros colocados uno al lado del otro dejaban el centro de la barraca ocupado aquí y allá por alguna mesa de madera atiborrada con frascos sucios, vendajes manchados con sangre y orinales. El olor hediondo del ambiente podría haber volteado a alguien que entrara súbitamente a la barraca, pero los pobres diablos que estaban adentro ni lo notaban. La enfermería no daba abasto pues había una epidemia de diarrea entre los prisioneros que colmaban las instalaciones sanitarias del campo de concentración.

Hacía ya una semana que yo tenía una diarrea explosiva y varios días que estaba internado en la enfermería, luchando entre la vida y la muerte. A mi alrededor docenas de moribundos encharcados en sus excrementos contribuían al panorama de desolación. En la enfermería nadie era dado de alta. Los prisioneros morían a poco de ser internados, siendo rápidamente reemplazados por nuevos enfermos en estado calamitoso.

Después de la sorpresiva desaparición de Hans en Babelsberg había pasado mucha agua por debajo de los puentes del Vístula. Hans tenía una diarrea agotadora y yacía en un camastro a mi lado casi irreconocible, con la cara consumida por la deshidratación y su vientre en batea. En uno de sus últimos actos conscientes, Hans —ya agonizante- me señaló con sus dedos temblorosos un balde lleno de un líquido azulino que no alcancé a distinguir bien. En ese momento no tuve energía suficiente para dedicarle al brebaje coloreado un segundo pensamiento.

Durante esa noche Hans exhaló su último suspiro y al poco rato un par de guardias se lo llevaron dentro de una bolsa de arpillera descolorida. Yo estaba pasando una noche muy agitada, entrando y saliendo de un estado delirante, cuando reparé que los guardias llevaban el cadáver de Hans. Recordé las señas que mi amigo me había hecho tratando infructuosamente de decirme algo vital que no pude descifrar en ese momento, pero que después de su muerte pude interpretar con claridad.

Apenas me alcanzaron las fuerzas para acercar el balde que estaba al alcance de mi mano hacia mí y cuando volvieron los soldados a preparar el camastro para el próximo candidato, el balde de Hans era de mi propiedad. Esa fue la única herencia que dejó Hans al morir, un balde lleno de un líquido coloreado que yacía al lado de mi lecho de agonizante. El tratamiento de esa epidemia de diarrea en Auschwitz había agotado los líquidos hidratantes y las medicinas. Hasta el agua escaseaba. Mi estado era desastroso y estaba tan débil que apenas tenía fuerzas para incorporarme y sentarme en la cama.

De pronto, al salir de mi delirio una vez más me acordé del balde de Hans y mojando mis dedos en el líquido azulino me lo puse en la boca para ver de qué se trataba. El gusto era terrible pero lo reconocí sin lugar a dudas: permanganato de potasio.

Siguiendo una inspiración providencial me acosté boca abajo y acercando mis labios al borde del balde bebí sin descansar hasta la mitad. Mientras bebía tuve la sensación de que un fuego me quemaba las entrañas. Después me dormí con un sueño intranquilo, interrumpido muchas veces por los estertores de alguno de mis compañeros moribundos a mí alrededor y el retiro de sus cadáveres por los encargados de esa triste misión. Cada vez que despertaba de mi sueño bebía a traguitos el resto del permanganato a pesar del ardor que tenía en el estómago.

A la mañana siguiente el panorama a mi alrededor era macabro. A todo lo anterior se sumaban varios cadáveres que yacían en su última postura, pues las bajas en la enfermería se producían tan rápidamente que los ordenanzas no daban abasto con la demanda. Sin embargo, sorpresivamente yo me sentía mucho mejor. Ya no tenía la lengua pegada al paladar y me paré al lado de la cama sin dificultad. Mi intestino por fin se había llamado a la tranquilidad. El pobre Hans me había dado como herencia la vida que él no había podido conservar. La revista médica matutina constató mi recuperación y rápidamente fui retornado a las habitaciones regulares de los confinados. Había perdido bastante peso y me sentía muy débil pero con la misma ración diaria y algo de agua para beber me iba reponiendo poco a poco.

Una tarde a los pocos días nos agruparon como ganado enfrente de la cuadra –éramos varios cientos- y nos dijeron que íbamos a ser divididos en dos grupos sin darnos otra explicación. A continuación nos arrearon como a animales que se llevan al matadero –lo cuál era muy cercano a la realidad- y nos dirigieron calle arriba. Pude distinguir en la punta de la loma el perfil de un tren de carga que estaba detenido con su locomotora en marcha. En el sitio en que la columna de prisioneros se dividía dos soldados nos asignaban al azar –yo creía- a una u otra columna. Después me enteré que los presos que parecían todavía fuertes para trabajar eran preservados y los que parecían más débiles e inútiles se les enviaba al tren que los llevaría a su destino final. Desde el instante en que vi el tren –por alguna razón que ignoro- decidí que no quería ir para ese lado y cuando me llegó el turno y el soldado me dirigió hacia el ferrocarril, luego de dar unos pasos vacilantes en esa dirección, cambié de rumbo y me uní a la otra columna. Mi rápida maniobra no fue notada por los soldados que estaban muy ocupados dirigiendo el tráfico. Mi inspiración una vez más me salvó la vida, pues nunca supe de ninguno de mis compañeros que subieron al tren, del que se dijo que se dirigía a una terminal donde los presos eran exterminados con gases.

Mi salud seguía mejorando aunque estaba muy pálido y parecía un esqueleto. Una tarde estábamos en fila para el control semanal de prisioneros cuando noté que sobre una mesa que estaba en nuestro camino alguien había dejado un papel y un lápiz. Automáticamente tomé el lápiz y sin saber porqué empecé una caricatura del oficial ruso que estaba al mando del control de los presos.

En un minuto la caricatura estuvo lista. Aún la recuerdo: una cara grotesca, ojos pequeñísimos, cejas muy espesas, bigote pequeño y nariz ridículamente enorme. Mis compañeros de fila apenas podían contener la risa. Entonces el oficial, notando una actividad inusitada, preguntó a que se debía tanto alboroto. Aunque nadie dijo nada las miradas me delataron, y entonces no tuve más remedio que poner mi obra maestra sobre la mesa.

El oficial tomó algo de distancia para apreciarla mejor y se puso tieso. Su mirada severa no predecía nada bueno para el autor de la caricatura. Se hizo un gran silencio que duró un instante que me pareció un siglo y por fin el oficial lanzó una carcajada que rompió el hielo y dándome una palmada en la espalda que casi me tira al suelo me dijo que lo viera al día siguiente.

Esa fue la caricatura por la que obtuve el precio más alto en toda mi carrera de artista. Un baño con agua y jabón, ropa de fajina limpia, comida más o menos decente y de cuando en cuando algún cigarrillo, eran el Auschwitz una fortuna incalculable.

3

La Villa Encantada

1995

Oda al pinot noir
Tinto sin par,
...tu cuerpo es siempre misterioso,
a veces sutil y sensual,
otras veces firme y armonioso
cual bailarín celestial,
pero en tu mayor grandeza
tienes el cuerpo de un Dios del Olimpo
transfigurado en el cristal

-Félix Fernández Madrid, *Calidoscopio, 2018*

VIAJAMOS DESDE PARÍS A BEAUNE en busca de Saint Romain en el corazón de Borgoña, donde encontraríamos a Gastón y Marie. A pesar de que Saint Romain es un lugar muy pequeño que no figuraba en ninguno de nuestros mapas de viaje, lo encontramos sin dificultad pues las instrucciones de

Gastón habían sido muy claras.

Pasando Beaune, 10 km. hacia el sur, un viraje a la derecha y al llegar a Auxey Duressess encontramos Saint Romain, una joya en la *Côte de Beaune* con sus calles irregulares subiendo por las laderas empinadas de la *Côte*. Gastón nos había advertido que en caso de no encontrarlos en su casa de Saint Romain baja, nos dirigiéramos directamente a la villa destinada a sus frecuentes huéspedes para llegar a la que también habíamos recibido instrucciones – no tan claras – y así lo hicimos.

Llegamos a Saint Romain a la tardecita y al no encontrarlos en su casa nos dirigimos hacia la villa, donde pasaríamos la noche. Subimos a la ciudad alta, un pequeño grupo de casas antiguas edificadas en la cresta de la montaña. Pasando la plazoleta enfrente de la vieja iglesia comenzada en el siglo XII, reconocimos sin esfuerzo la casa con su portal blanco y tocamos la campana de entrada. Al no acudir nadie a nuestra llamada abrimos el portal. En la puerta de entrada, bien visible, había una nota manuscrita que decía: Bienvenidos, están en su casa. La puerta estaba sin llave, de modo que entramos a la casa evidentemente vacía.

La puesta de sol en Borgoña era espléndida. Salimos por una gran puerta posterior al jardín con una vista espectacular de la *Côte*. El sitio tenía una belleza natural estupenda y estábamos muy felices de haber sido recibidos tan espléndidamente a pesar de encontrar la villa vacía. Gozamos del patio magistralmente diseñado lleno de flores y cuidado con esmero. La piscina con agua tibia parecía haber sido recién descubierta para nuestro goce en Saint Romain.

En el comedor la mesa estaba graciosamente tendida para dos comensales. Un magnífico ramo de flores frescas como centro de mesa, un plato de quesos variados, una fuente con carne fría de cerdo y una ensalada verde habían sido preparados por alguna hada bienhechora. Decidimos establecernos en un amplio dormitorio de la planta baja con vista a la montaña mientras esperábamos la llegada de nuestros anfitriones.

Una ducha refrescante y luego una relajante zambullida en la piscina tibia mientras charlábamos contemplando la hermosura de la *Côte*. Al ponerse el sol detrás de la montaña la temperatura refrescó rápidamente y nos apresuramos a ponernos al abrigo de la acogedora mansión. Una llamada por teléfono nos puso en contacto con la fría contestadora automática en la cual dejé un escueto mensaje:

-Marie...Gastón...Hola...como Borgoña nos ha recibido tan mal no nos va a costar mucho seguir viaje mañana. Llamen cuando puedan.

Tomamos una copa de champaña en honor de nuestros anfitriones ausentes, luego comimos la cena fría y paladeamos un delicioso Pinot Noir que estaba sobre la mesa dispuesto para la ocasión. Una copa de Armagnac, una caminata bajo las estrellas y nos aprestamos a dormir. De Marie y Gastón no habíamos oído nada.

Desgraciadamente mi mensaje telefónico dicho con espíritu de chanza tenía una mínima parte de verdad pues debíamos continuar nuestro viaje y abandonamos la acogedora villa a la mañana siguiente sin haber tenido noticias de nuestros anfitriones. Antes de dejar Saint Romain alta les escribimos una cariñosa carta agradeciendo las atenciones recibidas y sugiriendo un futuro reencuentro.

Tres semanas más tarde nuestro viaje había llegado a su fin y en nuestra mente habían muchas cosas pero no pensábamos ya el la Côte de Beaune. Nos sorprendió entonces encontrar entre la correspondencia que nos esperaba una carta proveniente de Saint Romain.

"...Lamentamos que no hayan podido gozar de la hospitalidad de nuestra villa que estaba dispuesta para recibirlos. Les habíamos preparado una cena fría con un buen Pinot Noir y nos desilusionó mucho que no vinieran. Pensamos que con nuestras instrucciones hubieran podido encontrar la villa con facilidad. Deseamos que hayan estado bien donde pasaron la noche y que nos disculpen nuestra falta de atención. No les pudimos hablar a nuestro regreso pues se olvidaron de dejarnos el número.

Otra vez será.

Marie y Gastón

4

Mónica y Yo

2001

¿Porqué millones de personas se matan entre sí
cuando desde el comienzo del mundo
se sabe que las consecuencias son funestas?
Porque es una necesidad inevitable
con la que los humanos satisfacen
una ley zoológica elemental ...
No se puede dar otra respuesta a esta pregunta terrible.

-Leo Tolstoy, *War and Peace*

I -LA ALDEA DESIERTA

RECORDABA APENAS A PAPÁ. ÉL aparecía de cuando en cuando en casa y era muy cariñoso con mamá y conmigo pero siempre parecía estar apurado y nervioso, como si estuviera escapando eternamente de algo, no sé de qué.

Recuerdo que hace algún tiempo –no sé exactamente cuánto porque he perdido toda noción del tiempo– apenas papá había salido cuando nuestra casa fue invadida con gran estrépito por una legión de soldados con actitud amenazadora.

Después de revolver toda la casa salieron como una tromba –tal como habían entrado- al no encontrar lo que buscaban. Cuando se fueron mamá me estrechó entre sus brazos y me besó largamente.

Esa noche dormimos las dos acurrucadas calentándonos mutuamente. Abrazada a mamá soñé que tendía mis alas y volaba. Desde la altura podía ver los soldados que irrumpían en la ciudad y entraban a nuestra casa mientras papá se escurría entre las sombras por el patio de atrás. Podía verlo saltando de un escondrijo a otro hasta que por fin se perdió en la sierra.

Antes del amanecer mamá juntó unos pocos bártulos y sacudiéndome me dijo: ¡Nos vamos! Yo la miraba sin darme cuenta si aún vivía un sueño o si ya había despertado a la realidad.

Al salir de casa vimos en la calle un movimiento inusitado para la hora. Era como si todos los habitantes de la aldea se hubiesen puesto de acuerdo para huir al mismo tiempo. Madres con niños de pecho, chicuelos apenas vestidos, mujeres jóvenes y viejas y también ancianos cargados con todo lo que podían llevar en sus espaldas y en sus manos.

Todavía veo la figura delgada de mamá con su vientre abultado y su pollera por agitada el viento. Ella lucía cansada y tenía sus manos ocupadas con un bolso lleno de ropa y un paquete que guardaba celosamente bajo su brazo. Yo me aferraba con una mano a su falda para no perderla y con la otra apretaba a Mónica contra mi pecho.

La columna humana –ancianos, niños y mujeres de todas las edades- se arrastraba lentamente con algún rumbo que yo no conocía. Mucho tiempo después me enteré que los hombres jóvenes, o bien habían muerto en la lucha o estaban escondidos en la montaña. En realidad, en ese entonces no sabía ni de dónde venía ni a dónde iba.

Ya fuera de la aldea la calle de tierra se había convertido en un río humano que en silencio se movía con lentitud. En un instante pensé en nuestra casa vacía y en la aldea abandonada mientras con mi mano apretaba fuertemente la tela de la falda de mamá para que no se me escapara.

Por fin salió el sol y las sombras adquirieron formas humanas, caras conocidas tenían ahora expresiones que nunca había visto, desolación, ansiedad y desesperanza. El camino parecía conducir a algún sitio por todos buscado porque con el correr de las horas nuevos contingentes humanos provenientes de aldeas vecinas se nos unían. Solamente sabía lo que mamá me había dicho antes de partir –tal vez sin esperanza de que yo comprendiera- debemos ir a un sitio más seguro donde papá nos estará esperando.

La escena me sobrecogió de asombro, pues nadie hablaba y sólo se oía el rumor apagado de miles de pisadas sobre la tierra mojada por un chaparrón.

II -MÁS ALLA DE LA ALDEA

Estanislao había venido esa noche furtivamente. Estaba casi irreconocible con el pelo largo y descuidado, su barba crecida y su ropa andrajosa. Yo bien sabía lo que se avecinaba pues había oído el matraqueo de las metralletas y el ruido de los helicópteros en la cercanía del pueblo.

-¡Qué locura! ¿Para que has venido? ¿No sabes que los soldados están cercando la ciudad y pronto estarán aquí? –le dije.

-Lo sé –me contestó- y me estrechó en sus brazos. Luego se acercó a la camita donde dormía la pequeña y le dio un beso en la frente. La niña ya despierta, se sentó en la cama y pudo ver a su padre salir precipitadamente por la puerta del patio. Estanislao se dio vuelta al llegar al umbral y nos tiró con la mano un beso de despedida.

Pocos minutos más tarde oímos unos golpazos descomunales en la puerta de entrada y me apresuré a abrirla haciéndome a un lado para que el tropel de soldados no me atropellara. Uno de ellos que parecía el jefe me preguntó:

¿Dónde está?

-Estamos solas – le contesté apresuradamente señalando a la niña.

Después de revisar todos los rincones de la casa salieron como habían entrado y se los tragó la noche en busca de los hombres del pueblo. Nunca sabré si mi embarazo a término me protegió, pero lo cierto es que, por milagro, no me tocaron. Volví a cerrar la puerta y traté de consolar a la niña que me miraba asustada sin comprender.

La llevé a mi cama y dormimos muy juntas el resto de la noche. Recuerdo que me sentía muy feliz al navegar sentada en el borde de una flor de loto gigante llevada por la corriente del río, mientras acariciaba el agua con mi mano. Mi barca blanca navegaba dulcemente bajo el techo de árboles enormes que tendían sus ramas por encima del río a manera de puente. Poco a poco el río se ensanchó y las riberas quedaron distantes. La corriente agitaba la flor de loto en remolinos endiablados y ya podía oír el rugido de la catarata cercana. En un tris me sentí caer en la garganta con un estruendo tremendo y me desperté sobresaltada.

Todavía era de noche. Pasarían todavía algunas horas hasta que el grueso de las tropas se apoderaran del pueblo. Debía aprovechar gran parte del día para llegar a terreno más seguro. Junté unos cuantos trapitos, hice un paquete con algo de pan y queso y unos higos maduros y despertando a Michelle le dije:

¡Nos vamos!

Me miró desconcertada con los ojos muy abiertos y no me dijo nada. Al cabo de un rato, nos unimos a la corriente humana que huía, yo con mi preciosa carga en el vientre y la niña prendida a mi pollera.

III -EL SUEÑO DE MAMÁ

Mamá no despertaba. Después de la puesta del sol habíamos hecho un alto en el camino para descansar y comer algún bocado. Más que hambre yo tenía una sed abrasadora. De pronto se oyeron estampidos y la gente a nuestro alrededor se dispersó desordenadamente en todas direcciones. Recordaba haber oído matracas y ruidos semejantes para la celebración de fin de año pero realmente no sabía lo que estaba pasando. Me imaginé que no era nada bueno porque la gente se escapaba aterrorizada y en las caras se leía el miedo. Yo me quedé tranquila porque mamá se había acostado rendida de cansancio con su cabeza reclinada sobre una piedra.

Me recosté sobre su vientre que se movía como solía hacerlo con frecuencia y yo también me quedé dormida.

Esa noche soñé con mamá. Estaba muy bonita y muy feliz. Tenía una figura esbelta y en sus brazos lucía con orgullo una bebita muy hermosa.

-Es tu hermanita – me decía con ternura poniéndola en mis brazos. Luego la puso en la cunita que yo había usado cuando bebe y entre las dos le cantamos una canción de cuna para que se durmiera. Me desperté con la canción resonando en mi mente y por un momento seguí cantando la canción de cuna, pero ahora Mónica y yo le cantábamos a mamá que seguía durmiendo plácidamente. Pobre, estaba tan cansada.

La luz mortecina de la luna se filtraba de vez en cuando entre las nubes. Miré a mi alrededor y vi muchas sombras que estiradas sobre las piedras dormían seguramente rendidas de cansancio. Acomodé a Mónica al lado de mamá y me paré a cuidarlas celosamente.

Después de un buen rato de vigilia decidí despertar a Mónica. De pronto noté que una sombra se acercaba a mí, tratando cuidadosamente de no pisar a los durmientes. Ya a poca distancia reconocí su cara, una vecina que había visto muchas veces en la aldea.

-¿Qué haces aquí sola, pequeña? – me preguntó la anciana.

-Estoy esperando que mamá despierte –le contesté.

La anciana se agachó para mirarla de cerca y nos apretó estrechamente en sus brazos diciéndome: Tu mamá nunca despertará de este sueño querida, está muerta. Ven conmigo.

IV -HOY DESCUBRÍ LA MUERTE

Hasta hoy no sabía de la muerte. Mamá me había rodeado de amor y me imaginaba que yo llegaría a ser como ella algún día, pero que ella siempre estaría ahí, cerca de mí, cual un ser omnipotente, tal vez inmortal. ¡Cómo lloré cuando descubrí la muerte! Me pareció que Mónica tal vez también lloraba. Evangelina –la vecina de la aldea donde vivíamos- no perdió tiempo en consolarme.

-Ya tendrás tiempo para llorar mas tarde –dijo con voz firme-. Debemos seguir andando –y tomándome de la mano empezó a caminar entre los cuerpos que yacían sobre las piedras. Entonces sospeché que tal vez no dormían sino que como mamá estaban muertos, pero no pensé más en ellos.

Después de dar unos pasos con Evangelina seguí un impulso interior y me desprendí de su mano, corriendo otra vez hacia mamá que me estaba esperando. Le llené la cara de besos, puse mi mano sobre su vientre inmóvil y salí corriendo con Mónica detrás de Evangelina, que se había detenido a la distancia

Seguimos caminando toda la noche pero ya no por el camino sino a través del bosque para no ser vistos desde la ruta patrullada. De cuando en cuando Evangelina detenía nuestra marcha para escuchar atentamente las señales de la foresta. Recuerdo que a veces nos tomaba en sus brazos cuando el avance se hacia muy difícil para nosotras. Pero yo me daba cuenta de que la anciana apenas podía con su alma. Al parecer Evangelina conocía el camino muy bien y al amanecer llegamos a un puesto militar donde nos dejaron pasar y nos llevaron a una enorme carpa con una cruz roja.

Dos días sin probar apenas algún bocado y sin beber agua habían hecho mella en Evangelina, que casi se arrastraba. Lo último que recuerdo de ese día fue que abracé fuertemente a Mónica para no perderla y me pareció que la cruz roja de la carpa se hacía cada vez más borrosa hasta perderse por completo.

No sé cuánto tiempo estuve durmiendo, pero al abrir los ojos me encontré acostada en una cama tendida con sábanas blancas y frías. No reconocí el lugar pero me reconfortó la presencia de Mónica a mi lado.

V -UN MUNDO NUEVO

De la carpa me llevaron en ambulancia a un hospital donde pasó algo de mucha importancia para mí. Fue la primera vez en mi vida en que mamá no estaba a mi lado, pero por lo menos estaba con Mónica, con la que hablaba todas las noches hasta que nos dormíamos.

-¿Qué será eso de la muerte? —yo le preguntaba-. ¿Qué habrá sido de mamá? ¿Dónde estará? ¿Qué habrá sido de la hermanita que me había prometido?

Mónica me dijo que donde quiera que estuviesen, estaba segura que estarían juntas, no debía preocuparme por eso. Sin embargo no podía dejar de pensar en mamá. También le preguntaba por papá. ¿Cómo era? ¿Lo recuerdas? En la memoria de Mónica papá era alto, fornido, de tez oscura y voz grave y cariñosa. Yo asentía por no contradecirla, pero lo cierto era que la imagen de papá era tan borrosa para mí que no era reproducible en mi memoria y poco a poco forjé en mi mente una imagen de la que ambas éramos responsables.

Nunca más volví a ver a Evangelina pero la recuerdo con cariño. Supuse que estaba bien y que se habría reunido con su hijo en una ciudad distante. Comprendía que ella había sido muy buena con nosotras y que nos había salvado en un momento crucial.

Desde el hospital donde me repuse bien, nos llevaron a una ciudad muchas veces más grande que la pequeña aldea de la que tenía algunos recuerdos.

Mi nueva casa era enorme, con muchos cuartos y salones y un gran patio central. Lo más importante era que en esa casa había muchos chicos como yo. Entonces ya sabía que éste era un refugio para niños perdidos en la guerra. En el refugio teníamos una cama limpia, ropa uniformada de color gris para todos los chicos y comida a la que tuve que acostumbrarme.

Después de las penurias sufridas que aún recordábamos, a Mónica le parecía que tal vez este sitio no era tan malo. Además pasábamos una gran parte del día en clase y allí aprendí mis primeras letras.

Pasó el invierno, llegó la primavera y luego el verano. Aunque ya estaba muy habituada a la rutina del refugio, las noches eran siempre largas y solitarias. Se apagaban las luces temprano y entonces me quedaba sola con Mónica. Todas las noches hablábamos de mamá. Durante el día estaba muy ocupada y era solamente durante las largas noches en el refugio cuando nos sentíamos muy solas.

Un día la preceptora que estaba a mi cargo me habló de la adopción, por la cual algunos de los chicos podrían adquirir una mamá y un papá postizos. Al principio no me gustó la idea de sustituir a mamá por otra mujer. En realidad no pensé mucho en papá porque apenas lo había conocido.

Desde que llegué al refugio había una reunión mensual donde sobrevivientes de la guerra lo visitaban con la esperanza de reencontrarse con sus hijos. No es que estuviéramos en exposición, pero los chicos se reunían en el patio con los visitantes y todos pasábamos un rato agradable. Entre muchos visitantes con quienes hablé en el refugio recuerdo algunas caras que creía haber visto alguna vez en la aldea, pero el hombre alto, fornido, de anchos hombros y tez morena del que hablaba Mónica nunca nos visitó.

VI -EL PADRE ENCUENTRA A SU HIJA

La vida de recién casados de María y Estanislao nunca había sido una verdadera vida matrimonial, a pesar de que tenían un buen pasar y una casa hermosa. María era una mujer bella e inteligente y ambos parecían muy enamorados. Sin embargo, el clima de opresión en que vivía el país era agobiador y pocos meses después, Estanislao dejó a su mujer embarazada y subió a la montaña para unirse a la fuerza guerrillera. Desde entonces se convirtió en un visitante ocasional en su propia casa. La aldea donde vivían estaba a punto de ser arrasada por las tropas. Estanislao quería ver a María y a Michelle antes de que la aldea cayera en manos del enemigo. Su última visita relámpago había quedado fijada en su mente, cuando ya se oía el rugido de los motores de los tanques que avanzaban sin encontrar resistencia por la carretera.

María lo había mirado sobresaltada y le dijo a modo de saludo:

-¿Por qué has venido? ¡Es muy peligroso, vete enseguida! Se encontraron en un estrecho abrazo, Estanislao besó a su mujer y a su hija y sin decir palabra se dirigió a la puerta que daba al patio mientras María le decía:

-¡Cuídate querido, por favor!

La lucha continuó encarnizadamente en el llano y en la montaña, hasta que el gobierno aplastó a la guerrilla. Algunos buscaron refugio en la montaña, otros como Estanislao eligieron el exilio.

En las pocas oportunidades que tuvo de indagar por la suerte corrida por su familia, las noticias, vagas e imprecisas no fueron alentadoras. En suma, nada se sabía de ellas. La aldea donde vivieran había sido ocupada militarmente y sus habitantes la habían abandonado dos años atrás. Se imaginó que poco después de su última visita, María y Michelle –que tendría entonces algo menos de dos años- habrían huido hacia la frontera.

Ninguna de ellas habían sido registrada en la lista de refugiados que publicaba periódicamente la Cruz Roja. Estanislao se negaba a aceptar lo que todos sus compañeros le decían. Lo más probable era que hubiesen encontrado la muerte en el camino, pues las fuerzas del oficialismo tiraban ciegamente sin distinguir entre guerrilleros, mujeres, ancianos o niños. Él razonaba que una embarazada de siete meses no podía dejar de estar registrada por la Cruz Roja o por los hospitales de la zona y había dado a María y a la hija de su vientre como muertos. Pero todavía albergaba la secreta esperanza de encontrar a Michelle.

En su búsqueda llegó a un refugio que recogía huerfanitos de la guerra. Ese día tenía lugar una de las reuniones periódicas donde los padres y madres que no habían perdido la esperanza de que sus hijos se hubiesen salvado por milagro, acudían para reconocerlos entre el grupo de niños perdidos.

El aspecto alegre y tranquilo de los niños, vestidos con uniforme impecable y calzado nuevo, contrastaba con la apariencia pobretona y trajinada de los visitantes. Mientras los niños sonreían con naturalidad, las facciones de los visitantes reflejaban las penurias pasadas y la ansiedad ante su futuro incierto.

De pronto el corazón de Estanislao empezó a latir tan fuerte que parecía salirse de su pecho, cuando en un rincón de la sala vio a una niña que podría tener unos cuatro años con los rasgos inconfundibles de Michelle. Claro que después de dos años había cambiado algo pero estaba casi seguro que era ella, su cabello rubio como el suyo pero en todo otro aspecto la misma figura de María. Se dirigió al director y le dijo que deseaba saber algo de la niña pues le parecía conocida.

-De Clara sabemos casi nada —respondió el director-, la entregó una mujer que había huido de una de las aldeas que estaban en el frente de batalla. Dijo que la encontró en el medio del campo parada al lado de su madre muerta con una muñeca de trapo en la mano. La chiquilla no tenía documento alguno y la mujer que la encontró estaba herida y murió poco después. Recuerdo que cuando llegó apenas balbuceada dos palabras, mamá que repetía hasta el cansancio y

Mónica que luego aprendimos que era su muñeca. Como no sabíamos su nombre la llamamos Clara. La niña es muy despierta y ha tenido mucha suerte, pues un matrimonio de gente de muy buen pasar la quiere adoptar. ¿Sabe usted algo de ella?

-No estoy seguro —mintió Estanislao como respuesta-, pero me gustaría hablar con Clara.

El director lo acompañó hasta donde estaba la chicuela. El duro guerrillero estaba emocionado y sus piernas le temblaban, pero se sobrepuso y con su mejor sonrisa le dijo:

-Hola pequeña.

¿Cómo te llamas?

-Buenas tardes señor, me llamo Clara.

-Deseaba hablar contigo porque te pareces a mi hija. ¿Te acuerdas de tu madre?

La chiquilla hizo una pausa, lo miró con sus ojos algo empañados y le dijo: sí mamá era muy buena y me quería mucho.

-Y tu papá, ¿te acuerdas de él?

-No. Papá casi nunca estaba en casa y me acuerdo muy poco de él.

-Pero, ¿ni siquiera te acuerdas como era? —insistió Estanislao. Clara hizo una larga pausa mientras miraba a su visitante con sus ojos bien abiertos y pensó en lo que Mónica le había dicho en su sueño. Por fin rompió el silencio y le contestó sin emoción:

-No me acuerdo.

Mientras Michelle pensaba su respuesta, Estanislao se miró a sí mismo vertiginosamente y reconoció por vez primera que había sacrificado a su mujer y que había sido un desastre como padre. La decisión de Estanislao estaba tomada. Le hubiera gustado seguir conversando con Michelle, decirle que era su padre, abrazarla y besarla, pero ya no podía más y estaba a punto de estallar. Le dio un beso en la frente y le dijo:

-Clara, deseo que seas muy feliz.

Estanislao se dio vuelta hacia el director que observaba la escena y ambos caminaron hacia un rincón del salón.

Ya a solas, el director le preguntó si sabía algo de la niña.

-Nada, el parecido es pura coincidencia –mintió otra vez con voz apagada.

A la mañana siguiente Estanislao salió de la ciudad rumbo a la montaña para reunirse con la guerrilla diezmada.

VII -CONFESIÓN DE UN PENITENTE

Estanislao abrazó la lucha con denuedo en su afán de olvidar sus penas y ofreció sus servicios en las misiones más arriesgadas. Por momentos se sentía culpable de haber dejado a su mujer embarazada sola con Michelle. Pero luego razonaba que había cumplido con su deber, guiado por el amor a su patria y que lo sucedido, si bien muy lamentable había sido inevitable.

Estanislao tenía una personalidad dominante, siempre había sobresalido en sus estudios y hasta antes de casarse todo había salido como lo había planeado. Un excelente atleta, raramente había salido segundo en alguna competencia. Su lema era triunfar, dominar a cualquier precio. Estanislao y María habían vivido juntos sólo unos meses y era obvio que el experimento había fracasado. Por primera vez en su vida Estanislao se encontraba algo confundido. Como tantas otras veces en el pasado desde que se despidiera de María y de Michelle, el día había sido monótono y vacío. Había pasado muchas noches de insomnio dando vueltas y vueltas a los mismos pensamientos sin encontrar alivio a su sentimiento de culpa.

-Cuídate querido –había dicho María al despedirse. Él recordaba que no le habían salido palabras de despedida y que les había tirado un beso con la mano mientras fijaba en su memoria la imagen de María con su vientre abultado y la de Michelle con su inseparable muñeca de trapo.

Estanislao no estaba habituado a la derrota. Si bien ponía gran esfuerzo en borrar de su mente todo lo pasado, por más que trataba no lograba concentrarse. Desde su observatorio en el helicóptero, veía la montaña agreste que parecía impedirle el paso, el despeñadero invitante y a lo lejos la inmensidad del mar.

Tenía conciencia de que el momento se acercaba y que debía rechazar el pasado y enfrentar el presente con lucidez para triunfar una vez más. Pero entonces la decisión le resultaba muy difícil. A uno por uno de sus compañeros les llegó su turno y por fin, casi sin darse cuenta, llegó el suyo.

Ya lanzado al espacio, Estanislao experimentó una sensación de alivio infinito al asentirse liberado de la mundanal borrazca. El cielo era azul, límpido sin una nube. El aire frío y estimulante.

Entonces salió de su confusión terrena y de un fogonazo vio claramente la verdad. María había afrontado su decisión de unirse a la guerrilla con entereza y se despidió sin un reproche. Comprendía ahora que durante todo el experimento que había emprendido con María sólo había pensado en sí mismo. Pero el reloj no podía retroceder su andar. El mar desolado se veía ya lejos y la montaña se acercaba más y más. Estanislao reconoció fugazmente que había sido guiado por egoísmo y que el amor a su patria no justificaba su comportamiento. Ya no podía ver el mar, pero la montaña estaba ahí nomas. Su plan de vida estaba decidido. Borraría de su mente todos los vestigios del pasado y empezaría una nueva vida. En ese instante apareció en su mente el cuadro que el director del orfanato le pintara. Michelle abrazada a Mónica parada al lado de María reclinada sobre una piedra, velando su sueño final.

Entonces intentó una vez más concentrarse en lo que él sólo podría hacer de su vida, y se aferró desesperadamente a la argolla salvadora que abrió el paracaídas. Unos minutos mas tardes Estanislao se perdía en la foresta para cumplir su misión.

5

Derecho a la Vida

1995

El feto quiere vivir. Obstinadamente,

y a veces asombrosamente el feto lucha por vivir.
Sin embargo su vida o su muerte

debe depender de la madre.

No hay alternativa possible.

-Joyce Carol Oates, *A book of American Martyrs*

I -FANSTASÍA DE LA CÁMARA OVAL

NO SABÍA NI CÓMO NI cuándo pasó. Sólo recordaba una sensación primordial que variaba a cada instante. Luego la sensación adquirió un vigor inusitado y un ritmo vertiginoso. Al mismo tiempo fue sorprendido por el sonido, o más bien por una polifonía que surgía a su alrededor amortiguada por una barrera invisible.

Al principio de los tiempos, tuvo conciencia de un temblor acelerado en lo que sus dedos reconocían como su cuerpo. El temblor agitado y rítmicamente difuso al principio, se concentró en una pequeña región de su pecho y por ultimo dejó de percibirse contínuamente. Sólo a veces retornaba a su conciencia bajo la forma de un pulso acelerado en sus sienes. Múltiples estímulos nuevos asaltaban sus sentidos de contínuo. A pesar de que su cámara era muy oscura y de que venía de la oscuridad eterna tratando de asomarse a la vida, su noche era interrumpida de vez en cuando por fuegos de artificio que aprendió a reconocer, cuando su cabeza chocaba con las paredes de su cámara y el encontronazo le hacía ver las estrellas. Por lo demás, el panorama que se ofrecía a sus ojos era la noche absoluta. De esta manera recorría como un ciego su cámara oval, inmerso en un licor tibio que bebía con placer. Como el ciego que privado de visión agudiza el resto de sus sentidos, los suyos se desarrollaron a ritmo acelerado.

Ricas sensaciones táctiles le dieron conciencia de su forma. Descubrió que tenía brazos y piernas que no solamente flotaban a la deriva en el tibio mar que lo rodeaba, sino que respondían a sus órdenes. De esta manera aprendió a nadar antes que a caminar. Pronto perfeccionó su estilo pecho primitivo que le permitía llegar a los confines más alejados de su cámara con una sola brazada.

Incesantemente hacía nuevos descubrimientos y aprendió que podía progresar a pesar de lo restringido de su mundo. Luego descubrió que estaba unido a su cámara por un cordón grueso y cálido, en el cuál sus minúsculos dedos podían reconocer en cualquier momento el pulso que había percibido en forma difusa al principio de su recuerdo. El cordón era tan largo que le permitía nadar con soltura de un extremo al otro de su mar privado. El cordón fue su primer y único juguete. Saltar a la cuerda y envolver sus piernas o su cuello con el cordón eran partes esenciales de su rutina diaria. Con el pasar del tiempo adquirió la sensación visceral de que el cordón era muy importante para él. Además era obvio que su cuerpo crecía y le pareció natural que su cámara también creciese.

En algún momento descubrió que había otro mundo en el espacio exterior y que su mundo se movía. Este descubrimiento dio lugar a un estudio profundo de la situación. Inicialmente le sorprendieron los sacudones que se sucedían de cuando en cuando al desplazarse su cámara de un sitio al otro, a veces suavemente y otras como una coctelera. Los tumbos sacudían todo su ser y apreciaba entonces lo espacioso de su reducto y el efecto benéfico del licor que lo rodeaba.

Pero todo no era movimiento. Poco a poco cayó en la cuenta que con un ritmo previsible, su recinto parecía suspenderse en el espacio y por un tiempo que a veces le parecía interminable se quedaba casi totalmente quieto. Así descubrió que sus correrías de un lado al otro de su cámara oval, sus horas de natación y sus juegos con el cordón hacían también mella en él. Fue una maravilla descubrir que podía coordinar su actividad con el movimiento de su cámara y su sueño con su quietud.

A medida que pasaba el tiempo aprendió a reconocer nuevas señales provenientes de un mundo exterior que no conocía y que llegaban a él a través de las paredes de su casa sin ventanas. Su imaginación, al ser virtualmente ciego, era asaltada por sus otros sentidos, que hipertrofiados, formaban imágenes centrales que eran parte de su vida. El clima afuera de su cámara sería tal vez tropical, tibio como el licor que bañaba su piel sin cambios de estación.

Poco a poco descubrió que el sonido que percibía amortiguado tenía algún significado. Como el movimiento, el sonido le llegaba con un ritmo previsible. Mientras su ámbito se movía, una polifonía atacaba furiosamente sus oídos. Lo primero que distinguió fue una serie de sonidos ininteligibles, de tono muy agudo, interrumpidos por breves pausas. Descubrió que mientras la mayoría de los sonidos eran variables y se alejaban o se acercaban y a veces desaparecían para siempre, los curiosos ruiditos chillones lo acompañaban por doquier y eran totalmente previsibles. La conclusión era ineludible. Su cámara estaba unida a esos ruiditos que al principio le resultaron indescifrables, pero que paulatinamente se le hicieron habituales. Como un pequeño Champollion trataba de descifrar los jeroglíficos sonoros que percibía en forma contínua. Su computadora cerebral en desarrollo asociaba estímulos sonoros, anotaba circunstancias y las relacionaba con otros sonidos, con las horas de reposo y de actividad o con el movimiento, hasta que el sonido llegó a adquirir algún significado primitivo.

No le cabía ya duda, el ser que portaba su cámara oval era el dueño de la vocecita chillona que lo acompañaba a donde fuere usando un lenguaje extraño que se empeñaba en descifrar. Así descubrió que había diferencias apreciables entre las voces de tonalidad aguda. La vocecita chillona era claramente distinguible de otras voces agudas pero sin duda de timbre distinto. Había sin embargo un contraste entre esas voces agudas y chillonas y otras más graves, más fuertes y a veces estentóreas. Era obvio que voces de bajos y sopranos correspondían a seres esencialmente distintos. Imaginaba a los seres que ocupaban el espacio exterior a su carcaza a su imagen y semejanza, sugerido por la cuidadosa exploración táctil de su anatomía.

La dueña de la vocecita chillona era sin duda un ser hermoso con una cabeza casi tan grande como su cuerpo, una cara achatada con ojos enormes muy separados, vientre prominente y piernas y brazos relativamente cortos. Él había llegado a la conclusión que el vientre era la única parte de su cuerpo que podría albergar su cámara oval.

Al cabo de escuchar los mismos sonidos una y otra vez, pudo descubrir el significado de algunas palabras del extraño lenguaje. Cierta vez se dio cuenta que la vocecita chillona respondía siempre a la voz de Mimí. De este modo supo que Mimí era su nombre. De la misma forma adquirió un rico vocabulario que repetía en su mente como un lorito, sin que las palabras adquirieran significado alguno pues carecían de contexto. Trató muchas veces de hacer vibrar sus cuerdas vocales para imitarlas, sin lograr emitir sonido alguno. Sólamente el cosquilleo de unas gárgaras ahogadas, pero ni un asomo de nada parecido a lo que percibían sus oídos.

Le gustaba oír la voz de Mimí, a quien lo unía un vínculo que intuía. A veces Mimí estaba muy contenta. Eso era obvio por el timbre de su voz y por lo que aprendió a reconocer como un coro de risas a su alrededor. En esas ocasiones con frecuencia pasaba algo que no comprendía muy bien. De pronto se sumía en un sopor y le parecía que las paredes de su cámara oval se movían alocadamente, lo cuál le hacía perder toda a noción de distancia y tropezaba de continuo con su cordón vital. Después se recuperaba gradualmente pero quedaba muy irritado, lo que le hacía patear las paredes de su carcaza con furia.

Ya le había sucedido antes, no sabía cuándo. Estaba dispuesto para el reposo reparador, cuando ocurrió algo insólito. Las paredes invisibles que lo rodeaban temblaron y su cámara cambió súbitamente de forma aplastándose violentamente como apretada por una garra poderosa, al mismo tiempo que un ariete empujaba rítmicamente su refugio como queriendo penetrar en su mundo con fuerza inusitada. Al mismo tiempo llegaba a él un espectro polifónico que oscilaba entre gritos contenidos y graves aullidos de satisfacción.

Era claro que Mimí estaba jugando con alguien y que ambos gozaban sobremanera. Mientras duró la danza diabólica no pensó gran cosa pues todo en él era sorpresa y azoramiento. Después de largo rato en que se vio ocupando los cuatro puntos cardinales de su cámara, el ariete se aquietó no sin antes contraerse con ritmo espasmódico. Mimí y la grave voz del ariete siguieron hablando durante largo rato. Mientras escuchaba se frustraba al no poder evitar esa intrusión en su vida privada. Mimí decía palabras que no podía comprender: "Yo también tengo derecho a mi vida, yo también..."

La rutina cotidiana se sucedía mientras cada vez encontraba menos espacio para moverse dentro de su cámara. El juego apocalíptico al que Mimí se entregaba con su amigo se repitió muchas veces y una y otra vez captó aquello de "yo también tengo derecho a mi vida".

Él repetía mentalmente sin entender el significado: yo también tengo derecho a mi vida. Había gran emoción en las palabras de Mimí. Por el timbre de su voz sabía que estaba pasando por un mal momento, una tormenta sin duda se avecinaba.

Un día distinto de todos los otros, su cámara oval se desplazó a través de un muro de palabras. Un murmullo al principio que pronto adquirió una intensidad inesperada: Ave María, Madre de Dios… Padre nuestro que estás en los cielos…Perdónala Señor por sus pecados… El significado de esas palabras era un enigma para él. El murmullo disminuyó y por fin desapareció. La normalidad se hizo nuevamente.

La voz de Mimí no sonaba bien, le parecía angustiada. Entonces, paradójicamente—pues sucedía lo mismo cuando Mimí estaba contenta y se divertía con sus amigos- se emborrachó con ella por última vez. De pronto, el mar que lo había bañado desde que tenía memoria se desvaneció súbitamente. Acto seguido sintió que su mundo se desplomaba destrozado por una garra fría. Su último descubrimiento fue una luz enceguecedora y la visión fuera de foco y borrosa de una figura inmóvil a su lado mientras sombras a su alrededor se entregaban a una danza macabra. Después, otra vez la oscuridad y el silencio.

II -PERDÓNALA SEÑOR

Mimí salió de la oficina y se dirigió resueltamente hacia el café en que solía encontrar a Carlos. Su vida había cambiado mucho desde que consiguió su nuevo empleo como secretaria en una firma comercial. El cambio había significado la tan ansiada independencia de la casa paterna.

A los veintitrés años, Mimí era una hermosa mujer, inteligente y preparada para la vida con el esmero que ponen en la educación de los hijos muchas familias tradicionales. Al terminar su trabajo diario en el que era muy eficiente, Mimí estudiaba en la escuela nocturna para lograr un título en economía pues tenía muchos proyectos para su futuro y una firme ambición de progresar. Mimí reconocía que desde que había conocido a Carlos sus estudios no andaban tan bien como ella hubiera deseado. Carlos era muy bien parecido y tenía gran éxito con las mujeres que lo buscaban incansablemente. Mimí estaba muy feliz de que Carlos se hubiera fijado en ella y gozaba de esa relación como Eva de la manzana del paraíso. Pero esa noche Mimí estaba preocupada.

-Creo que estoy embarazada, le dijo. A Carlos los síntomas de Mimí no le parecieron convincentes y la calmó con su seguridad habitual.

-No Mimí, estás equivocada; se trata de una irregularidad sin trascendencia y no hay razón alguna para alterar nuestro ritmo de vida.

A los pocos días Mimí tuvo náuseas matutinas y visitó a su médico que rápidamente le confirmó que estaba embarazada. Esa noche Mimí esperaba a Carlos con la certeza de su estado y le dijo resueltamente: Debemos casarnos y empezar la vida juntos cuanto antes. Sin embargo Carlos no se dejó convencer por los argumentos de su amiga. De ningún modo estaba dispuesto a dejar su vida de soltero. Mimí le gustaba mucho pero no tanto como para casarse y ni siquiera tanto para sacrificar su independencia y vivir con ella.

En cuanto al embarazo, eso no le preocupaba en lo más mínimo.

Los días pasaban y las lágrimas de Mimí se enjugaban en las sábanas y sus súplicas se ahogaban en el goce nocturno al que ambos se negaban a renunciar. Mimí vivía tan atormentada como Carlos despreocupado. Mimí trató desesperadamente de no alterar su estilo de vida y salía con Carlos y un grupo de amigos a bailar y a tomar unas copas para olvidarse momentáneamente de sus preocupaciones. A la noche, todavía bajo la influencia de Baco se entregaban a una catarsis pasional y dormían profundamente hasta la mañana siguiente en que Mimí despertaba con violentas sacudidas en su vientre, que ya había adquirido alguna prominencia.

Mimí ocultaba hábilmente su cintura in crescendo con vestidos cuidadosamente escogidos. Pensó que tenía que tomar una decisión unilateral pues si por Carlos fuese, seguiría con el mismo juego mientras pudiera. Mimí decidió que dejar progresar el embarazo no era una opción viable. No le parecía justo ni para ella que veía su futuro comprometido ni para su hijo quien seguramente no tendría padre. Además sus padres no la perdonarían jamás. Era claro que podría conservar su puesto pero tendría que renunciar a sus estudios.

Mimí nunca hubiera pensado que con su educación cristiana y sus sentimientos de madre en potencia sería capaz de interrumpir su embarazo, más aún siendo tan avanzado. Yo también tengo derecho a la vida, le dijo a Carlos, a lo cuál él asintió a regañadientes.

Mimí hizo las averiguaciones del caso, juntó sus ahorros y consiguió una cita en una clínica alejada de su casa. El día señalado Mimí no pudo encontrar a Carlos por ningún lado y sacando fuerzas de flaquezas salió sola para la clínica. Al llegar a su cercanía, Mimí encontró un numeroso grupo de hombres y mujeres que de rodillas o de pie bloqueaban la puerta del consultorio.

El encuentro con esa gente que obviamente la censuraba fue un golpe tremendo para su alma atormentada: Ave María, Madre de Dios...Padre nuestro que estás en los cielos...Perdónala Señor por sus pecados..." Mimí pasó casi corriendo entre los rezadores mascullando una maldición.

Ya en el consultorio, Mimí se desconectó una vez más, esta vez bajo el efecto de la anestesia y al poco tiempo un hermoso feto con rubio lanugo que nunca respiró yacía entre sus piernas. Una mano diestra lo puso en una bolsa de plástico y Mimí todavía atolondrada por la anestesia nunca llegó a verlo.

Mimí se recuperó físicamente en un par de días y unas vacaciones obraron maravillas para restablecerse y tomar fuerzas para seguir viviendo. El desengaño de su amor muerto y la angustia por el hijo que no fue, la habían golpeado sin piedad, pero Mimí tenía gran poder de recuperación.

Cuanto antes volvió a su trabajo donde era muy apreciada. Retomó su estudio nocturno y dejó de frecuentar el café donde antes solía encontrar a Carlos. También dejó de frecuentar algunos amigos comunes y puso todo su empeño en hacer borrón y cuenta nueva. En un par de años completó su estudio y tomó una consultoría que mejoró mucho su posición económica, lo que le permitió mudarse a un espacioso departamento en un barrio paquete. Los nuevos horizontes le sentaban muy bien.

Mimí había logrado encaminar su vida. Era todavía joven, hermosa y empezaba a tener éxito profesional y económico pero no era feliz. Muchas veces volvió a pensar en Carlos. Una noche al salir de su oficina, se dirigió automáticamente al café que otrora frecuentara con Carlos. Se sentó en una mesa y pidió un café. Nada pasó esa vez ni otras muchas veces en que volvió al café en busca de Carlos.

Ya casi no pensaba en él cuando el reencuentro fue realmente casual. Mimí encontró a Carlos más encantador que nunca. Vestía muy bien y aparentaba tener dinero. A Mimí le contó que había estado ocupado con asuntos importantes que no le dejaban tiempo para frivolidades. Mimí no le dijo que lo había buscado locamente y se enteró por boca de Carlos de sus viajes a Bogotá por negocios, que lo habían alejado de ella y de sus viejos amigos. A Carlos le gustó mucho el nuevo departamento de Mimí. Una vez más parecían gozar mucho la vida en común.

Cuando Mimí recordó su dolorosa experiencia pasada ya era tarde para tomar precauciones. En el fragor pasional del reencuentro Mimí quedó embarazada una vez más. Esta vez sabía a ciencia cierta lo que estaba pasando y resolvió tomar una decisión de inmediato. Su éxito personal y el de Carlos podrían permitir tal vez una unión verdadera. Pero Carlos titubeaba y tampoco esta vez estuvo dispuesto a formalizar la situación. Eso fue demasiado para Mimí y Carlos se esfumó una vez más esa misma noche.

Al quedarse sola con su problema y su conciencia, a Mimí se le ofrecieron las mismas opciones que se le presentaran en el pasado, sus sentimientos, su familia y el qué dirán.

Otra vez pidió una cita en la clínica que bien conocía y otra vez llegó a sus puertas sola con su conciencia. Nuevamente tuvo que enfrentar una muralla de palabras seráficamente amenazadoras: Santa María, Madre de Dios, perdónala por sus pecados... Otra vez la imprecación mascullada y por fin una vez más se encontró sola en la sala de espera, sollozando angustiada. Allí recapituló todo lo pasado con horror y en su conciencia reverberaba el perdónala Señor por sus pecados...

Mimí se sintió muy sola cuando llegó el momento de la verdad, sentada en la sala de espera. Entonces se enjugó las lágrimas con un pañuelo, se levantó y salió corriendo de la clínica.

III -DE TAL PALO TAL ASTILLA

Carlitos era un apuesto jovencito de cabellera rubia y porte esbelto, físicamente la misma estampa del padre. Carlos se había borrado de la vida de Mimí hacía mucho tiempo. En algún momento Mimí supo por alguno de sus viejos amigos comunes que Carlos había vuelto a Colombia y nunca más lo volvió a ver.

Por suerte los temores de Mimí acerca de sus padres habían sido infundados y aunque el traspié de su hija fue un golpe duro para ellos, fueron muy comprensivos y la ayudaron mientras Carlitos era pequeño.

Mimí estaba muy orgullosa de Carlitos y le dio todo lo que materialmente estaba a su alcance para que nada le faltase. Como Mimí estaba muy ocupada profesionalmente Carlitos pasaba la mayor parte del día en una guardería. A la tardecita Mimí se unía con su niño con grandes manifestaciones de amor. Madre e hijo pasaban las veladas bajo el mismo techo haciendo cada cual lo suyo. Carlitos ambulaba en su lujoso departamento donde gozaba de cuanto juguete existía.

Mimí se había casado con Antonio, un hombre varios años mayor que ella – también un professional exitoso. La vida de Mimí transcurría con su marido, su hijo, sus amigos, su clase de gimnasia, los presupuestos para sus clientes y otras múltiples actividades.

A pesar de que Carlitos era muy inteligente tuvo grandes problemas para progresar en la escuela. Los maestros sugirieron que el niño se aburría en clase y que no ponía gran empeño en progresar. Cuando Carlitos cumplió dieciséis años, los padres le regalaron un auto deportivo.

Ya hacía bastante tiempo que Carlitos andaba de mal en peor tomando drogas y cambiando de colegio frecuentemente. Después de haber puesto tantas esperanzas en su hijo Mimí se sentía defraudada. Antonio trataba de convencerla de que era hora de tratarlo con mano dura. Mimí y Carlitos tuvieron un prolongado *tête à tête* en el cual Mimí se declaró perdedora. Carlitos le recordaba físicamente a Carlos y era tan atractivo y encantador como había sido su padre.

Al notar la debilidad de Mimí con su hijo, Antonio enfrentó a Carlitos e intentó persuadirlo de que se fuese de la casa, a lo que él accedió gustoso no sin antes sacarle un buen dinero.

Carlitos se esfumó por un tiempo para reaparecer con gran estrépito en la cárcel al haber sido sorprendido en el narcotráfico.

Mimí lloró con él dentro de su celda y la oveja descarriada le juró que lo sucedido había sido un accidente que no volvería a ocurrir. Carlitos salió bajo fianza con el apoyo de Mimí y desapareció del mapa nuevamente, esta vez por varios años.

Los días de Mimí y Antonio transcurrían sin mayores alternativas. Sorpresivamente una noche el teléfono trajo una vez más la voz de Carlitos, que como otrora la de Carlos, decía lo que el oído quería escuchar. Carlitos se invitó a cenar y durante la velada se mostró tan encantador como había sido Carlos. Mimí estaba azorada con el parecido. Sus facciones nobles, sus ojos llenos de picardía y su voz grave y cadenciosa eran para ella *déjà vu*.

Carlitos les contó historias bonitas que la hicieron sentir muy bien. Luego de haber sufrido tanto por la mala cabeza de su hijo, éste le hacía un regalo inesperado. Carlitos se había asociado con un rico mercader sudamericano y estaba convertido en un magnate de las finanzas. Antonio, que conocía sólo una parte de la historia asistía a la escena con una mezcla de incredulidad y asombro.

Fue una de las sobremesas más prolongadas que Mimí y Antonio recordaban y mucho después del café y del cognac, Carlitos llamó con su teléfono móvil a su chofer y se despidió con grandes muestras de afecto. Mimí estaba muy feliz al ver el fruto de sus desvelos y en cierto modo la prueba de su propia redención.

Un minuto después de cerrar la puerta Mimí y Antonio fueron sacudidos por los estampidos de una matraca infernal seguidos por un breve silencio interrumpido por ensordecedoras sirenas policiales. Cuando Antonio y Mimía brieron la puerta encontraron a Carlitos yaciendo boca abajo a pocos pasos de la puerta del departamento, nadando en un charco de sangre.

En el funeral de Carlitos. Mimí estaba angustiada. En su rostro muerto veía al de Carlos. De pie frente al cadáver de su hijo Mimí parecía estar concentrada en un último adiós, cerró los ojos y recapituló su pasado preguntándose cuál era el saldo de su propia vida. Evidentemente, como Mimí lo había presagiado muchos años atrás, Carlitos no había tenido padre.

¿Y en cuanto a ella? Los minutos pasaron y Mimí inmóvil parecía haberse convertido en piedra.

Alrededor de Carlitos se reunieron las lloronas con sus quejidos y lamentos. Las rezadoras abrieron viejas heridas: Ave María, Madre de Dios...Padre nuestro que estás en los cielos... y en la mente de Mimí resonaba un lejano perdónala Señor por sus pecados. Entonces la piedra adquirió de pronto facciones de mujer. Mimí lloró desconsoladamente y apretando los labios con un rictus de dolor murmuró palabras amargas que nadie podía escuchar.

6

La Causa

1998

Estamos tatuados en la cuna
con las creencias de nuestra tribu,
la marca puede parecer superficial, pero es indeleble.

-Oliver Wendell Holmes,
The Poet of the Breakfast Table

I -UNA EDUCACIÓN EJEMPLAR

ADRIANO ESTABA EUFÓRICO Y MUY FELIZ por su éxito y la terminación de sus estudios.

Esa noche se otorgaban los diplomas y los premios a los mejores alumnos. Sus compañeros de clase con sus respectivas familias habían asistido en pleno y el salón de actos estaba atestado de alumnos, profesores y amigos.

Adriano había sido un alumno excelente y había encontrado en el colegio un ambiente propicio a su personalidad. En particular había sido atraído por la personalidad del Padre Carmelo, un hombre joven y dinámico que ejercía gran dominio sobre sus alumnos. El Padre extendía su poderosa influencia mucho más allá del colegio pues actuaba como director espiritual de muchas familias, en particular de las madres de sus alumnos.

El sacerdote enseñaba lenguas y filosofía y podía tanto brillar en el debate de problemas complejos como en la discusión de cuestiones prácticas de la vida o jugando un picado al fútbol con sus alumnos en el patio del colegio, simplemente sacándose la sotana. No cabía duda que el Padre Carmelo gozaba de gran popularidad entre el alumnado.

En la ceremonia de graduación la estrella del padre Carmelo estaba en su apogeo. En cierta parte de la arenga dirigida a sus discípulos antes de entregarles el diploma, el Padre les decía:

-Estamos aquí para celebrar una camada excepcional, llamada a grandes destinos. Cada uno de ustedes será llamado por una vocación distinta. Unos serán profesionales –abogados, médicos o ingenieros-, otros seguirán la carrera de las armas y aún otros se dedicarán a los negocios o tal vez a otras actividades que ahora no puedo precisar pero que intuyo que serán trascendentes. Sé que cualquiera fuese la actividad a que se dediquen, habrán de sobresalir y ocuparán una posición de liderazgo en la sociedad.

-Ésto es lo que deben recordar de mi mensaje. *Les hemos dado las armas para luchar y deben usarlas de cualquier manera para imponer el triunfo de la verdad, de nuestra verdad, de la única verdad a cualquier precio.* Recuerden que ustedes son los elegidos, los poseedores de nuestra verdad y por lo tanto hay una gran responsabilidad que pesa sobre vuestros hombros. La única esperanza de salvación de la sociedad moderna está en ustedes.

Los jóvenes se encendían con estas palabras inflamadas de su maestro y *se imaginaban llevando la antorcha de la verdad, de la única verdad por el camino de la vida.*

El pensamiento del Padre Carmelo no tenía fracturas pues el alumnado era escogido y protegido de pensamientos extraños. Las familias eran muy unidas y era natural que se apoyaran entre sí. El Padre Carmelo utilizó la mayor parte de su discurso para prevenir a los jóvenes de los peligros que sin duda encontrarían en el futuro y de las dificultades que se les presentarían al tratar de imponer *su verdad.*

-No se amilanen cuando sean desmentidos, hagan oídos sordos a los argumentos torcidos que se aparten de nuestro credo. Sólo en esta forma se pondrán al abrigo de ideologías extrañas, perturbadoras de nuestra sociedad.

Esa noche Adriano no pudo conciliar el sueño y en su cabeza reverberaban las palabras del Padre Carmelo: *...imponer el triunfo de la verdad, de nuestra verdad, de la única verdad a cualquier precio...*

II -LA RUBIA SIN CARA

Adriano abrió los ojos después de un prolongado letargo y encontró que todo era oscuridad a su alrededor. Al recobrar paulatinamente sus sentidos, sintió un tremendo dolor de cabeza que aumentaba al contacto de su cuero cabelludo con una superficie dura a la que su pelo apelmazado se adhería por medio de un humor pegajoso que bañaba su cabeza.

Intentó mover sus miembros entumecidos pero sus movimientos parecían impedidos por muros invisibles. Sus muñecas estaban firmemente sujetas por ataduras a su espalda. Sus pies tocaban una superficie dura que no podía ver pero que su tacto percibía. Un pequeño movimiento propulsor hacía chocar su cabeza con una pared que no cedía a su presión.

Trató vertiginosamente de pensar como había llegado a esta situación. El comienzo se le hacía muy difuso, pero vagamente empezó a situarse en el tiempo y en el espacio, este último reducido a la mínima expresión. Recuerdos desordenados luchaban por un lugar en su conciencia con el dolor de cabeza que no lo dejaba pensar y la claustrofobia que lo ahogaba. Una mordaza húmeda y tibia le impedía emitir sonido alguno y además comprendía que sus gritos no hubieran servido de nada. Mordía sin cesar el trapo que cubría su boca como único entretenimiento. Al principio la mordaza tenía un gusto dulzón que con el tiempo se fue desvaneciendo hasta desaparecer. El aire estaba enrarecido y le resultaba trabajoso respirar.

A pesar de que no podía pensar bien tuvo un chispazo de comprensión. Había salido de lo de Nicolás por la calle rodeada de tipas recién florecidas, cuando una jovencita rubia cruzó la calle haciendo señas con sus manos y tuvo que frenar a fondo para no aplastarla. Apenas pudo vislumbrar el rostro de la muchacha que se había detenido al costado de la ruta y al bajar la ventanilla para decirle algo un seco chasquido retumbó en su cabeza y su mundo se oscureció.

La rubia había sido una trampa y él había caído como un chorlito. Trató de serenarse al notar que su agitación hacía su respiración más desordenada y aumentaba su ahogo. Dentro de su sarcófago, Adriano escuchaba sólamente el ruido de su propia respiración agitada, magnificada por el encierro y no llegaba a él ningún sonido exterior. Por lo menos así lo creyó al principio. Al agudizarse sus sentidos se dio cuenta que no lo habían abandonado en un sitio desierto sino que había alguien más en el lugar de su cautiverio.

Pasaron las horas hasta que perdió toda noción del tiempo. Notó que se bañaba en orina tibia una y otra vez y que su boca estaba reseca. Su cinturón ajustado lo aislaba del barro fecal pero su camisa se impregnó hasta el cuello de orines que buscaban la horizontal. Nunca llegó a tener hambre pero una sed intensa lo atormentó mientras estuvo consciente. Tenía lengua de loro y la mordaza estaba ya tan dura como el cartón.

Adriano respiraba una atmósfera narcotizante, rica en aire respirado que lo adormiló haciéndolo entrar y salir de un sueño difícil de deslindar de su realidad. De pronto pudo distinguir docenas de palomas haciendo sociedad en una plaza y una larga fila de mujeres que avanzaban hacia él con lentitud deliberada levantando sus brazos al cielo y enjugando las lágrimas con sus pañuelos. Una de las señoras se aproximó amenazadoramente hasta casi tocarlo blandiendo la foto de un jovencito imberbe con cara de bebe que se agrandó en su horizonte hasta adquirir proporciones gigantescas para luego convertirse en una mancha borroneada y desaparecer.

En su sueño Adriano se encontró de pronto viajando sobre un enorme pájaro plateado que al batir sus alas metálicas hacía un ruido ensordecedor. Podía ver abajo la sierra, apenas su contorno dibujado en el manto nocturno, la ciudad dormida y el lago con reflejos de luna, mientras el pájaro plateado defecaba óbolos hediondos que sacudían el agua con estrépito en su trayecto hacia el fondo. El pájaro se desinfló súbitamente y la caída acelerada de Adriano en el vacío fue interrumpida por alaridos de dolor, humo de cigarrillos, olor a carne quemada y luego otra vez las malditas señoras de la plaza y las palomas revoloteando a su alrededor.

Sin embargo, la angustia que le evocaban esas imágenes se calmaba transitoriamente al ver a tres angelitos rubios vestidos de blanco corriendo hacía él a la salida de misa para besarlo y abrazarlo con amor.

De pronto volvía la imagen ya borrosa y lejana de su graduación, cuando su mente sin malicia recibió un lavado que lo dejaría *limpio* para toda su vida. La figura del Padre Carmelo se agrandaba hasta adquirir dimensiones descomunales mientras repetía con énfasis:

¡Imponer nuestra verdad a cualquier precio!

¡Imponer nuestra verdad a cualquier precio!

Una y otra vez la rubia reaparecía en su camino. Tenía una esbelta figura y largo pelo rubio suelto sobre sus hombros, pero no podia distingir su cara. Al cabo de un rato Adriano concentró toda su energía y creyó distinguir unos ojos almendrados, una nariz pequeña y unos labios afilados dibujando una mueca sarcástica que se reían de él.

Haciendo un supremo esfuerzo esas imágenes borrosas adquirieron un foco y las facciones de la rubia ocuparon todo su mundo para desdibujarse una vez más. Después, nuevamente las malditas señoras de la plaza clamando por almas tragadas por la violencia, las palomas volando a su alrededor y una y otra vez, implacablemente, la rubia sin cara.

III -UNA RATA ATRAPADA

La reunión en lo de Nicolás estaba a punto de terminar. Sabíamos que Adriano sería el primero en salir por la ruta bordeada de tipas. Fue muy fácil. Después de la curva cerrada del viejo almacén abandonado, al aminorar la marcha los focos de su coche iluminaron la silueta de Berta que cruzaba la calle. El candidato bajó su ventanilla con el coche casi detenido, seguramente para maldecir a la rubia a su gusto y ese fue su último acto consciente.

Entre Berta y yo lo pusimos como a un fardo en el asiento de atrás de mi auto y yo manejé el de Adriano hasta una calle lateral para que no llamase la atención. Entonces Berta manejó a gran velocidad hacia nuestro destino mientras yo miraba la cara de Adriano, totalmente inconsciente con su cabeza bañada en sangre. Este era un pez al que habíamos aprendido a odiar y al que tratábamos de pescar desde hacía mucho tiempo. No habíamos decidido matarlo de entrada pues tal vez nos sirviera más vivo que muerto. Ya veríamos.

Llegamos a la casa que Chulo había alquilado un mes atrás y preparado cuidadosamente para la ocasión. El sitio era ideal, apartado y solitario. Sin movimientos sospechosos que nos delataran podríamos estar allí durante mucho tiempo sin ser descubiertos. Lo arrastré hasta la sala con ayuda de Berta, lo amordacé y até sus manos a la espalda.

Entonces descubrimos la obra maestra que Chulo había preparado con todo esmero. Una pequeña puerta escondida en un ángulo de la sala que daba acceso a un cajón empotrado más angosto que un féretro. Allí empujamos a Adriano aún inconsciente, con sus pies hacia adentro hasta que su cabeza entrara en el cajón. Cubrí la puerta con el papel y arrimé un sillón no sabiendo si lo iba a volver a ver. Todo dependía de las circunstancias. No sentía compasión alguna.

-El fin justifica los medios. Una vida más o menos no es importante –era la tácita consigna. Destruir el orden establecido y crear el caos para construir un nuevo orden. ¡Lo único importante es la causa!

Berta se esfumó rápidamente sin hacer preguntas. De ahí en adelante trataría de mantener una apariencia de normalidad en la casa para no despertar sospechas y estaría alerta a las órdenes del comando. Mientras tanto, Adriano no me preocupaba pues sabía que el desenlace sería rápido. O lo utilizaríamos en breve o se moriría en su propia mierda. En ninguno de los dos casos merecía la pena preocuparse por él. Sin embargo, mi predicción de un desenlace breve no se concretó. Toda una semana pasó sin novedades hasta que de pronto llegó el mensaje, pero no el esperado.

-¡Volá![9]

-¡Dejalo como está y volá![9] –dijo una voz conocida.

IV -EL TUFILLO DELATOR

Nicolás era el hombre fuerte de la represión. Adriano era su ángel ejecutor. Con su carita seráfica

---

9. Volá y dejalo por vuela y déjalo a la usanza de Bueos Aires

y su aparente rectitud proverbial, nadie hubiera sospechado su papel de verdugo de la represión.

El rapto de Adriano en el mismo corazón de la represión fue un duro golpe de audacia que los tomó desprevenidos. Nicolás había hecho sentir su mano dura y parecía tener la situación controlada hasta la desaparición de Adriano. Su coche abandonado muy cerca del cuartel general fue encontrado al cabo de unos minutos, los suficientes para que los fugitivos desaparecieran con presteza en la bruma de la noche.

Nicolás convocó a su estado mayor. El servicio de inteligencia había fichado a unos pocos sujetos que podrían tener vínculos con la guerrilla y a muchos otros que si bien eran neutrales, habían desaprobado el manejo de la represión.

Sin titubear Nicolás ordenó una ola de represión masiva que involucró a algunos poco probables y muchos posibles guerrilleros, pues la operación no había dejado rastros y no había indicios seguros. Nicolás no tenía remordimientos por las atrocidades cometidas por la represión porque la causa era justa. *El fin justifica los medios. Una vida humana más o menos no tiene importancia. Cueste lo que cueste hay que mantener el imperio de Dios y de la justicia y proteger a la familia. ¡Lo único importante es la causa!*

Una denuncia puso sobre aviso a la policía. -En la casa alquilada puede estar ocurriendo algo extraño— dijeron los vecinos. Cuando agentes del comando de Nicolás irrumpieron en la casa de Chulo la encontraron aparentemente vacía, pues la represión en marcha había sido registrada de inmediato por la guerrilla. Sin embargo, era obvio que algo inusual había ocurrido en esa casa pues los inquilinos habían desaparecido como por encanto.

Nicolás en persona se hizo presente en la casa sospechosa de haber albergado a los guerrilleros. Con gran desaliento recibió la nueva de que la casa estaba vacía. ¡Ni rastros de Adriano!

Nicolás levantó el auricular del teléfono para hacer una llamada, cuando percibió un tufillo muy penetrante. Olisqueó aquí y allá como un perro perdiguero hasta que ubicó la mayor concentración amoniacal en un rincón de la sala. Retiró el sillón que estaba en el paso, escarbó el papel de la pared con las uñas y en un instante descubrió la puerta oculta. Pidió a gritos a sus ayudantes que abrieran la puerta y al hacerlo fueron saludados por un vaho amoniacal tan intenso que los hizo lagrimear, mientras tironeaba de los hombros de Adriano que yacía inerme en su cloaca funeraria.

7

Dos Mundillos Simultáneos

1961

Sólo entiendo-dijo Sancho -que en tanto que duermo,
ni tengo temor, ni esperanza, ni trabajo, ni gloria;
y bien haya el que inventó el sueño,
capa que cubre todos los humanos pensamientos,
manjar que quita el hambre, agua que ahuyenta la sed,
fuego que calienta el frío, frío que templa el ardor,
y finalmente, moneda general
con que todas las cosas se compran,
balanza y peso que iguala al pastor con el rey,
y al simple con el discreto.

-Miguel de Cervantes, *Don Quijote de la Mancha,*

I -UN BAÑO DE SANGRE

LA LUZ SE HIZO Y sigilosamente se dirigió a su encuentro. La luz ancestralmente la atraía como un imán. De pronto cuando empezaba a desplazarse, la luz se apagó y le sucedió una noche acogedora y tranquila. Su búsqueda nocturna continuó sin descanso, pues tanto el hambre como la ambición incontroladas eran aguijones dolorosos. No dejó un solo rincón de su mundo sin registrar, mas no encontró nada para saciar sus apetitos.

Con su flauta primitiva que había aprendido a tocar de pequeña, rompía el silencio nocturno. La melodía era monótona, alucinante y si tal vez alguien la escuchara hubiera podido infundir terror. Entonces detuvo su andar meditando acerca de su triste suerte, de su andar solitario y hambriento, de lo que se le ocultaba pero que intuía y de la cercanía de la muerte.

No había conocido padres ni familia. Ni siquiera tenía un recuerdo de su madre. No bien la vida se manifestó en ella, se echó a rodar por aquel, su mundillo estrecho y oscuro. Sueños de universos por descubrir y de manjares apetitosos interrumpían aquí y allá su vigilia expectante. Pero el hambre, doloroso al principio, fue suplantado paulatinamente por una penosa y nauseabunda sensación difusa.

Más allá de la nausea, en medio de la quietud total premonitoria del fin, le invadió una desazón grande y luego un odio supremo a todo lo que intuía pero no conocía. El odio cedió paso a la sed de sangre, una sed avasalladora que la consumiría hasta el fin de su vida. Era una sed de revancha por lo que nunca tuvo y por lo que hubiera podido tener. Era más que un sentimiento irreprimible e irracional, una manifestación ancestral a nivel visceral. Entonces se dispuso a dormir en un rincón apartado de su mundo al abrigo de miradas inquisidoras.

Ya su noche se estaba por fusionar con la noche eterna cuando de pronto se hizo la luz. Abrió sus ojos encandilados y desde su escondite vislumbró fugazmente una criatura extraña. Nunca había visto nada parecido. No podía ver claramente por lo enceguecedor de la luz, pero pudo oír el ruido del agua de una vertiente tal como lo había imaginado. El agua cristalina y fría, jugueteando al caer entre las piedras de un río de montaña. Luego, el arrullo del agua cantarina de la vertiente fue ahogado por el ruido ensordecedor de la tormenta. Se imaginaba los picos de la montaña cubiertos de negros y amenazadores nubarrones y creía ver caer el rayo con furia indescriptible. Pensó que tal vez se tratara de una advertencia divina ante sus ambiciones desmedidas y pensamientos extraños. Al trueno le siguió una lluvia torrencial como imaginaba podría suceder en el trópico. Pero inesperadamente, después del chaparrón tropical no salió el sol radiante, sino otra vez se desplegó la noche oscura, sin luna ni estrellas excepto las suyas.

El silencio se hizo otra vez, pero ahora no era absoluto. Se imaginó que filtrándose entre los picos montañosos, un céfiro suave y tibio acariciaba rítmicamente su oscuro escondrijo. En el manto negro de la noche todavía veía resplandores fosforescentes que alocadamente recorrían su horizonte como fantasmas. Por fin sus agitadas visiones se aquietaron, convirtiéndose en pequeños puntos luminosos que se enrarecieron y por último, esta vez sí se hizo la noche total.

El instinto la ayudó a salir de su sopor y empezó a deambular durante la noche en busca de algo, no sabía qué. Mientras recorría como sonámbula los rincones más oscuros de la región, tocaba su instrumento incansablemente. En el mundo de las sombras aprendió a distinguir formas. Lo que sus ojos encandilados habían percibido como una criatura extraña, reapareció en imagen en espejo en un juego de claroscuro yaciendo inerte a su merced. Ahí se le ofreció inesperadamente la oportunidad de su vida. La sed de sangre reapareció de súbito y el odio la enardeció nuevamente.

Fuerzas interiores que no podía controlar la dirigieron hacia su objetivo. El elixir soñado estaba allí a su alcance. Bebió y bebió hasta el hartazgo, enloquecida con su música infernal. Pero el hartazgo no era ya el límite y volvió por más y más. Gozaba de su logro inesperado e improbable. Aunque su odio se había adormecido temporalmente por el festín, volvió al ataque viciosamente, nunca sabrá por qué, cuando de pronto en el medio de la orgía revanchista ¡PAF!

Un manto de sangre y la visión central de un cielo estrellado, o tal vez el espectáculo de fuegos de artificio con luces puntiformes que se fueron extinguiendo una a una. Después, la noche eterna esta vez para siempre.

II -PESADILLA DE UNA NOCHE DE VERANO

Encendí la luz y Anita se abalanzó hacia la ventana que estaba herméticamente cerrada. Ya abierta de par en par, nos asomamos a respirar el aire caliente de la noche sin luna. Rápidamente me quité la ropa mojada, y me precipité al baño para refrescarme. Siempre recuerdo a Héctor, un buen amigo de mi juventud que solía discurrir - muchas décadas antes de Kevorkian- acerca de las condiciones mínimas que justifican nuestra estación en este mundo.

"Mientras podamos gozar de los placeres más primitivos, nuestra existencia está completamente justificada." Yo había combatido con calor la tesis de mi amigo, pero en ese momento, el placer del que hablara Héctor despertó la molécula guardada cuidadosamente en mi memoria.

Recién entonces me dispuse a refrescarme con una ducha bienhechora que caía como un torrente devolviendo vida a mi cuerpo cansado. Me sequé vigorosamente con una toalla delante de la ventana abierta y apagué la luz aprestándome a dormir. Una vez más me dispuse a gozar de la sal de la vida. Recuerdo que tendido cuan largo era sobre la cama, mi piel caliente se cubrió nuevamente de humedad y las gotas de sudor se agolparon sobre mi frente formando ríos en miniatura que corrían hacia las axilas, formando pequeñas cascadas.

Retrospectivamente, creo que caí dormido casi instantáneamente como tocado por un rayo. Mi último recuerdo consciente es el del la respiración rítmica y profunda de Anita, ya dormida.

Enseguida penetré en el mundo de las sombras que había recorrido de estudiante y que había revisitado cuando nuestros hijos eran pequeños. El viaje hacia el Hades era tan oscuro como lo había imaginado. El agua de la Estigia era fría e inmóvil y parecía no oponer resistencia alguna a los golpes de remo del lúgubre botero. Mi último estertor apenas expulsó la moneda de oro que adornaba mi boca, la cual Caronte displicentemente puso en su saco sin fondo.

Reconocí de inmediato el bosquecillo plantado por Perséfone, con sus sauces estériles y sus álamos negros. Allí me encontraba al final de mis días terrenos, después de haber gozado de los frutos deliciosos que la tierra podría ofrecer a todos, pero que sólo da a unos pocos. Ciertamente, yo me había contado entre los pocos elegidos. A través de la bruma que nos rodeaba vislumbré a la multitud de los no elegidos vagando erráticamente por la orilla de la Estigia sin encontrar su norte.

El hecho era que toda la fanfarria terrena había quedado atrás. El mundanal ruido había cedido el paso al silencio sobrenatural de la laguna. Caronte había salido ya con su nave de la esfera de la caricia solar, con su doble vara mágica de luz y calor. La escena me sorprendió un tanto, pues después de mi supuesto éxito terrenal, no había sido conducido a ningún sitio que se pareciese al cielo que se nos pintó en la infancia. El Hades tampoco era el infierno iluminado por las llamas eternas destinadas a purificar nuestra carne, sino un sitio frío y oscuro.

En un instante tuve ante mi vista una imagen de mi vida a vuelo de pájaro y por vez primera me vi de cuerpo entero, desde la muerte hacia la vida, como si estuviera rebobinando el video de mi existencia. La dinámica de las imágenes era extraña. El rebobinado rejuvenecía paulatinamente mi cara de viejo. Mi bocha pelada se poblaba nuevamente con mi cabellera de otrora. Las arrugas y las canas desaparecían como por encanto. Además estaba rodeado de seres carentes de manos y de piernas que se contorsionaban rítmicamente. Con gran dificultad pude vislumbrar algún ser humano a mí alrededor. No cabían dudas, estaba rodeado de gusanos que cantaban y se movían al compás de un zumbido extraño.

Pude recapitular los logros de mi vida, pero ahora, usando la escala cósmica de la laguna Estigia, los éxitos parecían diminutos y pálidos. En una y otra imagen me vi gozando de mi posición de poder. Pude ver claramente que había sido muy sensible a los cánticos de los gusanos y pude leer fielmente mi pensamiento al que mis congéneres no podían penetrar. Pero yo, contemplando mi aparente amplitud de espíritu, mi falsa modestia y mis alardes de generosidad no podía engañarme. Ahí estaba, tal cuál era, egoísta, pagado de mí mismo, petulante y altanero.

Cuando el rebobinado llegó a mi infancia se detuvo en una imagen que tenía olvidada, que mi maestra de primer grado había contado a mi madre. Durante el primer día de clase la maestra solía preguntar a los niños qué pensaban hacer en su vida. Dice la leyenda que yo contesté que quería ser un hombre bueno. Lo cierto es que el hombre bueno del que contara mi maestra de primer grado poco tenía que ver con el fantoche rodeado de gusanos de la parada funeraria.

El rebobinado estaba llegando a las imágenes primeras de mi infancia cuando registré en mi conciencia dormida la opresión de estar al final del viaje. El silencio era sólo roto por una flauta funeraria que sonaba en mis oídos aguda y monótona. La música, tocada por una ejecutante espectral fue aumentando su *tempo* paulatinamente hasta hacerse ensordecedora. Su carácter era alucinante y aterrador.

Al compás de la música infernal algún mecanismo de control fue activado no sé como y el rebobinado de mi vida llegó a su fin y comenzó nuevamente, esta vez desde la vida hacia la muerte. Por única vez fui juez duro de mi aventura terrena. Si bien veía mucho de lo vivido con beneplácito, cuestioné mi juicio más de una vez. Entonces me sentí angustiado al poder predecir cada uno de mis pasos en falso sin poder cambiar nada.

Nos acercábamos ya a la puerta del reino de Hades, celosamente guardada por el can Cerbero. Yo bien sabía que el duro Caronte tenía un entendimiento tácito con el monstruo de tres cabezas y que mi entrada al Hades estaba asegurada. Al pasar la barca cerca de la puerta, el aliento de fuego de Cerbero chamuscó mi piel. Ya no habría retorno. Al llegar a mi destino final Caronte y Cerbero se desvanecieron súbitamente y a mí alrededor sólo quedaron el vacío y la oscuridad.

Otra vez la flauta infernal con su monótona música, cruelmente se acercaba hasta hacerme estremecer. Cuando ya enloquecía por la melodía zumbona que penetraba en mis oídos, ésta volvía a alejarse dándome un breve resuello. El juego infernal del amo del Hades continuó por un tiempo tan largo que me parecía haber ya expiado todos mis yerros mundanos. Sentí una zozobra tremenda, como si el último hálito de vida abandonara mi máscara terrena, cuando de pronto ¡PAF!

Me desperté sobresaltado, bañado en sudor, con mi mano manchada de sangre.

8

El Pacto Secreto.

1970

Mis días estàn en las hojas amarillas.
Las flores y los frutos del amor se han ido.
-Lord Gordon Byron,

EL MATRIMONIO DE EULALIA Y Raúl había sido muy feliz. Poco tiempo después de cumplir veinticinco años de casados, lo cual celebraron con una alegre fiesta familiar muy concurrida, Eulalia se enfermó y al poco tiempo le diagnosticaron cáncer. Como sucede con frecuencia, el tumor estaba muy avanzado cuando fue descubierto y era evidente para todos incluso para Eulalia, que el fin estaba cercano. La enferma se negó rotundamente a aceptar todo tipo de tratamiento invasor excepto narcóticos para calmar el dolor. A pesar de la morfina Eulalia no podía ocultar su sufrimiento.

Marido y mujer hablaron mucho, recapitulando los años pasados en común y las satisfacciones de haber formado una familia de la que ambos estaban orgullosos. Era claro que Raúl tendría mucho que hacer cuando saliera de su parálisis presente. La pareja conversó largamente murmurando palabras que solo ellos podían oír.

Las facciones de Eulalia reflejaban una mezcla de dolor y de súplica. Luego de mucho argumentar Raúl asintió a la súplica de su mujer y con mano temblorosa disolvió un polvillo amarillento en una copa de agua que Eulalia bebió con fruición. Los ojos húmedos de Raúl revelaban su dolor cuando besó la frente de su mujer por última vez. Poco después Raúl cerró los ojos de Eulalia que parecían empeñarse en mirarlo desde el más allá.

El médico de la familia había hecho un pronóstico fatal a corto plazo, de modo que la muerte de la enferma era esperada y no sorprendió a nadie su rápido fin que caritativamente terminó con su dolor.

Después de la muerte de Eulalia, Raúl fue reconfortado por sus hijos y sus buenos amigos que trataron de ayudarlo a retomar su ritmo de vida. A los cincuenta años Raúl era aún joven y vigoroso pero la muerte de su mujer no sólo había cambiado su aspecto físico sino también su modo de ser.

En la compañía de la que era dueño y director, inesperadamente anunció su inminente retiro y designó a su sucesor. Inmediatamente después del entierro de su mujer, Raúl se entrevistó con su abogado para transferir la posesión de su casa a su hijo mayor y para hacer otras disposiciones testamentarias. Todas sus propiedades serían transferidas a sus hijos y no quería dejar nada librado al azar.

Raúl dejó de salir, era cada vez más parco para hablar y los pocos que ocasionalmente lo veían se encontraban con una persona diferente a la que habían conocido. Había perdido algo de peso pues sin Eulalia, la hora de comer no se respetaba y Raúl no tenía paciencia para cocinar. Su apariencia era enjuta y enfermiza y su expresión tensa denotaba ansiedad. Los amigos que a veces lo encontraban en la calle estrechaban con sorpresa una mano temblorosa, húmeda y fría.

Roberto, su hijo mayor, veía con preocupación la rápida involución de su padre y trataba de animarlo. Raúl tenía una excusa para toda ocasión para estar solo pero aceptó el ofrecimiento de Roberto que visitaran juntos la tumba de Eulalia.

Padre e hijo quedaron en encontrarse en el cementerio, pero Roberto tuvo la mala suerte de chocar con su auto contra el guardabarros de otro coche y entre la disputa callejera con participación policial y el tráfico endemoniado de la hora llegó a la cita con su padre casi dos horas después de lo convenido cuando Raúl, ya cansado de esperar se había ido.

La tumba de Eulalia estaba cubierta de flores frescas que Raúl había depositado poco antes. Después de unos minutos de introspección Roberto reparó en la lápida de mármol que estaba al lado de la tumba de Eulalia y con sorpresa leyó el nombre de Raúl. Pero más desconcertante aún era la fecha, 25 de agosto de 1925-4 de octubre de 1975. Roberto volvió a leer la fecha con temor de haber leído mal. Sin dudas, la lápida había sido preparada para recibir al nuevo huésped el 4 de octubre de 1975. Lo curioso era que ese día era el 3 de octubre, un día antes del primer aniversario de la muerte de Eulalia.

De inmediato Roberto se precipitó a la casa de su padre y la encontró cerrada. No hubo respuesta ni al timbre tocado incansablemente ni al teléfono al que respondía el contestador automático. Roberto tenía la certeza de que su padre estaba en su casa pues su automóvil estaba estacionado en el garaje abierto.

Al llegar a su casa en estado de gran agitación Roberto encontró un mensaje de su padre en el contestador: Querido Roberto, quiero despedirme de ti y de tus hermanos. Es mi deseo que no me perturben y no traten de alterar mi decisión. Los quiero mucho.

Esa noche hubo un conciliábulo familiar muy agitado en el que se consideraron muchas opciones. Unos proponían pedir ayuda a la policía, otros a los bomberos. Entrarían a la casa por la fuerza y lo disuadirían. Por fin prevaleció la idea de que Raúl tenía derecho a ejercer su voluntad.

En esencia la reunión parecía el funeral de Raúl durante su última noche de vida. Allí se habló de su vida, de su relación con su difunta esposa, de lo que hizo y de lo que no hizo, se tomaron litros de café y se resucitaron anécdotas de su vida por muchos olvidadas. Hasta se contó algún chiste sugerido por algún episodio jocoso, lo cual nadie tomó como una falta de respeto al futuro difunto sino como un esfuerzo para celebrar su humanidad.

A todo ésto Raúl había puesto una selección de su música predilecta del periodo barroco mientras paladeaba una copa de vino que con su mujer habían reservado para *avant partir*. Raúl meditaba con sus ojos entrecerrados y mentalmente empezó a librarse de sus ataduras terrenales. Por fin se adormiló y penetró en el mundo de las sombras.

En su sueño, Eulalia y Raúl volvieron a hablar largamente. Si por milagro algún observador se hubiera escondido muy cerca de ellos no hubiera podido escuchar las palabras que ambos se decían al oído. Las facciones de Eulalia no reflejaban ya dolor sino placidez y amor. La cara de Raúl no se podía ver pues estaba hundida en el pecho abundante de Eulalia. Así permanecieron largo rato mientras Eulalia murmuraba sus palabras al oído de Raúl.

Una rayito de sol asomaba por el ventanal de la sala cuando Raúl, sentado en su sillón favorito abrió los ojos. Mirando a su alrededor para situarse se puso de pie, saboreó el último sorbo de Barolo y empuñando decididamente su pistola calibre 45 que yacía sobre la mesa, constató cuidadosamente que estaba cargada. Entonces, muy calmado, como alguien que ha adoptado una resolución definitiva marcó un número de teléfono.

-Hola ¿con el cementerio? Le habla Raúl Durán. Ha habido un cambio de planes y quiero que saquen la placa de mármol del lote número 3624- mientras con gran tranquilidad envolvió la pistola en una franela y la depositó en un cajón de su escritorio.

9

Ménage À Trois

1998

A diferencia de nosotros,
la hormiga tiene la fortuna de ser
más sensible al placer que al dolor.
...La hormiga no puede ser feliz a menos que pueda dar
felicidad a los que la rodean.
-Maurice Maeterlinck, *The Life of the Ant*

EL DÍA QUE CUMPLÍ OCHENTA años amaneció lluvioso y gris. Desde la muerte de Hildegard había estado muy ocupado. Pasaba todos los veranos en Europa con la numerosa familia de Hilde y parte del invierno en Arizona con mis amigos y especialmente con mis amigas que me atendían muy bien. Ni Hilde ni yo hubiéramos podido sospechar que yo pudiera gozar tanto de la vida sin ella, pues habíamos sido muy felices juntos. Pero cuando como todos los años pasaba unos meses en nuestra vieja casa de Michigan, los días parecían largos y aburridos.

Me encantaba visitar a mis mejores amigos en mi galería privada. Hacía varios años que pintaba muy poco, pero aún gozaba de pinturas antiguas que habían marcado las mejores etapas de mi vida. Así desfilaban a diario ante mi vista paisajes conocidos, tierras extrañas y caras familiares de viejos amigos que había visto muchas veces y que me encantaba visitar.

Frecuentemente mi imaginación se internaba en parajes que había conocido otrora o entablaba conversación con alguno de mis personajes preferidos.

Esa mañana, la lluvia fina se había tornado imperceptiblemente en la primera nevada de la temporada invernal y en mi museo pictórico había un silencio absoluto. Preparé una taza de café y una tostada con miel, mi desayuno predilecto.

Desde mi asiento contemplaba el rostro de un anciano que me acompañaba desde hacía muchos años. El campesino era algo cargado de hombros, como si los siglos le pesaran. Su cabeza estaba cubierta por un sombrero de paja que dejaba ver su cara noble adornada por patillas espesas, bigotes blancos y una barbita también encanecida. Vestía una chaqueta rústica del color de la tierra de la región.

Cuantos habían visto el cuadro estaban de acuerdo en que la expresión de las facciones del campesino era lo mas atractivo de la pintura. Su imagen me hacía revivir momentos felices de mi vida a los que volvía a diario. A Hilde le encantaba el cuadro de mi amigo y más de una vez me había hecho notar sus expresiones cambiantes. Ese día creí descubrir una expresión nueva en su mirada. Muchas veces había sostenido animados diálogos con el anciano que me miraba continuamente con una mezcla de compasión y severidad. Pero esa mañana sus ojos tenían algo enigmático que no podía descifrar.

Después de saborear el café pasé un par de horas entre mis cuadros y mis recuerdos. Al pasar al lado de la mesa del comedor donde había tomado el desayuno me sorprendió una escena que habría de recordar por el resto de mi vida. Una pequeña gota de miel cual una lágrima que inadvertidamente había caído sobre la mesa, había atraído la presencia de una hormiga negra que evidentemente gozaba del festín. Al acercarme a la mesa la hormiguita se espantó, pero tal vez al constatar que mi actitud era amistosa decidió volver hacia la gota de miel con gran vehemencia.

Me senté con cuidado sin hacer el menor ruido contemplando a la hormiguita, que durante largo rato iba y venía alrededor de la gota de miel. Más allá del hartazgo, la hormiguita siguió explorando todos los recovecos de la mesa deteniéndose repetidas veces delante de mí sin inmutarse, como tratando de decirme algo. Por fin la hormiguita empezó su descenso por una pata de la mesa y se dirigió resueltamente hacia la pared donde mi amigo observaba la escena con atención.

La hormiguita escaló la pared y pasó largo rato dando vueltas alrededor del campesino. Yo estaba alucinado por la aparición de la hormiguita y no podía apartar mis ojos de ella, pero con el rabillo del ojo me pareció sorprender una sonrisa en la cara de mi viejo amigo. Por fin la hormiguita decidió buscar otros horizontes y la seguí con mi vista sin hacer el menor movimiento para no perturbarla hasta que desapareció. Traté otra vez de entablar el diálogo con mi amigo que había retornado a su expresión habitual de que nada en este mundo podría sorprenderlo.

Esa noche no me pude dormir fácilmente y no podía alejar de mi mente la imagen de mi visitante matutino. En mis horas de insomnio traté de descifrar el significado de la mirada insondable de mi amigo, evidentemente divertido por la escena.

A la mañana siguiente el sueño reparador había borrado momentáneamente los hechos del día anterior y saboreaba con fruición mi café humeante mientras saludaba a mi viejo amigo como lo hacía a diario. Sin pensar por qué lo hacía tuve mucho cuidado en limpiar bien la mesa después del desayuno de manera que no quedara ni una gotita de miel y luego me enfrasqué en la lectura de un libro.

En algún momento percibí una mancha negra flotando en mi visión periférica y pestañé varias veces para limpiar mis ojos de una presunta basurita, hasta que noté que la tal basurita era la hormiga negra que había vuelto. Aunque supongo que todas las hormigas negras son indistinguibles a nuestra vista, yo no tenía la menor duda que la hormiguita que caminaba de un lado a otro de la mesa era la misma que nos había visitado el día anterior.

Miré hacia la pintura en la pared y nuevamente noté la mirada entre divertida y expectante de mi amigo. No nos cabía duda de que la hormiguita buscaba la lágrima de miel y no la encontraba pues yo había limpiado la mesa prolijamente. Entonces me dirigí a la cocina a buscar el frasco de miel y deposité una pequeña lágrima sobre la mesa. Mi acción me sorprendió un tanto por lo automática, mientras mi amigo me miraba complacido al ver que la hormiguita no había tardado en encontrar la gota de miel.

Mi amigo y yo contemplamos absortos la escena durante largo rato, hasta que la hormiguita bajó de la mesa y después de una larga visita al campesino desapareció en alguna grieta del piso.

A la mañana siguiente, después de mi habitual desayuno deposité una gotita de miel sobre la mesa y seguí con mi rutina habitual. Me decía que todo había sido una casualidad y que realmente no esperaba nada, pero yo no podía engañar a mi amigo que sonreía sobradoramente.

Era ya cerca del mediodía cuando la hormiguita hizo su entrada triunfal una vez más. Los dos gozábamos por igual de la visita de nuestra amiga que se sentía muy cómoda en nuestra compañía. Desde entonces me habitué a colocar una gotita de miel sobre la mesa todos los días y sin falta sabíamos que la hormiguita vendría a visitarnos.

Un día ya al final del invierno la hormiguita no apareció como lo solía hacer. En esa ocasión los cambios de expresión de mi viejo amigo fueron más notables que de costumbre. A la mañana temprano sus facciones reflejaron lo que yo había observado muchas veces, una expresión plácida tal vez a la espera de la muerte. A medida que pasaban las horas y la hormiguita no volvía, su cara se transfiguró revelando en sucesión impaciencia, ansiedad y desasosiego.

La hormiguita nunca volvió a nuestras vidas. El anciano campesino y yo la esperamos en vano día tras día y a veces cuando pensaba en la gran ausente, podía vislumbrar un destello de vida en la mirada eterna de mi viejo amigo.

10

La Inundación Reveladora

1988

En cuanto de se dio cuenta de sus primeros olvidos
apeló a un recurso...
El que no tiene memoria hace una de papel.
Sin embargo fue una ilusión efímera,
pues había llegado al extremo de olvidar
lo que querían decir las notas recordatorias
que se metía en los bolsillos,
recorría la casa buscando los lentes que tenía puestos,
volvía a dar vuelta la llave
después de haber cerrado las puertas,
y perdía el hilo de la lectura
porque olvidaba las premisas de los argumentos
o la filiación de los personajes.

-Gabriel García Márquez,
El Amor en los Tiempos del Cólera

ALCABO DE MUCHOS AÑOS de servicio fiel, por fin me dieron un trabajo de gran importancia del que estoy muy orgulloso.

Lo cierto es que éste es un trabajo muy duro y de gran responsabilidad y para hacerlo se requiere una persona de suma confianza.

Empiezo mi rutina a la mañana antes de que salga el sol para asegurarme que todo esté en orden y realmente no tengo un horario definido pues mi actividad está sujeta a lo que está pasando en este lugar y eso no depende de mí. Claro podría haberme negado a hacerlo, pero habría renunciado a una mejor paga y a un puesto que requiere madurez y sensatez, condiciones que aquí se valoran sobremanera y que yo aparentemente tengo.

Habría también desperdiciado una oportunidad única para estar en el lugar donde se resuelven los problemas mundiales más importantes, donde se habla a diario de los temas más candentes, donde me codeo con los personajes políticos más descollantes del mundo y donde se me ofrece la oportunidad de estar muy cerca de nuestro querido Presidente.

Mi cargo requiere una actitud profesional y en particular la habilidad de saber escuchar manteniendo la boca cerrada. Nada de lo que pasa en este recinto me pertenece y nunca hablo de lo que aquí se dice con nadie. Todos los temas que se tratan entre estas paredes son asuntos clasificados y no los debo comentar ni siquiera con mi familia. Por eso los escribo en mi diario que frecuentemente releo como hablando conmigo mismo y que guardo en un lugar seguro. Hoy fue un día como muchos otros con una excepción.

A la mañana desfilaron sucesivamente las delegaciones de varios países árabes. Parece que hay una gran conmoción con el asunto del petróleo, lo cual no es ninguna novedad. El Presidente los recibió muy cortésmente y les dio la seguridad de que defendería sus intereses como si fueran propios. Creo que en eso les dijo la verdad.

Mientras los Emires de los países árabes estaban con el Presidente, la delegación de Israel hacia antesala. Cuando les llegó su turno se mostraron muy preocupados con la situación del Medio Oriente, pero el Presidente los tranquilizó diciéndoles lo mismo que les había dicho a los árabes, que defendería sus intereses como si fueran propios. Yo no sé mucho de política ni de economía, pero creo que los intereses de los árabes son muy distintos de los intereses de los judíos, pero algo deben tener en común que yo ignoro. Me maravilló el talento del Presidente que puede hacer cosas tan difíciles con tanta facilidad. Pero por algo lo hemos elegido Presidente.

Luego se presentó un problema grave. Los fotógrafos y reporteros de la Prensa Internacional venían a entrevistar al Presidente con motivo del comienzo de la campaña electoral para su reelección. El problema fue que después de las tribulaciones del Presidente durante la mañana, primero con los árabes y luego con los judíos, el pobre hombre había quedado extenuado como si lo hubieran hecho picadillo. Pero todo estaba previsto.

Un instante después que el último visitante de la delegación judía saliera de la oficina elíptica y que nuestro amado Presidente se desplomara en el sofá, el lugar fue invadido por una cuadrilla que cambió la situación rápidamente. La escena me recordaba la parada periódica de los autos de carrera en su *pit stop*, donde llenan sus tanques con gasolina, les cambian las ruedas, les hacen mil cosas y salen como nuevos en unos pocos segundos.

El hombre fue prácticamente llevado en vilo a una habitación adyacente donde se lo ayudó a desnudarse y se le introdujo en un baño caliente con burbujas del color del arco iris. Al baño le siguió un masaje administrado por una japonesa que lo secó con una toalla enorme y casi sin esfuerzo aparente lo depositó sobre una camilla plana donde le masajeó los pies vigorosamente. Dicen que eso es muy bueno para el cerebro y no era difícil darse cuenta de que eso al Presidente le vendría muy bien. La japonesa remató la faena caminando descalza con sus pies pequeñitos sobre la espalda del Presidente ante los ojos horrorizados de sus edecanes que temían por sus puestos.

Acto seguido un elenco nuevo se hizo cargo de hermosear y rejuvenecer la cara cansada y ajada del Presidente, estirando sus arrugas y aplicando pociones con resultados sorprendentes. Le cepillaron los dientes y le fumigaron la boca y las orejas y le pusieron gotitas mágicas en los ojos para dilatar las pupilas y darles un brillo juvenil. Entonces hizo su entrada triunfal el peluquero que se encargó de afeitarlo y de preparar su cabello con tinturas y triquiñuelas para hacerlo aparecer más abundante. Por ultimo lo ayudaron a vestirse con un atuendo flamante que había sido cuidadosamente elegido para la ocasión.

El resultado de todas estas maniobras que se sucedieron vertiginosamente en veintidós minutos y medio, de lo que doy fe pues yo le tomé el tiempo, me hubiera parecido extraordinario si lo hubiese visto por primera vez, pero como pasaba todos los días y a veces dos veces por día no me sorprendió en absoluto. Unos minutos mas tarde el Presidente lucía espléndido y juvenil, listo para recibir a los periodistas con una gracia y una soltura que transcendieron en la crónica.

El mensaje para el electorado era el de un Presidente maduro pero joven aún y lleno de vitalidad, en pleno comando de la situación y con mucho todavía para hacer por sus conciudadanos.

Luego de la partida de la jauría de reporteros, el Presidente se sentó en su escritorio donde uno por uno distintos equipos de gobierno le presentaron proyectos para su aprobación y leyes para su firma.

Me admiraba lo inteligente que debe que ser nuestro Presidente para solucionar esa gama de problemas tan diversos de un plumazo. Bombardear Karnuk para dar un castigo ejemplar a un dictador osado que no aceptaba las condiciones económicas impuestas por su administración. De esto tampoco sé nada, pero dicen que mostrar fortaleza y determinación – como ordenar un bombardeo o declarar una guerrita sin mayor trascendencia- puede ayudar mucho en cuanto a popularidad personal, especialmente antes de las elecciones.

Apoyar económicamente al gobierno de Transpartania, lo cual no pude entender muy bien pues creía recordar que ésta era otra dictadura corrupta. El Presidente sabrá algo que yo no sé, pensé cuando proclamó ante los periodistas que Transpartania es uno de nuestros mejores aliados.

A continuación una comisión investigadora del Congreso visitó a nuestro Presidente por una cuestión muy delicada que no puedo revelar ni siquiera en mi diario. Pero al cabo de una sesión agotadora en la que le hicieron preguntas de todos colores no pudieron sacarle ni una sola palabra comprometedora. Su respuesta favorita –no recuerdo- terminantemente indicaba su inocencia y por eso probablemente la repetía de contínuo. Yo no creo realmente que no se acuerde de nada, pero me parece una respuesta genial porque si no recuerda, allí termina la cuestión y sanseacabó. Por fin el desaliento cundió entre los miembros de la comisión investigadora que se retiraron en tropel con la cola entre las piernas.

Pero la nota más saliente del día mejor dicho de la noche, pues esto sucedió a altas horas, fue el debate con los más altos jefes militares y con las figuras más importantes del elenco gobernante. El tema fue la estrategia a seguir en el caso de una inminente guerra nuclear. Esto sí que era importante. ¿Qué hacer ante un ataque nuclear en marcha que pudiera hacer desaparecer la mitad de la especie humana en unos pocos minutos?

La prolongada discusión fue muy acalorada pero las soluciones no eran muchas y todos los caminos convergían hacia la persona del Presidente. Hacia él llegaba la línea directa del alto comando militar y él era el único poseedor del mágico botón presidencial que al ser tocado por un dedo seguro, desencadenaría una defensa eficaz y un ataque masivo que exterminaría implacablemente a nuestros enemigos pero que podría desendadenar una rápida respuesta nuclear con consecuencias cataclísmicas para el planeta. El que tal arma de defensa estuviera en poder de una sola persona me hacía correr un escalofrío por el espinazo, pero me reconfortaba el hecho que esa persona con inteligencia preclara y rápidos reflejos fuese nuestro amado Presidente. Sin duda estamos en buenas manos.

Cuando la gente se retiró al concluir la sesión, el Presidente entró a su baño particular –que nadie más que él usaba- para refrescarse. La oficina había quedado en estado calamitoso y por supuesto todo estaba a mi cargo.

El Presidente estuvo largo rato en el baño, que bien se merecía un alivio después de un día fatigoso. Por fin salió y nos saludó con una sonrisa cinematográfica al retirarse a sus aposentos.

Mi equipo estaba ahora en plena tarea y como siempre yo me encargué personalmente del baño del Presidente. Abrí la puerta y automáticamente me dirigí hacia el lavatorio. Entonces noté que al caminar mis pies chapoteaban sobre un líquido de color amarrillento subido que espumaba al contacto con mis zapatos. Traté de ver de donde venía esa inundación y vi que el WC estaba inmaculado. No parecía haber sido tocado en todo el día. En cambio el canastillo de basura en un rincón estaba impregnado con orines que cubrían gran parte del piso a su alrededor.

Todas las noches cuando llego a casa tarde después del trabajo, me doy una ducha caliente y me voy a la cama. Creo que habitualmente me quedo dormido como un tronco casi al instante. Esa noche me puse a pensar cuando limpiaba las suelas de mis zapatos malolientes y cuando me fui a la cama seguí pensando

en el mar de orina que inundaba el baño del Presidente
y no pude conciliar el sueño.

11

La Vendetta

1970

Creo que el orden es mejor que el caos,
y la creación mejor que la destrucción.
Prefiero la delicadeza a la violencia
y el perdón a la vendetta

-Leon Tolstoy, *La Guerra y la Paz*

MIENTRAS CAMINABA RESUELTAMENTE en dirección a la casa de Pancho Giménez, -el reducto de nuestros enemigos acérrimos - reverberaban en mi mente los recuerdos de mi niñez opaca y de mi juventud turbulenta, la imagen de mi mujer despedazada, la visión de la vieja y de mis niñas muertas y saboreaba por anticipado el agridulce de la *vendetta*.

No toleraba mayor ropaje por el calor de la jornada. Mi torso y mis brazos desnudos mostraban cicatrices, testigos silenciosos de las cruentas peleas de barriada. No siempre me había ido mal y bien sabía que Pancho y su cuadrilla también tenían sus cicatrices. El estado de guerra endémico con los Giménez se apaciguó un tanto cuando nos mudamos a una casita en la orilla, lo que no los eliminó completamente del panorama, pero por lo menos nos permitió respirar.

No es raro ver a alguno de los siete hijos de Pancho merodear por nuestro barrio adoptivo buscando camorra.

Acudía a mi mente la imagen de la muerte del tío Rosendo a quien encontramos bañado en sangre en la cocina de su casa. Siempre sospechamos de los Giménez y aunque la policía no pudo encontrar ninguna pista, estábamos seguros que fue por venganza. ¡Ni siquiera se llevaron el dinero que tenía en los bolsillos! Sabíamos que Rosendo había hecho de las suyas y que se la tenían jurada.

Cuando nos mudamos de casa, los Giménez se burlaron de nosotros hasta el hartazgo. -¡Gallinas!- aullaban a coro los chiquilines con un cacareo ensordecedor mientras daban vueltas alrededor del carro de mudanzas intentando provocar una última pendencia.

Nosotros fuimos los últimos en dejar el barrio y los Giménez lo tomaron como una victoria parcial. No total por supuesto, porque habíamos salvado el pellejo y éso lo resentían. Ahora seguramente creían haber obtenido un triunfo definitivo. ¡Qué equivocados estaban!

Vívida en mi mente reproducía la escena que encontré al llegar a casa después de trabajar. María y las tres niñas carneadas a cuchilladas yacían encimadas y unos pasos más allá la vieja estaba tendida cuan larga era en un charco de sangre. Se había derramado tanta sangre en el cuarto que las cinco parecían flotar en el agua de un mar rojo.

El dolor que sentí al encontrarlas muertas se transformó en opresión que aún me saca la respiración. Locamente las besé y todo ensangrentado saqué el revólver del cajón, un Colt 45 que tambíen tenía su historia. Claro que no tenía prueba alguna de la identidad de los asesinos, pero a mi no me quedaba ninguna duda. La masacre tenía el sello inequívoco de los Giménez. La culpabilidad de Pancho y su caterva era obvia y tomaría justicia con mi propia mano. Me regocijaba con la idea de que una vez eliminados del planeta, los que quedabamos de nuestro clan podríamos vivir en paz.

Mientras me acercaba a la casa de los Giménez acariciaba el mango del arma con fruición. Al llegar al zanjón desde donde ya divisaba la casa maldita me detuve.

Mis pensamientos se confundían en una vorágine infernal que nublaba mi vista. El frío de la noche me devolvió la calma y reflexioné.

Aunque somos una casta de salvajes vivimos en un país civilizado. Tenemos un poder judicial y aquéllos acusados de un delito deben ser investigados, procesados y juzgados de acuerdo a la ley. En un momento de lucidez pensé que los presuntos reos tienen derecho a defenderse y que a veces se prueba que las cosas no suceden como parecen a primera vista. Creo haber oido que en un país civilizado como el nuestro las víctimas no deben erigirse en policía, fiscal, juez y verdugo al mismo tiempo. Claro los Giménez pensarán que soy un cagón pero ya no me importa.

Lentamente volví a casa por el mismo camino, ensimismado en pensamientos sombríos. Al llegar, la escena quedó congelada en mi memoria. Besé largamente a mis muertos queridos, puse el revólver en el cajón y llamé a la policía.

12

Los Títeres de Kobe

1995

Ningyö Jöruri, la tradición de títeres en Japón
se desarrolló como una forma dramática generalmente
conocida como Bunraku
que facilitó la introducción de la cultura
japonesa en un sentido amplio.
Jane Marie Law focaliza nuestra atención
en una pequeña isla cerca de Kobe,
Awaji, el centro del arte titiritero desde el siglo XVI
-Jane Marie Law, *Puppets of Nostalgia*

MASAO HABÍA NACİDO EN OSAKA donde había cursado estudios de técnico electrónico. Tímido y de pocas palabras, era sin embargo un buen estudiante y aprobó todas sus asignaturas con facilidad. Luego de su graduación no le costó gran esfuerzo abandonar su ciudad natal donde vivían sus padres y su hermano.

Masao era un autista y cuando empezó a trabajar como técnico en una fábrica de computadoras en Kobe gracias a su flamante diploma, con excepción de su familia, nadie notó que había dejado Osaka. Por la misma razón, en su nueva posición en la que era muy efectivo, excepto su supervisor directo quien lo tenía bien conceptuado nadie se enteró de su existencia.

La vida de Masao transcurría con la monotonía exterior del autista. Así pasaron los meses y las estaciones sin mayores alternativas aparentes. Su mundo privado consistía en lo que sucedía en los laberintos de su mente, de mayor complejidad que la intrincada maraña de las computadoras, sus circuitos electrónicos y sus conexiones que él probaba frecuentemente para constatar su buen funcionamiento pero que nunca usaría para comunicarse con el mundo exterior.

Masao había perdido contacto con su familia y carecía de amigos. Nunca se había atrevido a acercarse a una mujer y si alguna jovencita osaba acercarse a su mundillo impenetrable, Masao hacía lo imposible por ignorarla hasta que la interesada se daba por aludida y buscaba otros horizontes.

Recluido en su modesta habitación su pasatiempo preferido eran las funciones de títeres televisadas, las que veía concentrado sin que se observara el menor cambio en sus facciones fibrosas.

Una mañana de enero la tierra se estremeció y se abrió en millones de rajaduras. En pocos segundos se hundieron centenares de viviendas tragadas por el sismo. Miles de personas quedaron sin albergue y muchos perdieron sus vidas. Los alimentos y el agua potable escaseaban. Kobe era la imagen de la desolación.

Masao que aún no había salido de su cuarto para trabajar se encontró en unos instantes cubierto por los escombros. Si alguien hubiera podido ver su cara inexpresiva fuera de contexto, no se hubiera imaginado que Masao estaba pasando por un momento crítico.

Al estruendo aterrador producido por muros derrumbados le sucedió un silencio sepulcral. Después del sacudón mortal de la tierra Kobe se había quedado sin aliento, mientras la nube de polvo que cubrió la ciudad se asentaba poco a poco y permitía vislumbrar formas fantasmales surgiendo del desastre.

Masao había quedado enterrado en un féretro de cascotes que por el juego del azar se apilaron alrededor de una viga caída, que a modo de techo evitó que fuera aplastado.

La oscuridad era plena. Masao comprobó que su cabeza ocupaba un espacio cuyos límites no conocía y que era incapaz de mover sus brazos encarcelados por los escombros. Apenas podía mover una de sus piernas a pesar de sentirla entumecida. La cámara en la que había quedado encerrado era estrecha y el aire enrarecido.

Después de varias horas de silencio e inmovilidad, Masao notó que los escombros alrededor de su cuello se agitaban y tuvo la sensación de que algo suave y afelpado acariciaba su mejilla. Acto seguido sintió un dolor desgarrador en su espalda indefensa que se bañó con un licor viscoso y tibio a medida que dientes voraces ahondaban la herida.

Durante horas Masao fue testigo de su triste destino sin una queja hasta que la tierra a su alrededor tembló nuevamente, como lo suele hacer después de un terremoto.

La réplica del temblor tuvo un efecto inesperado en el horizonte limitado de Masao. Cuando los escombros que lo envolvían se asentaron nuevamente después del sacudón, Masao notó que por la pequeña brecha abierta entraba una racha de aire frío que respiró con fruición. La convulsión de la tierra dio por terminado el festín y dejó ver un rayo de luz que tímidamente se atrevía a penetrar por la pequeña brecha mientras su visitante, ya saciada su sed y calmado su apetito a costa de Masao se escabulló hacia el mundo exterior.

Pasaron las horas y el hilo de luz que había vislumbrado se apagó al caer el sol. Al poco tiempo, Masao escuchó los ruidos sigilosos de una caravana hambrienta que se abría paso entre los escombros. Su comensal de la noche anterior había retornado, esta vez acompañado.

La escasa movilidad que gozaba su cabeza era su única defensa ante el asedio asesino de sus voraces visitantes. A duras penas sobrevivió una larga noche de dolor y de sombra y a la mañana siguiente un rayito de luz volvió a entrar por la brecha y por primera vez desde que quedara atrapado oyó ruidos provenientes del exterior. Sus visitantes hincaron sus dientes como despedida y abandonaron la escena con presteza.

Cuando por fin pudo ser rescatado por los bomberos, Masao estaba dolorido, hambriento y seco como una hoja de otoño. Su piel estaba acribillada de mordeduras por las que aún manaba sangre. Una vez liberado intentó moverse, pero sus miembros no le respondieron.

Masao fue llevado al hospital donde se le prestó atención médica de emergencia. Después de varios días de recibir soluciones salinas endovenosas y buena alimentación su estado general mejoró a ojos vistas y paulatinamente recuperó el movimiento de sus miembros. Las enfermeras lavaron su cuerpo machacado y al cabo de unos días fue dado de alta ya bastante restablecido. Sino hubiera sido por los parches de tela adhesiva que cubrían las mordeduras de su cara, Masao, vestido con ropa limpia parecía casi el mismo de siempre, pues las heridas de la espalda y el cuello no eran visibles.

Es dudoso que Masao haya sido más afortunado que los miles de personas que murieron aplastados por los escombros. Si bien había salido del hospital con vida estaba confundido, sin saber que rumbo tomar y poco después se encontró vagando sin rumbo por las calles detruidas de Kobe. De la casa donde viviera sólo quedaban ruinas y de la fábrica donde trabajara no había quedado nada.

En vano Masao buscó trabajo día tras día. Todas las puertas se cerraban pues no tenía referencias ni relaciones de ninguna índole. De la mañana a la noche, las ocupaciones para un super especialista como Masao habían desaparecido momentáneamente, pues la ciudad estaba entregada de lleno a tareas de reconstrucción más primitivas que no requerían su habilidad técnica.

Masao había sobrevivido al terremoto por milagro, era aún joven y fuerte, caminaba, veía, oía y estaba en posesión de todas sus funciones fisiológicas, pero para la sociedad había dejado de existir mucho tiempo atrás.

Después de mucho andar, Masao encontró refugio en un barrio de emergencia. Su habitación estaba amueblada espartanamente con una esterilla de mimbre sobre la que dormía y una televisión desvencijada que le brindaba imágenes fuera de foco. Por lo menos había conseguido un albergue antes de la llegada del invierno y le aseguraron que no le cortarían la corriente eléctrica.

Masao pasaba largas horas en compañía de sus amados títeres o dormitando, acunado al compás del samisen y del sake. Los días transcurrían sin que recibiera ningún visitante. Inmóvil en posición de lotus frente a la pantalla, si alguien lo hubiese visto no hubiera podido saber si estaba dormido, despierto o muerto.

Mientras Masao vegetaba, Kobe continuaba entregada con tesón a la reconstrucción. Llegó la primavera con su soplo vital y luego el estío seguido de un nuevo otoño. Ya la escarcha hacía notar su presencia en las frías mañanas de Kobe.

Cuando llegamos a la habitación de Masao durante una inspección de rutina, golpeamos la puerta discretamente al oír dentro de la habitación una animada conversación y la lenta cadencia de un samisen como música de fondo. Las voces sonaban con fluidez ignorando nuestra llamada. Al no recibir respuesta, luego de golpear nuevamente abrimos la puerta sin esfuerzo.

Encontramos a Masao en posición de lotus, con su espalda apoyada contra la pared, bien preparado para recibir el invierno con su sacón abrigado, contemplando con ojos inexpresivos la pantalla que mostraba escenas de una tragedia de títeres acompañada de una narrativa dramática. Sus facciones, como siempre eran fibrosas e inescrutables.

La autopsia indicó que Masao había muerto hacía ya meses, probablemente durante el invierno anterior. Sobre la televisión encontramos una carta de su hermano aún cerrada, en la que lo invitaba a retornar a Osaka donde tal vez le hubiera sido más fácil encontrar trabajo.

Mientras tanto, los títeres continuaban su diálogo monótono al compás del samisen.

13

El Coloso Sumergido

1981

Pienso en lo que podrían
ser algún día nuestras grandes capitales
-André Maurois

DICE LA LEYENDA QUE OTROS hombres antes que nosotros exploraron estos mares y descubrieron tierras lejanas allá donde sale el sol. Si hubiera algo de verdad en esas fantasías que relatan los ancianos estarían perdidas en el tiempo, pues después de la gran inundación universal que señala el comienzo de nuestra civilización han tanscurrido ya más de 12.000 lunas.

La fantasía de los ancianos nos relata que los sobrevivientes de la gran inundación vivían en una región llamada Bod que al ser anegada por las aguas se refugiaron en la cima de una montaña, por ser el único pedazo de la tierra habitable que las aguas no cubrieron.

Para nosotros que disfrutamos de un clima tórrido durante el verano y agradable en el invierno y que gozamos de una vegetación tropical que se extiende hasta el mismo borde de playas templadas, no es creíble la leyenda que pinta a nuestra Katmandu como una ciudad en la ladera de la alta montaña, casi permanentemente cubierta por un manto blanco, situada en una región desolada e inhóspita. Apenas tenemos unos cerritos cubiertos de vegetación exuberante y no podemos imaginar a que se refiere aquello del manto blanco. Ésta es una parte muy oscura de la leyenda del origen de Katmandu.

Hemos dejado atrás las pequeñas elevaciones de la isla pobladas de palmeras habitadas por monos capuchinos que le disputan las ramas a los tucanes. Dice el libro del profeta sin nombre, que el legendario Himalaya había sido en otro tiempo una cadena de cumbres muy altas a donde sólo los elegidos podían llegar. El camino para llegar a la cima era arduo y peligroso pero era la única posibilidad de sobrevivir ante el avance de las aguas. La cumbre era el premio para aquellos que llegaran. De acuerdo a las escrituras nosotros somos los descendientes de los elegidos.

Relatos transmitidos de padres a hijos por muchas generaciones pintan al hombre que precedió a la gran inundación como un engendro del mal, que llegó a conquistar la tierra extrayendo de ella sus riquezas más preciadas por medio de mosquitos monstruosos con probóscides gigantes que aspiraban la entraña de la tierra sin cesar, hasta que el suelo seco y agotado cedió ante el peso de sus ciudades.

En su locura el hombre de la leyenda envenenó los mares decimando la fauna marina que buscó refugio en aguas más alejadas y profundas, agotó la fuentes de agua potable y emponzoñó el aire con gases hediondos desprendidos por máquinas infernales de su invención. La civilización de que hablan las escrituras que desapareció debajo de las aguas después de miles y miles de lunas, habría sido la obra de millones de hombres de piel de muchos colores, de ojos redondos, no almendrados como los nuestros, que hablaban en cientos de lenguas y podían volar como los pájaros.

Dicen los ancianos que después de haber transformado la tierra en un estercolero, el hombre que antaño habitó esta tierra trató de desafiar a Dios en el espacio y que el Altísimo se reprochó amargamente ante el consejo de los dioses por haber engendrado un ser tan estúpido que no pudo controlar su ansiedad y su tendencia suicida a pesar de tenerlo todo para ser feliz. Relatan las escrituras que la tierra enfurecida por la idiotez del hombre engolfó en sus grietas a ciudades enteras, enterrando una civilización avanzada que pereció en una era aciaga para la humanidad.

Dice la leyenda que los hielos polares y los glaciares se derritieron y que cadenas de montañas se hundieron en la profundidad de los mares. Los ancianos nos cuentan que el agua fue subiendo implacablemente, borrando los rastros del paso del hombre por una antigüedad que no conocimos. Dice la tradición que ante el avance del agua del mar, hombres, mujeres y niños empezaron a subir la montaña penosamente y que la mayoría perecieron de hambre, de sed y de frío.

A raíz del éxodo forzado por la naturaleza irascible, se originó lo que el profeta llama el pecado original de nuestra raza, un apetito insaciable por la carne humana. A medida que el nivel del agua subía implacablemente y millones de seres escalaban la montaña para sobrevivir, la carne resultó el alimento más abundante porque los más débiles morían como moscas y contribuían a la conservación de la raza. Cuando el festín no agotaba la existencia de carne, los más fuertes se apoderaban de los despojos humanos y los guardaban al abrigo de merodeadores hambrientos en algún recoveco frío hasta que llegara otra oportunidad. Según el profeta no era difícil encontrar cámaras de refrigeración en las cuevas de la montaña.

Después sobrevino la extinción de la raza. Todo hace suponer que el desenlace fue rápido y cruento. La carne fácil empezó a escasear y los más fuertes elegían su presa que les permitía vivir un tiempo más hasta que ellos mismos, ahora débiles e indefensos se convertían en sustento de otros más fuertes. Los ancianos fueron los primeros en claudicar porque eran vulnerables a las epidemias que azotaron a los sobrevivientes con ferocidad y no se pudieron adaptar a las exigencias de la situación ni a las inclemencias del tiempo enfurecido. Por otra parte su carne aunque algo dura, era preferida por su sabor y por eso la ancianidad desapareció del mapa de un día para otro.

Los ancianos fueron los primeros en claudicar, porque ni se podían adaptar a las exigencias de la situación ni a las inclemencias del tiempo. Por otra parte su carne aunque algo dura, era preferida por su sabor y por eso la ancianidad desapareció del mapa de un día para otro. Desde luego los niños eran un bocado muy codiciado y cuando el hambre apretaba y la muerte parecía cercana, hasta los padres más devotos cedían ante el instinto de sobrevivir. Naturalmente, agotada la provisión de viejos y de niños para la olla, la mujer resultó la candidata natural a convertirse en alimento del hombre.

Ni siquiera la inundacion universal pudo eliminar el deseo sexual, de modo que el hombre codició a la mujer ajena para satisfacer un placer carnal primitivo. De esta manera el hombre del que habla el profeta sacrificaba la mujer de su prójimo para mitigar el hambre y el de su clan y sólo pensó en su propia mujer como un manjar apetecible cuando la situación se hizo crítica y su vida corría peligro.

Dice la leyenda que después de un corto tiempo, todo vestigio de la civilización suicida que se dice nos precedió desapareció y sólo quedaron en lo que ahora es Katmandu, un hombre y una mujer que fueron el origen de nuestra raza. Muchos creen que ésto no es más que una leyenda producto de la imaginación tropical de nuestro pueblo.

Por cierto que en tantas lunas hemos logrado progresar enormemente. Sin embargo hemos pagado un precio muy caro por la civilización. Katmandu es muy pequeña y es el único mundo conocido por nosotros. Si bien al principio de los tiempos había mucho espacio para los descendientes de la pareja original, al aumentar gradualmente la población, la vida se hizo cada vez más difícil. A través de generaciones que se pierden en el tiempo, hemos vivido de los frutos del mar y como la isla tiene árboles de madera dura y crece salvaje la caña, fue natural construir embarcaciones que nos permitieron pescar y volver a casa diariamente con el sustento familiar. El fuego y la rueda fueron herencia de alguna civilización anterior a nosotros, pero al genio tribal le debemos la destilación del alcohol de caña que usamos como combustible para iluminar nuestras casas y como fuente de energía. Alguien inventó un pequeño coche montado sobre tres ruedas que nos vuelve locos, pues ya no se puede caminar con tranquilidad por ninguna parte de la isla.

La concentración de almas en Katmandu llegó a ser tan grande que no hubo más remedio que regular la natalidad. Todos los niños que nacen en Katmandu después del primógenito, pertenecen a la comunidad y son sacrificados antes de los siete días después de su nacimiento, a pesar del dolor y el disgusto de los padres de la criatura. En consecuencia las familias numerosas desaparecieron. Gracias a estas regulaciones drásticas que limitaron el crecimiento de la juventud como grupo, volvieron a predominar los ancianos y con el tiempo se estableció la dictadura de la ancianidad.

Según mis cálculos, hoy empieza la tercera semana de navegación desde que salimos de Katmandu y no hemos visto asomos de tierra. El día amaneció nublado y el vigía apenas distinguía un horizonte borroneado hacia la proa.

La decisión de buscar nuevos horizontes había sido difícil. Aunque el motivo de nuestra partida era claro, nuestros familiares no aprobaron la aventura que tildaron de locura juvenil y nuestros amigos trataron de disuadirnos. Nadie se había atrevido desde la gran inundación a alejarse de los límites de nuestra isla.

Debimos conseguir el permiso del Consejo de Ancianos otorgado a regañadientes, sin el cual nada se puede hacer en nuestra isla. El resumen de lo actuado ante el Consejo después de interminables cabildeos, era simplemente, que si bien es cierto que puede haber otra tierra habitable más allá del horizonte y a pesar de que pueden haber motivos valederos para intentar esta alocada aventura, las posibilidades de éxito son remotas.

Lo que nadie se atrevió a decir en el Consejo, es que vivíamos ahogados en un lugar que había cesado de ser un paraíso y que con algo de suerte, tal vez pudiéramos descubrir otro pedazo de tierra propicia para iniciar una nueva vida. Cada uno de nosotros fue investigado minuciosamente por los ancianos. La comunidad no avalaría nuestro viaje y todos los preparativos, incluso la construcción de la nave serían nuestra responsabilidad.

Durante doce lunas construimos la Marigalante[10], la piragua más grande que viera Katmandu, impulsada por dos filas de 25 remeros y por una vela cuadrada levantada en el mástil sujeta a la botavara. Con viento favorable pudimos izar una vela triangular hacia la proa, el último adelanto de la náutica isleña.

Nadie pudo objetar mi participación en la expedición porque no tengo ataduras y no tengo que mantener a nadie. Sabemos que éste puede ser un viaje sin retorno, sin otro destino que el fondo del mar y el estómago de los tiburones y otras criaturas que pueden llegar a interesarse por nuestra presencia. Mar y mar, cielo y cielo y tal vez nada más, pero a lo mejor alguna otra tierra o por lo menos otra islita como la nuestra que nos amplíe el horizonte y nos permita respirar a pleno pulmón.

Katmandu quedó reducida a un puntito en el horizonte y por fin se esfumó. La infuencia opresora de la raza se fue desvaneciendo y por vez primera nos asomamos a la libertad. Claro, no era una libertad absoluta, porque

---

10 Mariegalante, el nombre de la carabela insignia de Cristóbal Colón en su segundo viaje.

estaba limitada por los confines de nuestra piragua, la disciplina tácita que habíamos adoptado como norma, las reglas de navegación impuestas por Namri, nuestro capitán y por la inmensidad del mar que nos rodeaba. Aunque habíamos cambiado una opresión por otra y anticipábamos penurias y la cercanía de la muerte, nos mantenía la esperanza de un posible cambio de fortuna.

Según mis cálculos, hoy empieza la tercera semana de navegación desde que salimos de Katmandu y no hemos visto asomos de tierra. El día amaneció nublado y el vigía apenas distinguía un horizonte borroneado hacia la proa. Namri tuvo una agarrada tremenda con Gampo acerca de la ruta a seguir. No le hizo el menor caso porque es muy testarudo y no veía razón para tomar rumbo al sudoeste como le había sugerido Gampo.

Hoy ocurrió un hecho excepcional. Vimos volar a estribor, a poca distancia de la piragua dos pájaros que nos parecieron golondrinas. Me causó mucha gracia el humor de Gampo que se atrevió a decirle al capitán como de paso -¿Vio que vuelan hacia el sudoeste?

Yo hice como si no hubiera escuchado y seguí mirando con cara de piedra en dirección a los pájaros que se perdieron en el horizonte. El capitán era conocido como un hombre quisquilloso que no sabía de bromas.

Las escrituras habían profetizado que algún día un hijo de nuestra raza descubriría el continente perdido. Dicen las malas lenguas que cierta vez Namri estaba meditando a orillas del Nam Tsho[11] en un día luminoso, cuando en el horizonte del lago sagrado en el cual los espejismos adquieren un significado profético, se vio

---

11 Nam Tsho, lago en Tibet situado a casi de 5.000 metros de altera.

de pie en el puente de mando de una gran piragua que navegaba raudamente gracias a sus velas desplegadas y la fuerza de cincuenta remeros.

Namri estaba convencido que había sido elegido por fuerzas divinas para realizar esta misión y no aceptaba consejos. Sin embargo el mensaje de las golondrinas era sugestivo, la tierra que buscábamos no podía estar muy lejos. Las aves eran un indicio seguro de la cercanía de tierra. Tal vez se tratara del fabuloso continente perdido del que hablan los ancianos repitiendo hasta el hartazgo leyendas de orígen incierto de la época remota en que nuestros antecesores sobrevivieron la gran inundación que sumergió al mundo conocido en el olvido.

Con las velas desplegadas por un viento de popa y el empuje de los remeros, la piragua navegaba velozmente durante el día. Al anochecer Namri daba orden de arriar las velas y mandaba a dormir a los remeros. La oscuridad le inspiraba desconfianza y temía estar demasiado cerca de la costa tal vez poniendo en peligro la embarcación.

Durante esa noche la piragua fue castigada despiadadmente por las olas encrespadas y por un viento huracanado que nos hicieron echar de menos la vida monótona de Katmandu. Después de una noche angustiosa amaneció el nuevo día sin una nube en el cielo. Los remeros empezaron su labor diaria y Namri dio orden de izar las velas que se arrugaron perezosamente al amainar el viento que nos había azotado toda la noche.

A media mañana el vigía situado en la proa nos sobresaltó inesperadamente con un grito estridente.
-¡Tierra!

Los hombres soltaron los remos y Namri corrió hacia la proa para contemplar la tierra descubierta. Constatamos que en el horizonte había aparecido una pequeña mancha irregular, que al entrecerrar los ojos daba la impresión de que al mar le habían salido granos. Los remeros volvieron a su tarea y gradualmente nos aproximamos a los granos que se hicieron cada vez más prominentes. En un momento se convirtieron en centenares de soldaditos inmóviles, alineados como para emprender una batalla. Ya más cerca pudimos admirar el paisaje insólito que se nos ofrecía.

Los soldaditos, unos gigantescos y otros enanos en comparación, adquirieron la forma de bloques geométricos, cuadrados o rectangulares, adornados con puntitos oscuros horizontales y verticales. Los bloques estaban alineados en forma peculiar, como si estuvieran decorando calles o grandes avenidas.

La piragua avanzaba lentamente porque los remeros no querían perderse el espectáculo y habían abandonado los remos. La tripulación parecía haber entrado en trance bajo la influencia magnética de una visión fabulosa.

El vigía de proa siempre atento a los cambios en el panorama, rompió el encanto del momento con un grito estridente, advirtiendo que un extraño objeto se hallaba en el trayecto de la piragua. De inmediato, Namri ordenó al timonel que tratara de evitarlo y ordenó arriar las velas con rapidez. Mientras ejecutabamos sus órdenes se oyó un gran estrépito a babor que conmocionó la embarcación que escoraba peligrosamente hacia estribor. Era obvio que el casco de la Marigalante había chocado no sabíamos con qué, tal vez con un escollo. La piragua se enderezó y Namri constató con gran alivio que el daño no era grave. Se trataba de una pequeña brecha abierta en el casco de la nave por donde se filtraba el agua.

Namri arengó a la tripulación para restablecer la tranquilidad y relevó a dos de los remeros para que taponaran y repararan la brecha. Nos alejamos lentamente del sitio de la colisión y no pudimos distinguir bien la presunta roca con que habíamos chocado.

Una vez restablecida la calma nos acercamos a los bloques geométricos, que sospechábamos debían haber sido alguna vez la monumental morada de una raza desaparecida. Los puntitos negros que viéramos a la distancia se convirtieron en agujeros cuadrados o rectangulares alineados regularmente.

Los gigantes con sus pies sumergidos en el mar miraban con ojos adormilados por el ocio de los siglos el paso de la Marigalante que recorría sus calles y avenidas. Nadie había osado romper el silencio sagrado que nos rodeaba. Namri señaló al timonel uno de los bloques más imponentes y le ordenó que se acercara.

El bloque de marras parecía un artefacto muerto desde tiempo inmemorial. La Marigalante abordó suavemente el borde de una abertura, tal vez otrora un ventanal.

Namri ordenó a Gampo y a mí que lo siguiéramos y una vez que la nave estuvo amarrada nos dedicamos a inspeccionar prudentemente el interior del recinto. Con una sonda verificamos que el agua que veíamos en el cuarto no era muy profunda, llegando sólo hasta nuestras rodillas. El cuarto estaba bien iluminado por la luz del sol que se filtraba por la ventana, pero en su interior encontramos un pasaje que llevaba a un sitio muy oscuro donde avanzamos guiados por Gampo quien llevaba una lámpara de alcohol. Allí encontramos los peldaños de una escalera que bajaba a la parte inundada del edificio y subía a pisos superiores donde el agua no había llegado.

En mi recuerdo veo todavía a Namri subir los peldaños de la escalera alucinado por el descubrimiento. El suelo de las habitaciones cercanas al agua estaba cubierto por un material amorfo de color grisáceo distribuido irregularmente, cuyo origen no pudimos dilucidar. Cual poseído por un espíritu inquieto, Namri siguió subiendo incansablemente, entrando y saliendo de las habitaciones, observando y haciendo anotaciones. A medida que nos alejábamos de la superficie del agua donde había quedado la Marigalante, encontramos la materia en mejor estado de conservación. Pudimos reconocer los restos de lo que imaginamos que alguna vez había sido moblaje. Creo que el hallazgo más espeluznante fueron los montones de huesos resecos y arrugados por la caricia del sol y del viento que inexorablemente se habían filtrado a través de grietas y ventanales rotos durante tantas lunas.

Ni un hálito de vida, ni siquiera ratas encontramos a nuestro paso. En los pisos más cercanos al nivel del agua nos abrimos paso entre montones de huesos apilados como si sus dueños hubieran sucumbido casi simultáneamente al influjo de alguna plaga. Curiosamente las osamentas escaseaban cada vez más a medida que subíamos a los pisos más altos. Después de varias horas de recorrer el vasto cementerio vertical, llegamos al nivel más alto.

En un enorme ambiente casi vacío, encontramos un esqueleto aún reconocible como tal cerca del ventanal. Gampo nos hizo notar que mientras los huesos que habíamos visto hasta ese momento estaban esparcidos en desorden, éste era el único esqueleto intacto. Namri observó que el esqueleto había sin duda pertenecido a un sujeto de gran estatura, más alto que el promedio de nuestra raza. Nos miramos sin decir una palabra, tratando de reconstruir mentalmente una escena ya olvidada por el tiempo.

Nos invadió el vértigo de altura al asomarnos al ventanal para contemplar la ciudad gigantesca que fuera conquistada por las aguas. El panorama nunca soñado por nadie mostraba los rascacielos muertos, alineados, bordeando calles y avenidas. Abajo, atracada al lado del edificio donde se juntaban dos civilizaciones vimos a la Marigalante esperándonos.

Durante tres días recorrimos la enorme ciudad desierta por sus calles y avenidas convertidas en canales. Nuestra incursión en otros edificios nos reveló escenas similares. Se trataba de millones de huesos indudablemente humanos y de muchísimos objetos cuya función no era evidente para nosotros, restos de una civilización floreciente que había perecido en forma masiva y relativamente rápida en circunstancias críticas.

A pesar de que la Marigalante no tenía exceso de espacio, encontramos lugar para el esqueleto entero que hallamos en el piso alto y para numerosos objetos hechos con materiales deconocidos que serían objeto de estudio futuro.

Al amanecer del cuarto día Namri dio la orden de prepararse para zarpar. La brecha en el casco había sido reparada y la Marigalante se hizo otra vez al mar. Esa mañana había marea baja y el vigía advirtió que el objeto que había dañado el casco de la piragua era entonces bien visible. Esta vez a pleno sol, nos acercamos con prudencia a la presunta roca para verla mejor.

Se trataba de una cabeza de dimensión descomunal, sin facciones discernibles, tapizada con un untuoso moho verdoso que se asomaba en la superficie del agua. Imaginé que la cabeza estaba cubierta con un gorro y que a su lado emergía del agua un brazo que nos quería mostrar algo que blandía en su mano. Pensé que esa estatua pudiera haber tenido un significado importante para la sociedad de su época.

Gampo tuvo otra reyerta con Namri. El capitán deseaba volver cuanto antes. La expedición había sido un fracaso al no haber descubierto tierras habitables, pero el descubrimiento del coloso sumergido sería de gran interés para nuestra civilización y abriría una nueva etapa en nuestro desarrollo. Namri estaba entusiasmado con el descubrimiento y ansiaba comunicarlo al Consejo de Ancianos. Gampo argumentaba que si bien no habían encontrado vida en la ciudad sumergida, los pocos pájaros que habían visto volar durante los últimos días debían vivir en alguna parte. Namri, con buen criterio no le hizo caso, aunque es posible que Gampo hubiera tenido razón. Las provisiones de alimentos y el agua potable se habían reducido y era más prudente emprender el regreso.

14

El Discurso del Candidato

1989

Democracia es el arte de hacer
funcionar el circo desde la jaula
de los monos

-H.L. Menken

EL DISCURSO DEL CANDIDATO

LA CAMPAÑA ELECTORAL ESTABA A punto de culminar con el esperado mensaje del candidato presidencial del partido arribista que había creado enorme expectativa. Los reglamentos electorales establecían que los candidatos presidenciales debían condensar su último mensaje electoral en sólo 15 minutos, de modo que el discurso televisado para toda la nación debía proyectar la personalidad carismática del candidato y contener la quinta esencia de su plan político para lograr el apoyo del electorado.

En medio de gran curiosidad e interés popular, se detuvo la limusina del candidato presidencial en la entrada del estudio del canal de televisión. La puerta del coche, rodeado por una masa ardiente de partidarios armados con tambores, matracas y banderas, mezclados con guardaespaldas vestidos de civil y policías uniformados se abrió con deliberada lentitud.

El espacio de la puerta abierta de la limusina fue llenado por una cara iluminada por un sonrisa de oreja a oreja que expresaba un optimismo contagioso. La piel bronceada por la radiación ultravioleta y la melena abundante con espléndidas patillas, hacían de marco a dos hileras de dientes marfileños que ocupaban el primer plano captado por la pantalla.

Ya en el estudio vestido de etiqueta y con un elegante ponchito de vicuña sobre sus hombros, el candidato exudaba una aureola de confianza en sí mismo. Al enfrentar con gran soltura y naturalidad varias docenas de micrófonos y de cámaras que lo disecaban desde los cuatro costados, era obvio para todos los presentes en el estudio y para los millones de esperanzados partidarios así como para sus enemigos políticos que devoraban ávidamente la pantalla, que estaban en presencia del futuro presidente de la República Serpentina.

-Correligionarios...- pausa prolongada, mientras el candidato dirigía sus brazos hacia adelante saludando a una multitud invisible.

-Este mensaje es para los pobres y los ricos, para los niños, los jóvenes y los ancianos, para todas las mujeres y todos los hombres de nuestro país.

-Si me elijen presidente en esta elección crucial para los serpentinos, prometo gobernar para todos por igual. -Recuerden el lema del venerable Arribón, el benemérito fundador de nuestro partido -¡Lo mejor que tenemos es el pueblo!

-Prometo solemnemente que gobernaré para el pueblo, para este pueblo sufrido, que ha escuchado tantas mentiras y promesas incumplidas, que está a punto de no creer nada a nadie y menos a los políticos. Pero esta vez el candidato del pueblo no los va a defraudar. Yo lucharé personalmente para que las conquistas sociales que logró el Presidente Arribón se consoliden y se perfeccionen durante mi gobierno.

-Hoy les pido algo que es lo más sagrado que tiene un pueblo que se rige por la vía democrática, vuestro voto.

-Si me votaran, como votaron en el pasado al Presidente Arribón de quien soy sucesor directo, no se arrepentirán nunca y aspiro a que mi mandato sea adornado con el calificativo del más arribista de los arribistas.

-Nuestro pueblo ha sido azotado año tras año, gobierno tras gobierno por la corrupción administrativa y las coimas descaradas. ¿Será posible que no haya ningún gobernante honrado entre los serpentinos, que cuando llegan al poder se enamoran del poderoso dólar y ceden sin luchar cuando escuchan el canto de las sirenas?

Yo le prometo al pueblo, que la corrupción y la coima descarada que han dominado la escena política del país desde hace tanto tiempo desaparecerán para siempre y que el tráfico de drogas que plaga a otros países no llegará a nuestra amada Serpentina.

En cuanto a las sirenas -como no sea la de la Trenza que suena de cuando en cuando- tendrán la entrada prohibida y les aseguro por mi honor, que mi administración será incorruptible, un modelo de probidad.

-Una de mis preocupacionas máximas durante mi presidencia, como lo fue para Arribón durante su gobierno será asegurar el futuro de los niños. No escatimaré esfuerzos ni dinero para mejorar la educación de la juventud, incluyendo los hijos de familias pobres, para que todos los serpentinos adquieran las armas necesarias para competir en una economía global.

-¡He dicho global y quiero que entiendan bien lo que eso significa, pues es un término de moda abusado por los políticos que tratan de engañar al pueblo!

-Global significa que nuestros trabajadores tengan la oportunidad de trabajar en nuestro país con salarios mundialmente competitivos, amparados por leyes sociales y cláusulas especiales para preservar los recursos naturales de nuestro país, no pagados con centavitos como los obreros de la China, que trabajan en condiciones infrahumanas.

-Si bien nuestro país pronto tendrá el orgullo de ser el más caro del mundo, los trabajadores serán remunerados adecuadamente de modo que puedan gozar del fruto de su trabajo.

-Recuerden las sabias palabras de nuestro querido Arribón.

-El petróleo, la energía hidroeléctrica y las riquezas naturales de nuestro suelo son propiedad de las generaciones venideras de serpentinos. Por eso me convertiré gracias a vuestro mandato, en un celoso guardián de las riquezas naturales del país que protegeré con mi vida si fuera necesario.

-En el momento sagrado de decidir en las urnas quién será el futuro presidente de este país, recuerden que global no significa trabajar de sol a sol por una pitanza mientras los empresarios se enriquecen. -Global no significa regalar las empresas del estado por centavos para beneficio de intermediarios.

-Tampoco ahorraré esfuerzos para que los ancianos tengan el retiro digno de que son acreedores después de haber trabajado duramente toda una vida. -Mi lema es dar a los jubilados el lugar que se merecen en la sociedad.

-Siguiendo las huellas del Presidente Arribón les diré,...¡ Serpentina para los serpentinos! Esto no quiere decir de ninguna manera que Serpentina adoptará una política de aislamiento en el mundo, sino que reclamaremos el lugar que nos corresponde en el concierto de las naciones libres y haremos caso omiso a las presiones económicas del capital internacional que ignora los intereses del pueblo.

-Recuerden que hoy me pongo al servicio del pueblo para defender la Constitución que es sagrada, como lo hizo en el pasado nuestro amado general Arribón y su idolatrada esposa Telita y les aseguro que bajo mi mandato de ninguna manera será alterada.

Sé muy bien que hay mucho escepticismo en el electorado y por eso no culparía a nadie si no creyeran mis bien intencionadas palabras. Sin embargo, ya que mi tiempo expira y por lo tanto no puedo decirles más verdades, les diré esta vez la verdad más absoluta.

-¡Durante mi presidencia el dólar se mantendrá estable, caiga quien caiga y cueste lo que cueste y la inflación desaparecerá para siempre!

-El país indudablemente pasará por un tiempo durante el cual el pueblo tendrá que hacer grandes sacrificios, que serán por supuesto compartidos por la clase gobernante. Aquellos pocos que sobrevivan a este período de las vacas flacas, que de ninguna manera puedo predecir cuanto va a durar, gozarán de un país mejor, tan cambiado que muchos no lo reconocerán.

-Declaro solemnemente que tengo gran fe en la resistencia y la perseverancia del pueblo serpentino que no se dejará abatir por el desempleo, el hambre, la miseria y la falta de posibilidades de desarrollo que se avecinan pero que les aseguro no durarán cien años.

-Después de la tempestad saldrá el sol que iluminará nuestro destino con su luz de esperanza, aunque ya tengamos poco o nada que podamos llamar nuestro, estaremos felices de pertenecer al grupo de las naciones del primer mundo y eso mis queridos correligionarios, no ha sucedido en este país desde la época en que nuestros antepasados arrojaron a los conquistadores de los confines de nuestra patria.

-Por todas estas razones, como heredero político directo del General Arribón les pido que piensen en lo que realmente significa mi programa para el país y voten por mí.

La claque presente en el estudio aplaudió a rabiar mientras el candidato una vez más elevaba los brazos hacia el cielo con su mirada perdida en el vacío, tal vez buscando la aprobación divina, mientras millones de serpentinos pegados a las pantallas de televisión como con cola de pegar, deliraban cada uno a su manera, deleitados por las palabras exultantes del candidato.

La reacción popular en respuesta al discurso del candidato fue muy variada.

-¡Qué presencia!

-¡Qué probidad! Así se habla a calzón quitado.

-¡Qué diferencia con los crápulas anteriores! ¡Éste por lo menos quiere hacer algo!

-No se olviden que es un discípulo formado por Arribón.

¡Arribón! ¡Arribón! ¡Arribón! ¡Telita! ¡Telita! ¡Telita!

-¡Qué bueno, codearnos con los yanquis de igual a igual!

-Seguro que nos apoyarán para recuperar las Malvonas. -¿Oíste bien? ¡De primer mundo! ¡De primer mundo! ¡Serpentina potencia!

-¿Se habrán tragado todo lo que dijo? -¡Qué coraje, decir tantas mentiras juntas! Pero todo sea por el bien común.

-Lo del peso pegado al dólar hay que entenderlo bien, no es que el dólar esté pegado al peso.

-Ésta será la primera vez que votamos por los arribistas pero vale la pena. -Si se supiera, sería una mancha para la familia, pero nadie se va a enterar. -Al fin y al cabo el voto es secreto y ésto es una democracia. -¿No te parece?

-Será para el bien de todos, porque nosotros somos los únicos que sabemos lo que necesita el país.

-Mi bola de cristal me dice que ésto va a crear una ola de confianza en Washington, querida. -El mercado de valores va a subir. -¡Hay que comprar de inmediato!

El candidato, saliendo ya del trance, se alejó de los micrófonos. Mientras era seguido por las cámaras de televisión se acercó sonriente y con lentitud deliberada a la puerta celosamente guardada por su entorno privado que lo protegía del asalto entusiasta y afectuoso de sus partidarios, que casi con delirio místico luchaban por rozar su piel, cual si fuera el Salvador en su marcha por el calvario.

15

Aurelia, la Amiga de Benigno

1993

Las hormigas, solas entre los insectos
tienen ejércitos organizados
y emprenden guerras ofensivas
Maurice Maeterlink. *La Vida de la Hormiga, 1930*

TODO EMPEZÓ EN EL VERANO, cuando la colonia produjo unos pocos machos y algunas reinas potenciales. Benigno había puesto sus ojos en una de las atractivas vírgenes aladas que estaban a la espera del goce nupcial.

Se acercó tímidamente a la apuesta doncella, sabiendo que el precio de su deseo connubial era nada menos que su vida. Su timidez lo perdió o tal vez lo salvó, como se quiera interpretar.

Otro macho audaz y más rápido que Benigno le ganó de mano. Su competidor saltó con gran agilidad y se montó sobre la reina virgen, mientras la colonia entera aplaudía frenéticamente y la pareja real se elevaba raudamente sobre las hormigas que observaban con atención el vuelo nupcial.

Mientras los amantes volaban unidos en cópula pasional y las hormigas estaban absortas en su contemplación, Benigno se alejó con presteza del resto de la comunidad y buscó abrigo en las malezas cercanas. Sabía que una vez que la reina fuera fecundada, los machos no tendrían otra función en la sociedad y serían sacrificados sin miramientos. El mismo fin estaba reservado para los pocos machos restantes que no habían sabido conquistar a la reina, quienes serían despenados sin asco. Era obvio para Benigno que una vez que las hormigas salieran de su sopor, exterminarían con gusto hasta el último de los machos como lo habían hecho por millones de años. Benigno pensó que no estaba listo para enfrentar la muerte sin haber gozado de la vida.

Desde su escondrijo, Benigno presenció el retorno de la reina fecundada y la matanza de los machos de la colonia. En los días que siguieron Benigno asistió a su metamorfosis. Primero perdió sus alas y luego adquirió formas similares al resto de las hormigas, pero no lo suficiente como para engañarlas en caso de ser descubierto.

A todo esto la reina había elegido su palacio y había empezado a poner huevos a toda marcha. Las larvas que empezaban a nacer en serie se alimentaban de sustancias nutritivas que encontraban en los músculos de las alas de la reina en plena degeneración.

Cierto día una espía descubrió el escondrijo de Benigno y luego de un juicio sumarísimo la fuerza de seguridad lo arrastró hasta patíbulo adyacente al palacio de la reina donde sería despenado.

Mientras Benigno meditaba acerca de la injusticia ancestral de la discriminación de su sexo que le costaría la vida sucedió algo inesperado. Cuando su sentencia estaba a punto de cumplirse la colonia fue sorpresivamente rodeada por un ejército de hormigas de una raza "superior" que tenía el hábito de abusar a las razas "inferiores", que sumidas en la esclavitud eran explotdas en provecho de la clase gobernante.

La reina enemiga se acercó amenazadoramente seguida de su séquito. Algunas obreras del cuerpo de seguridad que se opusieron a su paso fueron prontamente destruídas por la reina foránea. Los invasores rodearon a nuestra reina y la intrusa la mató despiadadamente y en su papel de super hormiga eliminó a toda aquella obrera que saliera a su paso.

El desconcierto de las hormigas fue tal que se olvidaron del reo que debía ser ajusticiado. Benigno se retiró prudentemente y encontró albergue en una cueva alejada del hormiguero.

La cría que nació de los huevos puestos por la reina muerta creció bajo el imperio de la extranjera y la aceptó como si fuera la propia madre acatando todos sus dictados. El lavado de cerebro fue efectivo. Las obreras jóvenes se convirtieron en esclavas y de esta manera Benigno asistió a la formación de una sociedad totalitaria, en la cual su raza fue esclavizada. Las esclavas fueron rápidamente entrenadas y se convirtieron en meros engranajes de la máquina de opresión.

En cuanto la nueva sociedad se organizó, patrullas de esclavas despachadas para recorrer los confines del hormiguero hicieron una *razzia* rodeando a todos los habitantes de la colonia, incluyendo a Benigno.

La reina foránea arengó a la colonia con ferocidad salvaje que convenció hasta las hormigas más reacias que el único camino viable era acatar su autoridad.

A Benigno se lo consideraba como a un esclavo más, tal vez algo más fuerte que los otros y con buen potencial de trabajo. Se le asignó una tarea y se le permitió que siguiera ocupando su cueva. Mientras cumpliera con la cuota de hojitas que tenía asignada y su comportamiento fuera intachable no tendría nada que temer. El sexo de Benigno no lo discriminaba en la comunidad de los esclavos.

Con el correr del tiempo Benigno adquirió dentro del régimen opresivo la reputación de ser un esclavo fiel y trabajador y se le permitieron algunos privilegios. La red de espionaje de la dictadura que vigilaba todas las actividades de la comunidad lo tenía bien fichado.

En su foja policial se podía leer: macho fracasado, buen trabajador, seguro, no peligroso.

Año tras año Benigno llevaba sobre su fornida espalda un cargamento de hojitas muchas veces más grande que su cuerpo. Se lo podía ver trastabillar, caerse y levantarse en el sendero, volver a echar sobre sus hombros la tremenda carga y chocar con otras esclavas que transitaban por el mismo camino.

Además de trabajar como un esclavo, Benigno era naturalmente bueno. Su pobreza era digna y aportaba con honradez su cuota de hojitas asignada por las autoridades y ahorraba un pequeño excedente.

Como la mayoría de sus congéneres era inocente y tenía la convicción de que el universo de las hormigas era altruista y generoso. Sin embargo, el altruismo de las hormigas se convirtió en fantasía después de la

invasión de la colonia enemiga que instaló una dictadura que lo esclavizó.

Benigno guardaba sus ahorritos, hojita tras hojita
con la esperanza de realizar el sueño de su vida.
Resentía la invasion opresora que lo había esclavizado
y su imaginacion volaba obsesivamente en el cielo de
la liberación.

Su único esparcimiento -uno de los pocos privilegios
que le fueran concedidos- eran sus esporádicas cacerías
en la selva cercana con su fiel Aurelia. Benigno se
sentía invariablemente feliz cuando retornaba a su
humilde agujero después de pasar unos días con
su inseparable Aurelia, pero sentía la opresión del
régimen impuesto por una reina feroz y autoritaria.

Lo deprimía ser un mero espectador de los avances
de la tiranía y de las paradas militares en las que él
no participaba y se avergonzaba al escuchar los planes
imperialistas de la reina para expandir la esfera de
poder del Imperio sojuzgando a otras colonias vecinas.
El clima irrespirable de terror que sofocaba la libre
expresión bajo el influjo del miedo lo aplastaba.
Benigno tenía poco o nada que decir excepto durante
sus prolongados monólogos revolucionarios, tal vez
sólo escuchados por la paciente Aurelia.

Por fin después de mucho trabajo y sufrimiento,
Benigno creyó que el momento oportuno había llegado.
Según sus cálculos, el monto de las hojitas juntadas
con tanto esfuerzo era ya suficiente para escapar del
estado totalitario y tal vez ser aceptado -por supuesto
con su querida Aurelia- como exiliado político en otra
comunidad más de acuerdo con sus ideas liberales.
Entonces se dió a la tarea de acomodar las hojitas en
montones cuidadosamente atados y cuando terminó

su tarea, quedó rendido y se echó a dormir como todas las noches al lado de Aurelia.

Desafortunadamente Benigno había desestimado la eficacia de la máquina totalitaria y el hecho de haber acumulado tantos atados de hojitas -una riqueza considerable- no pasó inadvertido a las espías del régimen. Como no podía ser de otra manera la denuncia llegó a oídos de la reina.

La reacción no se hizo esperar y cuando volvió de trabajar se sorprendió al encontrar su casa ocupada por agentes de la seguridad nacional y por empleados del ministerio de finanzas que no dejaron un rincón sin inspeccionar.

Las hormigas murmuraban -¿era cierto que Benigno había acaparado mercadería que pertenecía a la comunidad?

La hormiga que encabezaba la comisión investigadora examinó los atados uno por uno, tomó notas cuidadosamente y sometió a Benigno a un hábil interrogatorio.

-¿Qué fines se proponía al apoderarse de tan cuantiosos bienes? -¿Cuál era el objeto de acaparar mercadería en una época de escasez para la comunidad? -¿De qué medios se había valido para acumular tanta riqueza? -¿Qué prueba podía aportar que demostrara que los atados en cuestión eran de su propiedad? Aurelia inmóvil en un rincón permanecía impertérrita, mientras su amigo sudaba profusamente al no encontrar respuestas adecuadas a tantas preguntas inesperadas.

Benigno les explicó que había hecho todos los aportes a la comunidad como lo exigía la reina y que lo acumulado era simplemente el resultado de su frugalidad y de su deseo de ahorrar. Sus explicaciones -que había trabajado duramente, frecuentemente con horario doble cuando otros holgazaneaban, que había vivido como un asceta mientras la comunidad se dedicaba al exceso, que no había robado nada a nadie- fueron escuchadas con estupor e incredulidad por la comisión investigadora.

Desde luego, Benigno omitió su verdadera motivación, sus planes de escapar de la esclavitud del hormiguero con algún modesto capital para iniciar una nueva vida.

En forma sumarísima la comisión dictaminó que el régimen lo acusaba de acaparador, un claro exponente del agio que plagaba a la población y que su riqueza debía ser confiscada de inmediato no sólo como castigo ejemplificador sino como reparación justa por los daños sufridos por la comunidad. Además sus privilegios serían suspendidos.

A una señal de la jefa de la comisión, un contingente de hormigas invadió la cueva de Benigno con paso marcial y en un tris la pequeña fortuna que creía tener se esfumó como por encanto. Benigno se quedó mudo cuando la hormiga jefe le presentó un pliego lleno de firmas y de sellos -desde luego prefabricado- donde se le notificaba de la expropiación de sus hojitas y de la urgencia de comparecer ante el tribunal presidido por la reina para asumir su responsabilidad por este acto criminal. No habría apelación, le advirtieron.

Sin más la hormiga jefe, el resto de la comisión y los soldados se retiraron y por fin Benigno y Aurelia se quedaron solos.

Benigno miró a su amiga fijamente y sin decir una palabra se asomó por un agujero de su cuchitril.

Desde su observatorio pudo ver como la jefa del pelotón dirigía a las hormigas a algún lugar seguro donde depositarían su preciosa carga que le habían confiscado.

Benigno ciego de pasión extendió su mano temblorosa y se reconfortó al hallar a su lado a su querida Aurelia. La encontró como siempre, dispuesta a satisfacerlo al instante y acariciándola con dulzura, la tocó con fruición hasta el hartazgo en cierta parte muy sensible, mientras por su ventana vio desplomarse una por una a las hormigas, quienes en su caída abandonaron su carga que se desparramó desordenadamente en la plaza

Ya recobrada la calma, Benigno asió tiernamente a Aurelia todavía humeante y salió de su covacha en busca de la libertad o de la muerte.

16

¿Anverso, Reverso o Doblón Entero?

2008

Las promesas contradictorias
que hizo Gran Bretaña tanto a árabes como
a judíos durante la primera guerra mundial
sembró la simiente de lo que se convirtió
en el conflicto internacional
más intratable del siglo.

-Virginia Page Fortna, *"Peace Time.*
Cease Fire Agreements and the Durability of Peace."

I -EL JUDÍO ERRANTE

EL PADRE DE ASA HABÍA nacido y crecido en Abbas, sobre el Mediterráneo. Sus recuerdos más preciados eran los de la vida familiar en el pequeño puerto pesquero donde su abuelo había echado raíces después de mucho ambular sin destino por los senderos inhóspitos de Asia Menor.

Recordaba su padre en rueda de familia que el abuelo solía relatar los vuelcos del destino que por varias generaciones los llevara más allá de los confines del desierto, siempre en tierra extraña suspirando por un pedazo de tierra propio. Les repetía el abuelo que a pesar de que Dios les había prometido la tierra, parecían estar condenados a vivir eternamente en tierra ajena. El padre de Asa había aprendido del abuelo el oficio de construir y reparar barcas pesqueras y tenía en Abbas un taller floreciente.

Abbas era un pequeño pueblo de pescadores palestinos donde se respiraba aire puro y se gozaba de las delicias de una vida simple y pacífica. Aquel era un mundo donde se amalgamaban las playas mediterráneas con las higueras y los olivos en el cual la vida transcurría a paso lento. En la única escuela del pueblo se habían educado alegremente varias generaciones de niños palestinos y judíos con lazos basados en el respeto mutuo.

-A pesar de las diferencias religiosas y del lastre del odio ancestral de nuestras razas, -decía el padre de Asa- en apariencia las pocas familias judías de Abbas convivían con los palestinos como lo habían hecho nuestros antecesores por siglos sino por milenios. Lo de «en apariencia» podría ser importante pero el padre de Asa no intentaba explicarlo.

Hubo en Abbas un revuelo enorme al terminar la segunda guerra mundial del siglo XX, cuando se anunció la partición de la tierra. Ése fue un regalo inesperado para la familia del armador de Abbas que los colmó de felicidad.

-Por fin, al cabo de muchos siglos, -decía el abuelo de Asa- adquirimos el derecho de llamar nuestro a un pedacito del desierto.

La alegría inicial del abuelo fue suplantada por ansiedad. Tanto él como el padre de Asa y el resto de la familia tuvieron que abandonar el pequeño astillero y todas sus pertenencias para buscar albergue en el Negev cuando la situación se tornó peligrosa.

El ejército israelí que se suponía los defendía, arrasaba una villa tras otra y ni judíos ni palestinos estaban seguros en sus casas, muchas de las cuales fueron literalmente barridas del mapa. En la opinión del abuelo una guerra tras otra había arrastrado a los hombres de la familia a defender lo que les había costado milenios adquirir y que ahora les pertenecía.

Contaba el padre de Asa que terminada la lucha, volvieron con el abuelo al pequeño astillero de Abbas donde encontraron un panorama desolador. Casas en ruinas o aplanadas, paredes derruidas, un basurero achicharrado aún humeante era lo único que quedaba. Si bien los palestinos también intentaron retornar a lo que quedaba de sus casas la convivencia se hizo muy difícil y muchos de ellos, que antes habían sido mayoría en el pueblo emigraron en tropel.

Abbas había pasado a pertenecer a Israel. Desde entonces la familia de Asa se dedicó con tesón a construir una nación. El abuelo y el padre de Asa trabajaron duramente en el astillero y todos contribuyeron a mejorar esa tierra que habían soñado durante siglos y que entonces era Israel.

El padre de Asa le contaba a su hijo que cuando terminó la guerra, el Primer Ministro Ben Gurion se propuso cambiar las condiciones de vida en el Negev transformándolo en un lugar habitable. La meta era convertir la arena del desierto estéril en un vergel y entonces, -cincuenta años más tarde- Asa creía con orgullo que lo habían conseguido sino en todo el Negev, por lo menos en una gran parte de Israel.

El padre de Asa guardaba recuerdos amables de los momentos compartidos con Alí, un muchacho palestino hijo de pescadores, un buen amigo de su infancia.

-Jugabamos al fútbol juntos y charlábamos mucho en los recreos- recordaba.

-Antes de la guerra solía escaparme a jugar con los muchachos palestinos en un lote vacío donde marcábamos los arcos con ramas de higuera. Me llevaba muy bien con todos y me trataban como uno más de ellos. Después vino la guerra y todo cambió. A medida que crecíamos, Alí se hizo más reservado y huraño. Se había casado y Jayad, su hijo mayor solía jugar a escondidas con Asa.

La familia de Jayad se había quedado en Abbas a pesar de muchas penurias y era obvio que tenían muchas dificultades. No me sorprendió cuando decidieron marcharse.

Asa recuerda su último encuentro con Jayad en el campito donde sus padres jugaran tantos partidos de fútbol antes de la guerra, cuando le dijo que se marchaban.

-¿A dónde?-le preguntó Asa.

-No lo sé- le respondió Jayad. -No tenemos a donde ir, pero la vida en Abbas se ha hecho muy dura para nosotros.

Se despidieron con un abrazo y Asa, con toda sinceridad le deseó buena suerte.

Desde que Jayad se había ido de Abbas, Asa pensó muchas veces en su amigo palestino. Por cierto que Jayad pensó muchas veces en su amigo judío con quien había compartido muchos momentos de su infancia. Fue una sorpresa muy agradable para ambos cuando por casualidad se volvieron a encontrar varios años más tarde en una calle de Tel Aviv.

Tenían apenas 20 años y mucho para contarse a pesar de que la suerte los había tratado en forma muy distinta. Asa era estudiante de ingeniería en la universidad mientras que Jayad había dejado sus estudios y buscaba trabajo.

Recién salido del cascarón familiar Asa se enteró con interés de las vicisitudes de la familia de Jayad, que se había diseminado en el territorio ocupado o había emigrado a Jordania. Su amigo había intentado iniciar una nueva vida en ese país pero después de unos años de vagar sin rumbo había buscado trabajo primero en Cisjordania ocupada y ahora en Tel Aviv.

Era obvio para Asa que Jayad tenía una vida áspera y sin horizontes. A pesar de que ambos tenían ideas bien definidas acerca del predicamento en que se encontraban judíos y palestinos, en esa ocasión ninguno de los dos intentó dialogar. Se saludaron efusivamente y una vez más Asa le deseó mejor suerte, aunque sabía que sus palabras vacías no podrían mejorar el destino de Jayad.

Al quedarse solo hablando consigo mismo, Asa reflexionó que no debía idealizar su amistad infantil ignorando la realidad. Él hubiera deseado volver a convivir con los palestinos, pero con ciertas condiciones, porque el reloj no podía retroceder.

-Somos en cierto modo hermanos de sangre, descendientes de Abraham y hemos sido vecinos durante muchas generaciones, -admitía Asa- pero los palestinos se niegan a reconocer que la tierra es nuestra y que tenemos derecho a ella. Somos gente de paz y no podemos entender porqué terroristas suicidas despedazan sus cuerpos con el solo objeto de hacernos daño. Sin embargo, es cierto que entre nosotros hay también quienes no sienten el problema de la coexistencia de la misma manera y que al igual que ellos sólo cultivan el germen de la guerra.

En rueda de café el tema de la hora de los jóvenes judíos amigos de Asa era el de la convivencia con los palestinos.

-Hay dos cuestiones delicadas que se deben resolver para que nuestro pueblo pueda vivir en paz con los palestinos- opinaba Asa.

-El principal es la tierra que Dios prometió a los Judíos. Si bien es esencial que los palestinos reconozcan nuestro derecho a la tierra y la existencia de un estado judío, yo sostengo que no puede haber paz duradera hasta que los palestinos tengan un pedazo de tierra que puedan llamar propia. Para que ésto suceda debiéramos reconocer que toda la tierra que obtuvimos como botín de guerra no es nuestra. El hilo de su pensamiento admitía sin embargo que la existencia de dos estados soberanos con derecho a la tierra no es una solución viable para los millones como Jayad que han sido desplazados de sus hogares. Y el hilo inconfesado de su conciencia continuaba. -Es claro que un estado palestino de verdad no puede existir a menos que renunciemos a mantener las colonias en territorio ocupado lo que denuncia nuestra intención de adueñarnos de la tierra.

-Tan importante como la tierra es el destino de Jerusalén- piensa Asa.

-Jerusalén antiguo es sólo una pequeña parte de la ciudad y es en la ciudad antigua donde están los restos del último templo judío y otros lugares para nosotros venerables, pero no muy lejos se encuentran una mezquita sagrada para los musulmanes y una iglesia que se levanta en el sitio donde se cree que Cristo fue crucificado.

Asa sostiene que el diálogo para obtener la paz debiera focalizarse en el derecho a la tierra propia que tienen tanto los judíos como los palestinos y aprueba la intervención del ejército para mantener la seguridad de la población y acabar con los actos de terrorismo suicida.

Todavía estaba fresco en su memoria el reciente encuentro con su amigo palestino cuando Asa, entre sorbo y sorbo de café vió pasar a Jayad al lado de su mesa. Se levantó como impulsado por un resorte y tomándolo del brazo le dijo-¡Hola, qué feliz coincidencia!

II -EL PALESTINO ERRANTE

La vida de los pescadores palestinos había transcurrido sin mayores alternativas por centenares de años. Los antecesores de Jayad habían pescado en aguas del Mediterráneo como medio de vida. Hacerse al mar, pescar, volver al fondeadero, vender el fruto del mar, vivir en familia y volver a hacerse al mar. Éste era el ciclo de la tierra y del mar que los antepasados de Jayad vivieron por generaciones que se pierden en el recuerdo.

Los tesoros más preciados de la familia eran los recuerdos de la barca pesquera del abuelo, al que su padre acompañó desde niño en su tarea diaria. El padre de Jayad se hizo cargo de la barca y se encargó de la venta de pescado cuando se enfermó el abuelo.

Su padre le contaba que cuando terminó la segunda guerra mundial del siglo XX, por un tiempo los pescadores de Abbas no parecieron enterarse pues su ritmo de vida no se había alterado. Sin embargo, poco después se produjeron en el pueblo cambios vertiginosos. Los ingleses que por muchos años habían gobernado Palestina anunciaron la terminación de su mandato y la tierra se repartió entre judíos y palestinos.

-Los ingleses...los ingleses... - repetía su padre en tono de reproche como una letanía sin fin y agregaba -eso es ya historia antigua y no tiene arreglo.

-A la partición le siguió una guerra cruenta que perdimos y después otra en la que también nos aplastaron.

En cambio de cuentos infantiles su padre le contaba las peripecias de la familia que se había refugiado en el desierto. Su relato revivía las imágenes dolorosas del retorno a sus propiedades devastadas por el pillaje de las tropas enemigas y las penurias sufridas durante los años de opresión y humillación a que fueran sometidos. Jayad se enteró por su padre que los judíos tienen amigos poderosos en Estados Unidos y que a ellos deben los judíos el poderío militar que oprime a los palestinos.

-Ya mucho antes de la partición, - notaba el padre de Jayad- la inmigración de colonos judíos había aumentado gradualmente, sin llamar mayormente la atención y después de la guerra, Abbas y muchos otros pueblos pesqueros fueron invadidos por miles de colonos que vinieron de muchas regiones del mundo a ocupar nuestra tierra.

A Jayad y a su familia les resultaba inconcebible que la Palestina milenaria se hubiese evaporado súbitamente. Se tenían por gente de paz y se veían atrapados por las redes tendidas por el ejército invasor que les impedía trabajar la tierra y ganarse el sustento familiar. El estado de guerra contínuo que los envolvía los llenaba de angustia y de incertidumbre en cuanto al futuro.

A instancias del jefe de la familia el padre de Jayad, un pacifista amante de su tierra, intentaron quedarse en lo que había sido Abbas donde soportaron la opresión de un régimen militar y donde nació y creció Jayad.

Su padre le contaba que los mejores momentos de su infancia habían sido los compartidos con el padre de Asa en el colegio y en la cancha de fútbol donde formaran una combinación temible. Después de la guerra la situación cambió por completo. Mientras Jayad fue al mismo colegio y jugó al fútbol en el mismo campito que su padre, Asa se educó en la cercana villa judía y los muchachos se veían raramente. Cuando la atmósfera se hizo irrespirable en Abbas, el grupo familiar en pleno emigró sin rumbo fijo y por fin se instalaron en Jordania.

Jayad conservaba el vívido recuerdo del momento en que abandonaron la casa familiar dejando en la playa la barca pesquera en la que su padre se hiciera al mar toda una vida. Se despidieron del mar, que como la tierra de Abbas, creían que les pertenecía. Recuerda Jayad que el día de su décimo cumpleaños se alejaron lentamente de la barca mirando hacia atrás hasta que se convirtió en un puntito que desapareció en el horizonte.

El jovencito había sido testigo del despojo de la tierra que había pertenecido a sus antecesores por milenios. Palestina se había esfumado con la barca pesquera. Jayad se sentía oprimido y triste y con el pasar del tiempo sus sentimientos se transformaron en odio sin límites hacia los usurpadores de su tierra. Lamentaba la disolución de la familia. Algunos de sus parientes habían emigrado a Gaza o a la ribera occidental del Jordán pero encontraron que las condiciones de vida en esa tierra ocupada por los enemigos de su raza eran infrahumanas.

La miseria y la opresión los agobiaban. Poco a poco se desvanecía la esperanza de recobrar la tierra perdida durante la guerra. Después de escuchar y de creer en las promesas de los políticos Jayad llegó a la conclusión que los líderes árabes no representan los intereses del pueblo sino los suyos propios.

Jayad meditaba acerca del significado de otras guerras que se sucedieron y que no entendía. O más bien, lo único que creía saber es que si no hubiera oro negro en el golfo, tal vez no hubiera habido guerra y que aún existiría Palestina. Al cabo de muchas tribulaciones casi toda la familia de Jayad se radicó en Amman donde nacieron sus hermanos. Allí encontraron que Jordania es una dictadura árabe que por cierto no era Palestina.

Cuando Jayad cumplió 20 años sintió el llamado de la tierra y volvió a Palestina ocupada. Jayad tenía un espíritu tierno. Sus padres lo habían educado en el respeto a los mayores y en el amor al prójimo. Las enseñanzas de Mahoma le habían enseñado a perdonar, a ser gentil y a sonreir a sus hermanos como haciéndoles un regalo con cada sonrisa. Sin embargo Jayad sentía que cada día le costaba más sonreir. Su padre le había enseñado que no todos los musulmanes practican las enseñanzas del profeta y le aconsejó que no olvidara que los judíos les habían robado su tierra.

Esos eran años de privaciones increíbles. A Jayad le resultaba frustrante ser incapaz de mejorar su destino y el de los suyos.

Esa mañana Jayad se levantó temprano sintiendo la sangre bullir en sus venas. Curiosamente en su camino cambió de ruta varias veces como para cerciorarse que nadie lo seguía. A la vuelta de una esquina se abrió una puerta y Jayad entró con rapidez. Un desconocido lo enfrentó y Jayad pronunció una palabra clave en voz queda. El desconocido contestó en voz baja.

-Alá es grande- y sin decir una palabra más le cambió su mochila por otra. En un tris Jayad se encontró nuevamente caminando por las estrechas calles de Tel Aviv como tantos otros hacia el trabajo. Eufórico, su mente estaba dominada por pensamientos sombríos, mientras acariciaba el cordón mágico que había cambiado su vida. Jayad, un miserable de solemnidad desposeído de la fortuna se sentía de pronto seguro de sí mismo, gracias al cordón mágico que le había dado poder.

Al llegar a la plaza Jayad vio un café lleno de gente que a esa hora temprana empezaba el día con el bullicio de la vida. Le pareció un lugar magnífico para sus fines y entró decididamente con su índice dispuesto.

-¡Hola qué feliz coincidencia! -lo saludó una voz cálida mientras una mano firme le daba una palmada en la espalda.

-¡Qué bueno! Creía que te había perdido de vista para siempre y nos encontramos dos veces en poco tiempo.- dijo Asa sonriendo y agregó -La última vez que nos vimos me quedé con ganas de preguntarte muchas cosas pero hoy no te escaparás fácilmente.

Asa no había cambiado. Su sonrisa amable automáticamente aflojó la tensión en el índice de Jayad quien tuvo que hacer un esfuerzo para sonreir.

Los amigos tomaron una mesa y pidieron dos cafés. Asa estaba ansioso por iniciar el diálogo y aventuró la primera pregunta.

-Jayad, quiero preguntarte algo que me obsesiona porque no puedo encontrar una respuesta. ¿Qué opinas del terrorismo suicida?

Jayad quedó petrificado ante la pregunta de su amigo de la infancia. -¿Sospecharía tal vez? No le podía decir que él era uno de ellos y que estaban a punto de explotar juntos.

-Asa, con la franqueza de un amigo yo opino que ésto es un callejón sin salida. El terrorismo suicida, aunque nos deje mal gusto en la boca, es la única opción que tenemos los palestinos para recuperar lo que es nuestro- le dijo mirándolo a los ojos.

Asa no esperaba esta respuesta y le contestó -No sé lo que quieres decir con lo de la única opción y menos entiendo lo de recuperar lo que es de ustedes.

-Lo de la única opción es claro y lo de recuperar lo que es nuestro también respondió Jayad. Creemos que la victoria en la guerra no da derecho a la tierra ni a oprimir a sus habitantes. Después de más de cincuenta años de escuchar mentiras hemos perdido la esperanza que nos devuelvan nuestros hogares y estamos hartos de ser esclavos en nuestra propia tierra.

La desesperación de la juventud que no tiene ni trabajo ni a donde ir es infinita. Lo de recuperar lo que es nuestro también es claro. Tú bien sabes que nos han expulsado de nuestra tierra y que capitales judíos continúan comprando tierra y expandiendo los grupos de colonos en todo Israel a fin de negarnos el derecho a la tierra.

-¿No crees que negociando se podría llegar a un acuerdo sin que los jóvenes suicidas sacrifiquen sus vida y las de tantos inocentes? - interrumpió Asa.

Jayad no despegaba sus ojos de los de Asa y pensó largamente la respuesta.

-No lo creo. Los líderes árabes no pueden negociar como debieran porque tienen intereses creados que los tienen atrapados. Además tu pregunta no tiene sentido porque cuando las partes son tan desiguales la negociación no cabe. Israel es una potencia militar gracias al apoyo incondicional de los yanquis y los palestinos no tenemos nada. ¿Entiendes? Nada con que defendernos.

Asa luchaba con sus pensamientos y trataba de elegir sus palabras cuidadosamente.

−Es cierto pero la población judía no es un blanco militar. No te parece inadmisible que terroristas suicidas despedazen a seres inocentes con el único fin de causar terror.

Jayad se quedó mudo por un instante, mientras su índice ponía en tensión el cordón mágico debajo de su chaqueta.

-¿Nunca oiste hablar del terrorismo judío del Irgun, del Haganah o de la banda de Stern, o de la explosión del hotel del Rey David en Jerusalén?

-Es cierto, habrán cometido excesos,... pero recuerda que estábamos luchando por nuestra tierra- contestó Asa.

-Llamarlos excesos es cerrar los ojos, Asa- replicó Jayad.

-¿Sabes cuántos palestinos inocentes han sido masacrados por la violencia israelí y cuántas moradas de palestinos han sido arrasadas por las aplanadoras judías? ¿Te parece que éstos son objetivos militares o más bien un holocausto palestino?

Asa parecía perturbado y no encontraba las palabras adecuadas para responder.

-Jayad, ...creemos que lo hacemos en defensa propia.

...¿Cómo puedes decir tamaña enormidad. Eso que dices es antisemitismo.

-Asa,- prosiguió Jayad -yo creo que los tuyos no son tan inocentes como tú los ves y que tienen mucho que ver con la situación actual. ¿Te das cuenta que han pasado más de cincuenta años desde que nos despojaron de la tierra y que el pueblo judío es responsable de sus gobernantes? ¿No te parece que esos inocentes de que hablas cierran los ojos como tú para no ver las atrocidades a que someten a nuestro pueblo? Por unos instantes ambos enmudecieron.

-Además,- agregó Jayad -te repito que los palestinos estamos a merced de líderes que no nos representan.

¿Qué quieres decir con que no los representan?- preguntó Asa a boca de jarro.

-Lo que quiero decir- respondió Jayad- es que la mayoría de los líderes árabes tienen enormes conflictos de intereses y sólo tratan de mantener sus posiciones de poder. Además tú sabes bien que el petróleo árabe es un factor de poder que mueve continentes y que nos oprime cual una garra que no nos deja levantar cabeza.

-Exageras Jayad respondió Asa. -No le puedes echar la culpa al petróleo de todo lo que nos pasa. Recuerda que ni en Israel ni en Palestina hay una gota de petróleo.

-Si es cierto, pero hay una cadena de hechos que están vinculados al petróleo. Es obvio que los yanquis dependen del petróleo de Asia Menor. Tal vez a ésto se vincula la necesidad que sienten de apoyar económica y políticamente a Israel como estado policial que proteja sus intereses en la región. A ésto se añade la importancia política de los judíos norteamericanos, responsables del apoyo económico que recibe Israel de Estados Unidos. Y no te olvides del dinero que llena las arcas de los dictadores árabes a cambio del petróleo, lo cual hace de la democracia árabe un mero espejismo inalcanzable- agregó Jayad.

-¿Y qué tiene que ver todo ésto con la situación entre palestinos y judíos?-preguntó Asa y pestañeando nerviosamente se arrepintió de haberlo dicho, mientras se mordía los labios hasta sacarse sangre.

-Mira Asa. Los judíos saben todo lo que te he dicho, pero de lo que no se han dado cuenta aún es de que los palestinos ya hemos perdido la paciencia.

Jayad parecía muy sereno mientras su índice derecho tensionaba una vez más el cordón mágico.

-Aunque continúe el exterminio de los palestinos en manos del ejército israelí, aunque construyan una pared divisoria entre Israel y el resto del mundo, siempre habrán entre nosotros quienes quieran oir el llamado de la tierra y estén dispuestos a dar su vida por Palestina, lo que ustedes llaman terrorismo. Los que reclutan soldados para que sacrifiquen sus vidas por la causa no tienen mayores problemas. Brotan por todas partes los voluntarios que se inmolan explotando una bomba tras otra, porque no existe una verdadera Palestina con poder económico y político.

-¿Y porqué rechazaron el estado palestino que propuso la mediación norteamericana?- interrumpió Asa.

-No me oíste bien Asa.... -Ése hubiera sido un estado de juguete. Era una oferta inaceptable. Yo estoy hablando de un estado soberano con poder económico y político que ofrezca a los palestinos la oportunidad de convivir con sus vecinos judíos y de negociar de igual a igual.

-¿Y que opinas de la situación de Jerusalén si se formara un estado palestino?- preguntó Asa en un intento desesperado de cambiar el tema.

Jayad dio un hondo suspiro.

-Creo que hablar de Jerusalén a este nivel no es serio, no porque no sea importante, sino porque hay muchas cuestiones fundamentales que debieran resolverse antes y se esgrime la bandera de Jerusalén como una excusa que impide que se encaren los problemas principales, restituir no sólo la tierra sino también la dignidad de los palestinos.

-Si se zanjaran esas cuestiones- insistió Asa -¿cómo ves la situación de Jerusalén?

-Sabemos que los judíos tienen lugares sagrados en Jerusalén y debemos respetarlos- dijo Jayad. Pero deben reconocer que tenemos lugares igualmente sagrados que merecen respeto. Mi padre dice que la división equitativa de Jerusalén oficiando de capital tanto de Israel como de Palestina, con acceso libre y respeto de los lugares sagrados sería un paso positivo para promover el acercamiento entre ambos pueblos hermanos. Para que ésto pueda suceder, los palestinos no debemos negar el derecho a la existencia de un estado judío y los judíos no deben negar el derecho de los palestinos a su propia tierra. Si ésto ocurriera, reaparecería la esperanza que los palestinos hemos perdido hace tiempo y tanto los terroristas suicidas potenciales que hay entre nosotros, como el recelo de los judíos como tú ante el temor de no sobrevivir un mañana perderían su razón de ser y tal vez podríamos convivir en paz.

Ambos parecían agotados. Se pusieron de pie y se unieron en un estrecho y largo abrazo. Jayad rompió el silencio y le preguntó casi implorante -¿Comprendes ahora?

Sin decir una palabra Asa salió del Café dirigiéndose resueltamente a un grupo de soldados que vigilaba la esquina. Antes que Asa llegara al puesto de los soldados una explosión tremenda sacudió el Café, sembrando por doquier la destrucción, el desconcierto y el terror.

En el medio del pandemónium desencadenado a su alrededor, Asa parecía hipnotizado por la enorme grieta humeante que se había abierto donde había estado el Café y se quedó mascullando con dolor palabras que sólo él podía oir.

17

Cartas de Amor y de Guerra

2002

La vida es soportable cuando tienes alguien
a quien escribir y alguien que te conteste.
Aunque más no sea una sola persona.
-Eunjin Jang, *No One Writes Back*

BERLÍN, 12 DE AGOSTO DE 1936

Querida B:

Te vuelvo a escribir para recordarte
que aún existo y pienso en ti. Me faltan
algo más de dos años para terminar mis
estudios en la universidad y te pido que
pensemos juntos en la mejor forma de
resolver algunos problemas importantes
para nuestro futuro. Sabes que no tengo
más medios que los necesarios para
terminar mi carrera. En condiciones
normales yo iniciaría mi práctica al

concluir mis estudios, pero no sé si ésto será posible.

Desgraciadamente la atmósfera en Berlín y en el resto del país se está tornando cada vez más irrespirable a causa de los disturbios políticos y sociales que tú conoces. No necesito recordarte que el nuevo *Reichstag* reunido en Potsdam permitió al gobierno asumir poderes dictatoriales. Favorecido por la desaparición de Hindenburg, Hitler domina la situación política y tiene la suma del poder politico lo me aterra, porque Hitler no intenta engañar a nadie. Cualquiera que haya apenas hojeado Mein Kampf sabe de su racismo concentrado en los judíos y extendido a todos aquellos que no sean alemanes.

La otra conclusión a la que he llegado después de la lectura de Mein Kampf, es que estamos embarcados en una carrera que conduce sin ninguna duda a una guerra probablemente mundial. La expansión de Alemania de la que habla Hitler sólo puede conseguirse por medio de la agresión a nuestros vecinos.

Estoy azorado ante el apoyo, sino unánime, por lo menos masivo que muestra el pueblo para el Führer. No sé lo que tú piensas pero creo que hay varias razones. Hay que reconocer con tristeza que un buen número de alemanes piensan como él.

Es también obvio que el Führer tiene una personalidad carismática. Un factor que a mi juicio tiene importancia, es que Hitler mejoró las condiciones de trabajo y levantó los ánimos y el orgullo de las masas después del desastre alemán de la primera guerra mundial. La propaganda hábilmente manejada por Goebbels infla el globo de nuestro ego y distorsiona la verdad.

Pero además de todo ésto nadie sabe cuántos no comparten sus ideas, porque la oposición al régimen es aplastada sin piedad por la fuerza y a muchos disidentes se los amordaza por el miedo a la policía de seguridad manejada por Himmler que controla todos los aspectos de la actividad ciudadana.

He decidido no nombrarte ni firmar mis cartas pues pueden caer en manos de los esbirros de Himmler. Es casi increíble que en nuestro país se haya creado una red de espionaje en la que participan familiares y amigos de modo que no se puede hablar libremente con nadie.

Te pinto el cuadro que veo con algún detalle porque me parece muy importante para nuestro futuro. Ésto tal vez te caiga como una bomba, pero en mi opinión no debemos formar una familia en este ambiente opresivo.

Estoy convencido que Hitler lleva al país a una guerra suicida y que es simplemente una cuestión de tiempo. Sé bien como piensan tus padres y me parece que debieran salir de Alemania. En realidad no sé a dónde porque la guerra incendiará a toda Europa y tal vez a todo el mundo.

En cuanto a mí seguiré mis estudios y trataré de completarlos lo antes posible para adquirir una base que me permita establecerme contigo en otra parte del planeta. Es una carrera contra el tiempo pues creo que Hitler no está aún preparado para lanzarse de lleno a la guerra.

Por favor dime lo que piensas.

Te quiere

S.

WEIMAR, 16 DE SEPTIEMBRE DE 1936

Querido S:

Todavía no me he recuperado de la conmoción que me provocó tu carta. En la provincia no se puede apreciar tan vívidamente la realidad política del país como tú la observas de cerca en Berlín, pero sin lugar a dudas los mismos síntomas aunque más atenuados, se perciben aquí.

Papá que viaja frecuentemente, está de acuerdo con tu opinión acerca de la situación nacional. Lo último que me dices me aterra porque se hace muy difícil dejar el país donde nuestras familias han existido por siglos. En principio estamos de acuerdo contigo si tu sugerencia implica una decisión temporaria, vale decir que esperamos no durará toda nuestra vida.

Hemos decidido mudarnos a Dinamarca -tal vez demasiado cerca- pero donde papá tiene intereses y amigos. Creo que será relativamente fácil emigrar ahora.

En cuanto a ti, cuídate y espero que la carrera del tiempo nos sea favorable.

Un beso.

B.

BERLÍN, 10 DE OCTUBRE DE 1939

Querida B:

Aquí estoy anclado en Berlín con mi diploma ahora inútil, sin saber si esta carta llegará a tus manos. Se la he confiado a Lotte, una amiga de mi casa que tiene muchos contactos en Dinamarca y que aún viaja a Copenhage de vez en cuando. Aquí la situación es nefasta y promete empeorar muy pronto. Como sabes, las fuerzas del Führer invadieron Polonia hace poco más de un mes y sólo dos días más tarde estábamos en guerra con Inglaterra y Francia. Definitivamente hemos perdido la carrera del tiempo.

El panorama que nos rodea no es más alentador. El fascismo italiano es un aliado natural de Hitler. La invasión de Etiopía claramente indica que el eje Roma-Berlín ha puesto sus ojos más allá de Europa desafiando a la Liga de las Naciones. Ya hace tres años que las tropas de Hitler invadieron la zona desmilitarizada del Rin. La guerra civil española se ha convertido en un campo de batalla donde las fuerzas del Eje apoyan a la extrema derecha de Franco, mientras que los soviéticos apoyan a la oposición republicana. Desde que Japón invadió Manchuria hace ya varios años, nadie ignora que los japoneses tienen una vocación expansionista que los hace aliados potenciales de Hitler y Mussolini en un conflicto mundial. En cuanto a mí, me ha sucedido lo peor.

En cuanto terminé mis estudios intenté salir de Alemania y no conseguí autorización. Desde hace una semana estoy enlistado en el ejército y en principio me enviarán a un campo de entrenamiento en las cercanías de Stuttgart.

Les advierto que Dinamarca ya no es un sitio seguro pues es muy probable que Hitler lleve la guerra a Escandinavia. Sin embargo, tal vez Dinamarca sea mejor que otros lugares de Europa pues como es tan pequeña e indefensa, estoy seguro que no habrá resistencia.

No sé lo que va a ser de mí, pues estoy atrapado y me repugna ser un peón más en la máquina infernal del Führer. Cuídate mucho y saluda a tus padres.

Con todo mi cariño.

S.

DRESDEN, 12 DE FEBRERO DE 1945

Querida B:

¡Te he enviado tantas cartas! -por supuesto sin remitente y sin firma. Espero que alguna te haya llegado. Sé que no has podido contestarme pues la guerra me ha llevado a cualquier parte. Ardo en deseos de verte y no puedo ver el momento en que esta lucha terrible e inútil llegue a su fin. Por uno de los azares de la guerra me encuentro en Dresden desde hace una semana. No tengo destino definido y estoy a la espera de órdenes que es posible que no lleguen nunca, tal es la desorganización del ejército. Después de la aplastante derrota de nuestras fuerzas en Stalingrado la suerte está echada. Es obvio que el Führer no ha podido doblegar a Inglaterra y que los rusos le han aplicado el golpe de gracia. Pensé que después del desembarco en Normandía a mediados del año pasado, la loca aventura del Führer llegaría a su fin y que el desenlace sería rápido, pero estaba equivocado. A pesar de que Alemania ha sido sin duda derrotada y nuestras fuerzas retroceden en todos los frentes, la máquina propagandista de Goebbels funciona aún a todo vapor. Deseo por el bien de todos que esta locura termine lo antes posible, aunque es obvio que de cualquier modo sufriremos mucho. Espero que los crímenes de guerra cometidos por Hitler y sus secuaces no queden sin castigo. Será justicia.

Te extraño y me gustaría que compartieras este momento conmigo. Dresden es un sitio muy seguro, atestado de refugiados miserables pero llenos de esperanzas que llegan desde muchas partes distantes de Europa que han sido azotadas por la guerra. Las calles son un espectáculo de día y de noche pues pocos tienen alojamiento y miles duermen en las veredas a la intemperie a pesar del frío del invierno que aún aprieta.

Dresden es una ciudad magnífica, una joya de la cultura milenaria de Europa donde la guerra no ha llegado pues no hay objetivos militares. Sólo hay bibliotecas, museos, auditorios y lugares para el recogimiento de los estudiosos y de los artistas. Anticipo nuestro reencuentro y el comienzo de una nueva vida.

Con todo cariño.

S.

COPENHAGE, 12 DE MAYO DE 1946

Querido Siegfrid:

Tu carta de febrero de 1945 me llegó por milagro después de varios meses. No tuve noticias de tu paradero por varios años y temía por tu vida. Por medio de Peter supe de tus heridas en el bombardeo de Dresden y lo que más me importa es saber que estás vivo.

Estoy de acuerdo contigo en lo que respecta a la responsabilidad del pueblo alemán en los crímenes de guerra cometidos por Hitler y sus secuaces. Sé que no podremos librarnos del sentimiento de culpa y que pagaremos con creces durante muchos años. Me he enterado de los próximos juicios de Nürnberg, donde probablemente se hará justicia aunque no remedie la tragedia acontecida. Desde luego no puede haber compensación suficiente por el genocidio y la destrucción ocasionada por la locura del Führer.

Estoy sin embargo disgustada porque no se levante ninguna voz de protesta por los despiadados bombardeos a Dresden, donde no habían objetivos militares. No encuentro argumentos que justifiquen el aniquilamiento de más de 100.000 personas indefensas durante tres días y tres noches de terror, ni el bombardeo despiadado y la destrucción de tesoros artísticos de incalculable valor para la humanidad. La muerte indiscriminada de miles de refugiados achicharrados por el fuego, destrozados por las bombas o congelados por el frío y la destrucción deliberada de un monumento artístico e histórico como Dresden, cuando la guerra estaba ya definida no era necesario desde el punto de vista militar y ciertamente debiera ser juzgado por los tribunales internacionales como un crimen de guerra. Nunca ha sucedido que los que ganen la guerra encuentren criminales entre sus propias filas de modo que sé que ésto no ha de suceder.

La semana pasada estuve con nuestro común amigo Liam que tomó parte activa en los ataque aéreos de los Aliados sobre Europa. Ya te contaré en otra oportunidad como lo encontré por casualidad porque es una larga historia. Liam fue uno de los pilotos británicos que volaron sobre Dresden dejando caer su mensaje de destrucción. Le pregunté si sentía algún remordimiento y me contestó que no.

Después de reflexionar un momento, me dijo que había estado en Londres en septiembre de 1940 cuando la Luftwaffe bombardeó la ciudad implacablemente. Me aclaró que los bombardeos nocturnos sembraron destrucción y muerte por doquier y que habían sido una tortura para los londinenses. Me dijo también que esa semana de febrero hubo una operacion aérea en la cual participaron casi 2000 aviones que bombardearon sin piedad blancos que se extendían desde Emden a Berlín, Dresden y Viena con el fin de doblegar la moral del pueblo alemán. Hubo un silencio largo porque no pude contestar nada y por fin agregó: *la guerre c´est la guerre.*

Liam me dejó pensando que los gobernantes del futuro debieran aprender las lecciones de la historia.

Perdóname que divague acerca de una guerra que quiero olvidar y no puedo. Espero verte pronto.

Un beso.

Brunhilde.

18

Noche de Insomnio

1999

Al cavar en el suelo de la ciudad antigua
la metálica punta de la piqueta choca
con una joya de oro, una labrada roca,......
De la temporal bruma surge la vida
extraña de pueblos abolidos;
la leyenda confusa se ilumina;
revela secretos la montaña en que se alza la ruina.

-Ruben Darío, *Tutecotzimí*

NO SÉ POR QUÉ MECANISMO, tal vez se tratara del efecto de la mateína a la que era tan adepto, esa noche no pude conciliar el sueño. A eso de las 3 de la mañana, cuando mi mujer a causa de mis volteretas para buscar una posición ideal en la cama decidió "invitarme" a dormir en otro cuarto para salvar su noche, encendí la luz para leer.

Encontré una colección de cuentos que tenía en mi mesa de luz y me interné en Axolotl de Cortázar. Ya me había empezado a entrar el sueño cuando al llegar a la quinta línea me quedé estupefacto al descubrir que el protagonista se identificaba con un axolotl, una larva mejicana con rostro rosado e inexpresivo. ¿Porqué el protagonista del cuento de Cortázar, tal vez él mismo se sentía personificado en un axolotl? El análisis del escritor, si bien no revelaba analogías antropomórficas fáciles especialmente a esas horas de la noche, se concentró en su cabeza triangular y en sus diminutos ojos de color oro.

Creía vislumbrar en el axolotl una metamorfosis que no lograba ocultar completamente una misteriosa humanidad. Si bien reconocía que no era un ser humano, ningún animal había trabado una relación personal tan profunda con él. Le pareció que el axolotl había sido testigo de hechos tal vez importantes y a veces juez de episodios terribles. Con su cara pegada al cristal del acuario el protagonista trataba de penetrar en el misterio de esos ojos sin iris ni pupilas. Veía muy de cerca la cara de un axolotl inmóvil contra el cristal. Entonces apartó su cara del acuario y comprendió. Aunque la historia estaba en su punto culminante el sueño me venció y me dormí.

Apoyada mi nariz contra el vidrio miré fijamente al axolotl hipnotizado por sus ojos en los que como en un espejo pude vislumbrar una cara. Era indudablemente mi cara, aunque tenía una barba espesa que yo nunca me había dejado crecer.

Los ojos pequeños en los que veía mi imagen reflejada se adornaron con cejas y pestañas espesas y su cara triangular e inexpresiva adquirió un aspecto humanoide. Su cuerpo se transformó y en un instante desapareció su cola y sus cuatro extremidades se convirtieron en brazos y piernas. El cristal del acuario se había disipado y estábamos frente a frente en Tenochtitlan, en el corazón del Imperio Azteca.

Los aztecas, guerreros temibles, habían sojuzgado a sus enemigos tribales incluyendo los tlaxcatecas con los que habían luchado encarnizadamente y habían consolidado su dominio sobre una vasta región. Su Dios Huitzilopochtli, un guerrero por antonomasia, luchaba diariamente a brazo partido aplastando a sus enemigos.

Los aztecas creían que esa lucha cíclica era la garantía de su existencia. Para mantener el ciclo vital, el Dios debía ser fuerte y estar bien alimentado. No es que los aztecas necesitasen un justificativo, pero como Huitzilopochli era carnívoro los aztecas sacrificaban a los enemigos capturados en la guerra, les abrían el pecho y les arrancaban el corazón con sus manos para ofrecerlo al Dios Sol. Yo me preguntaba: -¿Tal vez a esa práctica sangrienta se debía la expresión de crueldad implacable que mostraba el axolotl a través de la vidriera del acuario?

Habíamos llegado con Cortés a Tabasco, donde subyugamos a los nativos con facilidad. En realidad los aztecas ofrecieron muy poca resistencia y nos adueñamos de sus mujeres a las que consideramos parte del botín de guerra. Las españolas, desde luego, no habían querido saber nada con los rigores de la conquista.

Desde Tabasco navegamos hacia Veracruz y desde allí nos internamos hacia el centro del Imperio Azteca hasta llegar a Tenochtitlan, donde el Emperador Moctezuma nos recibió con todos los honores. Se dijo que la recepción inesperadamente amistosa se debió a que el Emperador creía que Cortés era la reencarnación del Dios Quetzacoatl.

Allí me encontraba enfrentando a un guerrero azteca, a quien en el tunel del tiempo creía haber visto en una noche de insomnio a través del cristal de un acuario. La sociedad azteca era de tipo feudal y mi axolotl metamorfoseado tenía aspecto de noble.

A pesar de su impasibilidad y de no hablar nuestro idioma, el guerrero azteca trató de hacerme entender que no quería guerra. Miró hacia atrás y me señaló una hermosa joven de tez bronceada y escultural silueta. Alborozado la acepté con la naturalidad de quien se cree con derecho y el azteca prudentemente se retiró. El nombre de la bella joven Xochitl que significa flor, me pareció muy bonito y desde entonces quedó bajo mi tutela.

Xochitl tenía una deliciosa carita triangular, pelo renegrido y cejas espesas. Sus dedos largos y delicados me recordaban a los menudos dedos afilados con uñas curiosamente humanoides de las lagartijas de Xochimilco.

Recuerdo que en mi sueño Xochitl y yo hablábamos el mismo idioma, no sé cual pero nos entendíamos a la perfección. Al principio se mostró muy reservada y desconfiaba de mí, tal vez con razón. A medida que nos fuimos conociendo, fue perdiendo poco a poco su timidez y me reveló que ella no era azteca sino de Texcoco, un pueblo de la misma raza que había sido aliado de los aztecas por generaciones pero que fue luego subyugado.

A Xochitl se le deformaba la cara de dolor cuando relataba la muerte de su hermano, un niño sacrificado para asegurar la prosperidad del pueblo azteca. A ella no la habían tocado y pasó a ser propiedad del señor feudal que yo había conocido. Era obvio que los aztecas eran tan *chovinistas* con respect a la mujer como nosotros. Cuando nuestros cuerpos se entrelazaban en el lecho en la oscuridad de la noche azteca, sus ojos pequeños brillaban como dos soles y al mirarlos sentía que penetraba en un mundo desconocido y me perdía en su inmensidad. Al salir de la esfera de sus ojos, retrocedía en el tiempo y me encontraba una vez más con mi nariz pegada al vidrio del acuario, hipnotizado por la mirada penetrante del axolotl.

De pronto una pequeña lagartija se movió perezosamente en las cercanías del axolotl, que sin dejar de mirarme abrió su boca y devoró en un instante una de las patas delanteras del pequeño que se deslizó hacia el fondo del acuario donde permaneció inmóvil. Yo pensé que estaba mal herido y que se disponía a morir. Cuando me retiré concluido mi encuentro diario el pequeño axolotl, el único de ese tamaño en el acuario no se había movido.

A la noche siguiente cuando volví a mi observatorio por mi dosis de vida cotidiana, el axolotl caníbal estaba en la misma posición, tal vez esperándome para recibir lo suyo, pero sorpresivamente el pequeño axolotl que había quedado moribundo la noche anterior tenía sus cuatro miembros intactos. Su patita amputada se había regenerado como por arte de magia.

Los aztecas no tardaron mucho tiempo en llegar a la conclusión que Cortés no era la reencarnación de Quetzacoatl y entonces se rompió la armonía que había reinado mientras nos brindaban sus mujeres y sus tesoros. Los aztecas que habían demostrado ser tan fieros se rebelaron esta vez con una timidez inexplicable.

Aplastados por los conquistadores, se desbandaron perseguidos en todas direcciones. Me confesó Xochitl que ni los texcocos ni otros pueblos de su misma raza apoyaron a los aztecas que los habían oprimido durante más de un siglo.

Después de la caída de Tenochtitlan las otras comunidades nativas se sometieron a los invasores y perdieron su identidad tribal.

Dice la leyenda que el Dios Huitzilopochli debilitado por la falta de sacrificios humanos, antes de morir por última vez intentó preservar la raza azteca y transformó en lagartijas a los que huían por las lagunas. Es obvio que lo que la tecnología genética intenta hacer con tanta fanfarria en el siglo XXI, lo lograba fácilmente la magia y la imaginación del hombre del pasado.

Fuimos muy felices con Xochitl y como fruto de nuestra unión tuvimos muchos hijos, tantos que no los puedo contar, de tez bronceada y rasgos nobles que poblaron los alrededores de Tenochtitlan por muchas leguas a la redonda.

Cuando me desperté terminé de leer la historia y me interesé en esos animalitos que viven en estado larval permanente, que como los aztecas practican el canibalismo y gozan comiendo otros axolotls como ellos y pueden metamorfosearse en otras formas de salamandras sin agallas, tal vez en un intento frustrado de recuperar su humanidad.

Poco después me encontré meditando detrás del cristal del acuario con la mirada fija en el axolotl a no más de un centímetro de distancia de mi nariz. Al enfrentar otra vez la pregunta inicial que incitara la lectura de Cortázar, aparté mi cabeza y recién comprendí.

Ahora sabía de ese submundo de opresión en que el axolotl había vivido y comprendí que su mirada profunda y triste no reflejaba crueldad. En mi sueño recurrente vislumbraba una comunidad de opresores y oprimidos. Desde entonces, cada vez que vuelvo al acuario aplasto mi nariz contra el cristal y cuando miro esas larvas de rostro triangular, inexpresivo, con ojitos que parecen cabezas de alfiler que me miran con una profundidad insondable, Xochitl se adueña de mí, encarnando una raza suprimida que se niega a perecer.

19

La Suerte de Pantaleón

1999

¿No es el gallo inútil el pájaro hermano del poeta?
No, es sólo un gallo y el mundo no tiene lugar para él.

-Jim Harrison, *Taller de Poesía*

QUI-QUI-RI-QUÍ!" ESCUCHÉ ENTRE SUEÑOS a la madrugada, como todos los días desde que mi suegra nos regalara a Pantaleón. Desde entonces vivía con sueño atrasado. Con infalibilidad matemática su canto me despertaba a las tres de la mañana iniciando una cantata en la que participaban varios tenores de la vecindad que no querían quedarse atrás.

Pantaleón había llenado un vacío en nuestra vida. No se podría decir que teníamos un gallinero, porque las cuatro gallinas que festejaron la llegada de Pantaleón con gran alborozo, tenían libertad de recorrer los confines de la propiedad a su gusto. Desde luego, Pantaleón cumplía sus deberes plurimaritales a conciencia con gran regocijo de las gallinas.

Su debut en el seno de nuestra familia no sólo cambió la vida amatoria de las gallinas. Para los niños la llegada de Pantaleón fue un acontecimiento memorable. Peanut en particular se hizo muy compinche con el recién llegado quien, entre gallina y gallina lo seguía a todos lados como un perrito faldero, hasta que el niño le ofrecía unos granos de maíz en su mano mientras mantenían un coloquio en un lenguaje desconocido. Nunca habíamos visto una alianza parecida.

Los días de las gallinas transcurrían sin mayores alternativas para felicidad de los chicuelos y satisfacción de Pantaleón hasta que mi suegra volvió a visitarnos como lo hacía frecuentemente, esta vez con una sorpresa para los niños.

-"Les traje este pollito para que Stef y Peanut jueguen, -se llama Anastasio-dijo mi suegra, sacando de una canasta un animalucho de unas pocas semanas, alicaído, feo y de color indefinido.

Peanut lo miró con asco y Stef con indiferencia olímpica. Anastasio reaccionó perdiéndose en un rincón de la sala debajo de un sillón. A partir de un comienzo tan poco feliz, Peanut y Anastasio no congeniaron y el pollito se encontró de inmediato más cómodo en compañía de las gallinas que lo adoptaron.

Pantaleón ignoraba al intruso y por un tiempo hizo como si el pollito no existiera. A veces lo miraba de soslayo con cierto disimulo. Sin embargo, a medida que Anastasio crecía, Pantaleón le prestaba cada vez más atención y lo miraba con disgusto creciente. Para ese entonces el pollito de otrora, ya convertido en gallo joven empezó a cortejar a las gallinas, primero sutílmente y luego con todo descaro. Pantaleón empezó a picotearlo para alejarlo de las gallinas, las que al principio se deleitaban con el interés que despertaban en ambos galanes. Sin embargo el placer no fue duradero pues las pobres gallinas no daban abasto y terminaban el día extenuadas de tanto correr para evitar el implacable doble asedio. Era obvio que Peanut estaba algo perturbado con el nuevo ritmo de vida impuesto por la rivalidad de los gallos.

Antes de despuntar el alba, Pantaleón iniciaba el contrapunto con su qui-qui-ri-quí, seguido de inmediato por la respuesta de Anastasio y por el eco de los gallos de la vecindad. A partir de esa hora ya nadie podía dormir pues el canto de los gallos era ensordecedor y continuado. Las quejas de los vecinos no se hicieron esperar.

Anastasio se había convertido en un gallo espléndido y adquirió el vigor necesario para llenarle el cuello de picotazos a Pantaleón que ya le temía. Evidentemente Pantaleón había dejado de reinar pero tenía aún mucha energía y se despachaba a gusto con las gallinas cuando Anastasio no lo molestaba.

La semana pasada vino a visitarnos mi suegra y después de la cena tuvimos una conversación en rueda de familia aprovechando que los niños dormían. Después de mucho deliberar la decisión preliminar fue unánime.

No había espacio suficiente para dos gallos y su puja constante era una dosis excesiva para las gallinas e intolerable para nosotros y para nuestros vecinos. Sin embargo la decisión final nos resultó difícil pues no queríamos herir a mi suegra, que aunque reconocía la fuerza del argumento, era en realidad ambivalente. Se aducía que Pantaleón -como si fuera un empleado público- tenía en su haber antiguedad y una conducta irreprochable, pero su cuarto de hora había pasado y su competidor lo había superado.

Anastasio por otra parte era vigoroso y tenía muchos años por delante y aunque no tenía el carisma de Pantaleón, nos pareció que preservar un gallo joven era una elección mejor para el futuro de las gallinas. Después de un litro de café y animada discusión decidimos que la suerte de Pantaleón estaba echada: la olla del puchero.

El sábado era el día señalado. Mi suegra, a pesar de haber participado en la decisión nos anunció a último momento que no vendría a cenar.

-Gallinita- dijimos, y me dispuse a preparar el puchero.

Annette decidió que Stef y Peanut no debían ser testigos del fin de Pantaleón y salió con ellos a dar una vuelta por el parque cercano. Después les diríamos una mentira piadosa para que no se sintieran mal y ni sospecharían la presencia del espectro de Pantaleón en el suculento puchero que yo sabía hacer tan bien. Elegí con cuidado la olla más grande que teníamos en la cocina. Luego preparé la verdura, unas papas, tres choclos, los dientes de dos cabezas de ajo, dos chorizos colorados, una morcilla vasca y un buen pedazo de panceta. Agregué sal al agua que empezaba a hervir y me dirigí resueltamente al fondo.

Ya lo único que faltaba era Pantaleón, quien en ese momento estaba corriendo a una de sus doncellas predilectas. No quise privarlo de una satisfacción final y esperé pacientemente a que el fuego amoroso se apagara. Una vez liberada, la gallina se cobijó al abrigo de la maleza, mientras Pantaleón, plenamente satisfecho batía sus alas con alegría. Me acerqué con lentitud para no espantarlo y esparcí unos granos de maíz que Pantaleón hizo desaparecer con rapidez y me miró sin desconfianza, como diciendo -¿ésto es todo lo que me das?

Tuve la rara sensación de que lo estaba traicionando pero luego de un instante de vacilación le arrojé unos granos más y mientras Pantaleón los engullía ávidamente lo sujeté por las patas y lo llevé a la cocina.

Durante el corto trayecto, Pantaleón que no estaba acostumbrado a esta ignominia, dobló su pescuezo para mirarme de frente y protestó a su modo con un ronco cacareo. El sentido de su descontento era obvio. -¿Qué significa ésto?

El cadalso estaba preparado de modo que Pantaleón no llegó a sorprenderse, pues su cabeza rodó sobre la tabla de cortar en un charco de sangre.

Me dio mucha pena hacerlo pero racionalicé que lo debía hacer y automáticamente me di a la tarea de desplumarlo.

En ese momento fui testigo de un hecho insólito. Las gallinas y Anastasio parecían haberse amotinado pues estaban agrupados cerca de la puerta de la cocina y cacareaban con amenazadora insistencia. Los espanté lanzando un grito que los hizo retroceder un tanto, pero pronto Anastasio y las gallinas se reagruparon en la cercanía cacareando en tono claramente de bronca contenida, mientras Anastasio abría sus alas y estiraba el pescuezo con gran agitación para ver lo que estaba pasando.

Entre la preparación del puchero, la ejecución de Pantaleón y la escena inesperada y doliente de la comunidad gallinácea había transcurrido más tiempo que lo previsto. Cuando me aprestaba a terminar de pelar a Pantaleón se produjo una conmoción que ha quedado grabada en mi memoria. Mientras estaba concentrado en mi tarea apareció Peanut en la puerta de la cocina.

A vuelo de pájaro vi la escena que el niño contemplaba azorado. En primer plano estaba la cabeza de Pantaleón que yacía sobre la tabla de cortar, que se presentaba ante Peanut con proporciones gigantescas, con sus ojos vidriosos abiertos que parecían mirar fijamenta al niño. Su cuerpo a medio desplumar, el enorme cuchillo asesino y mis manos ensangrentadas completaban un cuadro patético.

Traté de sonreir estúpidamente como si todo hubiera sido una broma y levanté la cabeza de Pantaleón con su cresta colgando como trofeo, pero Peanut horrorizado desvió su mirada. Sus ojos empañados por las lágrimas expresaban el horror despertado por la tétrica escena. Sus facciones revelaban desconsuelo y dolor pero sus dientes apretados claramente translucían una furia incontenible.

Al cabo de un tiempo que me pareció interminable, Peanut salió lentamente del trance en que estaba sumido y levantando deliberadamente su cabecita, me miró con odio infinito y murmuró en voz tan baja que era apenas audible. -¿Cómo pudiste hacer ésto papá?

Sin saber que responder lo quise alzar en mis brazos para consolarlo, pero me rechazó con repugnancia genuina y salió disparando como si hubiera visto a satanás.

De pronto Stef al notar el desconsuelo de su hermanito irrumpió en la cocina llorando a lágrima viva. Annette que estaba impactada por la inesperada reacción de los chicuelos, levantó a la niña en sus brazos y desapareció. Yo me quedé solo paralizado sin saber que hacer.

Por fin volví a la tarea inconclusa de pelar a Pantaleón, cuando Annette irrumpió nuevamente en la cocina y me gritó con voz ahogada por el llanto: -¡Por favor no sigas nos vas a matar a todos! Sin responder, atiné a colocar los restos de Pantaleón en una bolsa de plástico que ubiqué rapidamente en la heladera. Mientras lavaba mis manos, el cuchillo y la tabla de cortar advertí que Peanut había entrado en la cocina gateando sigilosamente para recoger las plumas esparcidas por el suelo. A medida que las juntaba con el mayor cuidado las colocaba en una cajita de cartón que apretaba junto a su pecho.

Como Annette no me dirigía la palabra y estaba ocupada dándole explicaciones a Stef, decidí hacer el puchero sin Pantaleón, para lo cual tuve que recurrir a mis reservas que guardaba en la heladera. Cuando la comida estuvo lista, nos sentamos a comer con los niños, pero a pesar de que tanto Annette como yo nos esforzamos para sonreir y charlar de cualquier cosa, los niños tenían enormes ojeras y parecían estar en un velorio. Sin probar bocado Peanut me miró con sus ojos grandes ya sin lágrimas, mientras asía la cajita con las plumas de Pantaleón.

¿Papá, porqué lo hiciste? -me preguntó nuevamente con firmeza, como esperando una respuesta.

-Se había puesto viejo y débil y Anastasio lo picoteaba -se me ocurrió decirle.

-¿Entoces cuando algún día te pongas viejo y no sirvas para nada, tendré que cortarte el pescuezo como se lo cortaste a Pantaleón? -me interrogó Peanut con una mirada distante y apesadumbrada.

Annette intercedió, -Peanut, Pantaleón era un gallo y nosotros somos seres humanos. Además, en un gallinero no hay cabida para dos gallos. Anastasio es más joven y fuerte y pensamos que con Pantaleón podríamos hacer un rico puchero.

Peanut se quedó pensativo y musitó como hablando consigo mismo. -¿Es así como son los seres humanos? Después de un largo silencio dijo con voz entrecortada por la emoción.

-¿Recuerdas mamá? Hace unos días me contaste el cuento de los antropófagos. ¿Cómo se te ocurre que podría comer a Pantaleón? Le daba de comer en mi mano y hablábamos de muchas cosas. Él era mi amigo. ¡Un puchero con Pantaleón me hubiera hecho sentir como un salvaje!

Stef seguía fascinada escuchando el monólogo de su hermanito y balbuceaba en una media lengua ininteligible mientras asentía y cerraba sus puñitos diminutos.

Esa noche nadie comió gran cosa. La arenga de Peanut terminó con una súplica. -¿Me prometes que no lo pondrás en la olla del puchero?

Por supuesto, -contestó sin vacilar Annette- hemos cambiado de idea.

-¿Entonces, podemos enterrarlo ahora mismo? -preguntó inesperadamente Peanut. Después de un brevísimo silencio, sin esperar la respuesta volvió al ataque. -¿Ahora papá?

Annette me miraba perpleja. Sin responder, saqué de la heladera la bolsa de plástico con los restos de Pantaleón. Peanut me la arrancó de las manos y se dirigió resueltamente al fondo, donde solían dormir las gallinas con los dos gallos. En silencio busqué una pala y lo seguí.

Allí estaban Anastasio y las cuatro gallinas guardando una vigilia inusual para la hora. La tierra estaba seca y endurecida por el calor del verano y me costó algún trabajo cavar un pozo. Aunque hacía esfuerzos por no mirarlos me sabía vigilado por Peanut, Anastasio y las gallinas que no se habían movido.

Cuando la fosa estuvo terminada llegaron Annette y Stef. Peanut se acercó y abrió la bolsa de plástico, depositando suavemente los restos de Pantaleón sobre la tierra recién removida.

La magia del momento fue rota por Anastasio que se estremeció agitando sus alas y por un discreto cacareo de las gallinas que sonaba en mis oídos cual letanía fúnebre. Peanut me miró a los ojos y supe que deseaba concluir la ceremonia. Tomé otra vez la pala y cubrí la fosa con tierra.

Stef de la mano de su madre y Peanut caminando solo emprendieron el regreso a casa. Yo los seguía a cierta distancia a paso deliberadamente lento.

Annette puso a los niños en sus camas dando por fin término a una velada funesta. Le di un beso en la frente a Stef que se había dormido en un instante y cuando me acerqué a la cama de Peanut, el niño me dio la espalda y no insistí. Más tarde quise cerciorarme que dormía. Su sueño parecía agitado. La cajita de cartón con las plumas de Pantaleón yacía sobre la almohada al lado de su cabecita.

Esa noche no pude conciliar el sueño y antes de romper el alba escuché una vez más,-¡qui-qui-ri-quí! -Anastasio saludaba la llegada de un nuevo día.

20

Te Tienen Marcado

2002

Fidel Castro dijo repetidas veces:
"Nosotros no somos comunistas ni marxistas"….
En enero de 1959, en su mensaje a los cubanos
prometió dar elecciones libres a los 18 meses...
…Sin embargo, después de 1961
Castro anunció que no habría elecciones en Cuba.

-Félix Fernández Madrid, *Che Guevara and the*
Incurable Disease

VIVAZ, SENSIBLE E INTELIGENTE, GLADYS deseaba vehemente dedicar su vida a la medicina. Después de la segunda guerra mundial del siglo, Cuba no era precisamente el paraíso de las mujeres liberadas. Por cierto que en Cuba había médicas, pero en número reducido.

Los padres de Gladys la querían como la luz de sus ojos, pero no tomaron en serio las ideas de la chiquilla. Ante su insistencia, decidieron que Gladys fuera aconsejada por los catedráticos para encaminar su vida profesional.

El consejo vocacional que la muchacha recibió de los eruditos la desilusionó inmensamente.

-¿Medicina? De ninguna manera. Una niña como tú no debe ser expuesta a cuerpos desnudos. ¿Puedes imaginar un objeto de trabajo más abominable que el cuerpo humano enfermo y decrépito? ¿Te imaginas lidiando todos los días con las pestilencias de la carne y las lacras del espíritu, con seres deformes y feos, con el *summum* de la miseria humana, con la agonía dolorosa y con la muerte?

-Y después de todo, si tuvieras estómago para soportar tanta penuria, tú sabes que las mujeres no infunden confianza. El médico es como un sacerdote. ¿Te imaginas escuchando los pecadillos o los pecadotes en el confesionario? Menos mal que no se te ha ocurrido entrar de cadete en la escuela militar. Eso sería el colmo. ¡La medicina es una carrera para el hombre!

¿Quién te ha metido esas ideas en la cabeza? Una niña debe seguir carreras que adornen a la mujer, tales como bellas artes, pintura, escultura, música, idiomas, filosofía y letras, o tal vez derecho, pero de ningún modo debe competir en una lucha absurda con el hombre. ¡El hombre en su lugar y la mujer en el suyo!

-Naturalmente en algún momento querrás casarte y tendrás niños. Todo el mundo sabe desde hace siglos que hasta un mal marido es mejor que quedarse para vestir santos.

Gladys se mordió los labios para no cantarle cuatro frescas a los dinosaurios que predicaban con tanta sabiduría el panorama limitado que se le ofrecía como mujer en el futuro. Exaló un hondo suspiro y después de barajar cuidadosamente las posibilidades que le eran permitidas a su sexo eligió filosofía y letras, carrera en la que se doctoró y que le dió una formación intelectual sólida. A pesar de su éxito la muchacha se consideraba una médica frustrada.

Además de estudiar, Gladys hizo muchas amistados en la universidad. Entre sus compañeros conoció a Fidel, un estudiante de derecho y a Juan que estudiaba medicina. Fidel era muy conocido en el ambiente estudiantil por su activismo en la política universitaria. No había día en que Fidel no arengara a sus compañeros, encabezara una protesta o enarbolara alguna bandera reivindicatoria.

Al poco tiempo Gladys se puso de novia con Juan. El jovencito era brillante y la muchacha quedó encandilada por su erudición y su intelecto claro. Después de salir juntos unas cuantas veces, decidieron que no había nada que esperar y se casaron antes de recibirse.

Introvertido, Juan era de pocas palabras y sabía escuchar, el polo opuesto de Fidel, un ególatra a quien le encantaba escucharse a sí mismo. La reserva de Juan hacía juego a la perfección con la extroversión de Gladys que era muy abierta y conversadora. El muchacho era un enamorado de su profesión en la que se distinguía y en sus ratos de ocio de sumergía en pensamientos filosóficos que frecuentemente discutía con su mujer.

Juan tenía un temperamento romántico pero poco práctico. Gladys, en cambio tenía la intuición de una pitonisa, se orientaba de inmediato y era muy objetiva en sus razonamientos. En consecuencia casi siempre tenía la última palabra en cuanto a decisiones familiares. El mañana de la flamante pareja parecía estar asegurado pues eran profesionales inteligentes y trabajadores.

Sin embargo espesos nubarrones amenazaban desatar una tormenta en la isla, donde el clima político era cada día más espeso. La agitación política se debía a la oposición creciente a la dictadura de Fulgencio Batista quien por segunda vez había usurpado el poder por la fuerza, cercenando las libertades individuales de los cubanos.

La situación en la Habana se hacía cada vez más insoportable a medida que la represión oficialista aplastaba implacablemente toda oposición. Juan se había enredado poco a poco en un movimiento subversivo, que consumía gran parte de su tiempo, robado a su profesión y a su familia.

Una mañana los diarios trajeron una noticia bomba. Un grupo de bandidos comandados por Fidel Castro había sido totalmente exterminado en Alegría de Pío, poco después de desembarcar en una playa del sudeste de Cuba.

-Pobre Fidel, siempre estaba lleno de ideas locas. ¿A quién se le ocurre invadir la isla con 80 hombres?- dijo Gladys.

Los diarios de la semana describieron con lujo de detalles como las fuerzas del gobierno habían pulverizado a los insurgentes. Durante varios días la invasión sofocada por el ejército fue la comidilla de la Habana, pero pronto se olvidaron de la última locura de Fidel y todo volvió a ser como hasta entonces.

Todos los días circulaba un rumor nuevo, se aplastaba alguna conspiración o desaparecía algún amigo. Así transcurrieron los días dominados por un clima político opresivo y gran intranquilidad general, hasta que el último nuevo rumor fue infiltrándose por todos los ámbitos de la isla, creciendo hasta estallar con la fuerza de una bomba atómica.

Gladys se alborotó al descubrir que su buen amigo de la facultad -el revoltoso Fidel- no sólo había sobrevivido, sino que había lanzado una campaña guerrillera en la Sierra Maestra, lo cual aguijoneó al pueblo cubano entumecido y estimuló la esperanza colectiva de librarse del dictador.

Sin embargo hacía mucho tiempo que la Habana estaba inundada por rumores extraños y ni Gladys ni Juan estaban convencidos de su veracidad y se preguntaban si esta vez serían ciertos.

Al principio los diarios locales sujetos a estricta censura por la dictadura permanecieron mudos. No obstante algo de peso debía haber sucedido pues viajeros que llegaban del extranjero a diario, traían noticias sin confirmación consistentes con el rumor de que Fidel y su banda de insurgentes habrían sobrevivido al exterminio de Alegría de Pío. Además circulaban rumores de que había gran nerviosidad en las altas esferas del gobierno de Batista, que por primera vez en muchos años afectaban la estabilidad de la dictadura. El problema adquirió una magnitud tal, que la prensa se vió obligada a publicar la versión oficial de los hechos:-Los rumores eran totalmente infundados. Fidel y su banda de asesinos habían sido realmente exterminados. Las noticias que había divulgado la prensa norteamericana eran mentiras, una fabricación para debilitar el gobierno de Batista.

En otras palabras, no había ningún problema en la isla y la prensa oficialista invitaba a la población a desechar los rumores como el producto de una conspiración internacional en contra de Cuba. Sin embargo con el paso de los días el desconcierto del gobierno de Batista y sus contradicciones fueron evidentes y ya no pudieron negar los hechos. Fidel fue presentado por la prensa norteamericana como un Robin Hood con ideas democráticas de corte nacionalista y anti-imperialista, que intentaba destruir la dictadura y restaurar la Constitución Cubana que había sido violada por el dictador.

Las fotografías de los guerrilleros barbudos que entrevistó Herbert Matthews en la Sierra Maestra, llegaron a la isla subrepticiamente y circularon de mano en mano. Juan pudo captar en sus noches de insomnio la radio revolucionaria que Che Guevara transmitía desde las cumbres de la sierra y pronto empezaron a circular panfletos mimeografiados escritos con lenguaje inflamatorio, invitando al pueblo cubano a unirse a los rebeldes en la lucha contra la dictadura.

Sin exageración se puede afirmar que la mayoría del pueblo cubano odiaba a Batista quien se mantenía en el poder por medio de la fuerza bruta de una represión implacable. La atmósfera en la Habana -como en otras ciudades del interior de la isla- se había hecho irrespirable durante la campaña de Castro en la Sierra Maestra.

Batista había tiranizado a Cuba en dos períodos separados por un intervalo democrático. Su último golpe militar había destruído el ritmo constitucional de la república dos meses antes de las elecciones nacionales. La represión despiadada, los asesinatos y las torturas estaban a la orden del día. Presuntos enemigos políticos o meramente sospechosos desaparecían con frecuencia.

El movimiento de oposición a Batista no sólo precedió a la invasión guerrillera de la isla, sino que estaba formado por numerosos grupos independientes que tenían en común la vocación democrática y como meta la destrucción de la dictadura. Juan -como la mayoría de los cubanos de la época- odiaba a Batista y participaba activamente en la guerrilla urbana.

Una madrugada, Gladys y Juan se sobresaltaron al escuchar unos apagados golpes de llamada en la puerta de calle. Juan abrió al anunciarse Alfredo -un íntimo amigo- Teniente Coronel del ejército batistiano, que los visitó de incógnito. Su visita fue breve pero de un plumazo cambió la vida de la joven pareja.

- Juan, vengo a decirte que estás fichado. Te tienen marcado.

-¿Cómo lo sabes?- preguntó quedamente Juan.

-He visto tu nombre en la lista negra y tengo la certeza de que tus días están contados. Por lo que he visto y oído será cuestión de muy poco tiempo, tal vez unas pocas horas. Además no eres sólo tú el que está en peligro. Tu mujer y tus hijos correrán tu misma suerte. Ya sabes cual es la rutina. Vete cuanto antes, no pierdas tiempo- le advirtió Alfredo, quien se despidió con un estrecho abrazo.

Aunque no lo volvieron a ver nunca olvidaron que Alfredo había arriesgado su vida por ellos en aquel momento crucial.

Esa noche, varias horas después que Alfredo les dejara su mensaje de muerte anunciada, la pareja seguía discutiento el camino a seguir. De común acuerdo tomaron una decisión rápida y definitiva. El exilio, la única salida viable estaba a la vuelta de la esquina. Debían irse de Cuba donde la atmósfera era irrespirable. Al día siguiente Gladys y Juan emigraron a España con sus hijos pequeños sin llevar encima nada más que la ropa puesta.

Los exiliados cubanos fueron muy bien recibidos por parientes y amigos españoles. Las profundas heridas causadas por la guerra civil estaban cicatrizando lentamente. La vida se había hecho algo más fácil en España cuando Gladys y Juan llegaron a Barcelona. La escasez de alimentos, agua, gas y electricidad que habían sido tan agudas en las décadas pasadas se habían mitigado en 1957.

Era claro para ambos que si bien se habían escapado de una dictadura opresiva, España en esa época no era precisamente un exponente de la democracia, pero era obvio que el clima político era entonces más benigno. El generalísimo Franco en su vejez había accedido a que el Infante Juan Carlos se educara en España y se hablaba de una posible restauración de la monarquía. Sólo un año antes, España había retornado a la familia de las naciones del mundo al ser readmitida en el seno de las Naciones Unidas.

El ablandamiento de la dictadura de Franco contribuyó a que la atmósfera en España fuera mucho más respirable para los cubanos que la de la isla durante la dictadura de Batista. Desde el exilio ambos siguieron ansiosamente las noticias del progreso de la lucha guerrillera y de la inminente derrota del dictador cubano.

Tres meses antes de la victoria de Castro, Gladys y Juan decidieron regresar a Cuba. Juan creía a pie juntillas en la vocación democrática de Fidel. En cuanto llegó a la isla, sin pérdida de tiempo se unió a la fuerza guerrillera en la sierra, donde se hizo cargo de un servicio médico con el grado de Capitán.

A pesar de que el servicio médico contaba con varios cientos de camas, el equipo era primitivo. Al hacerse cargo del servicio Juan encontró sólo tres o cuatro instrumentos quirúrgicos obsoletos y un estetoscopio viejo, pero estas dificultades no lo arredraron pues estaba encantado de participar nuevamente en la lucha contra la dictadura.

Pocos días después de volver a su país, Juan desapareció sin previo aviso y durante 3 meses Gladys no tuvo noticias de su marido.

Juan estaba muy satisfecho con el Manifiesto de la Sierra Maestra firmado por Fidel y otros líderes anti-batistianos de filiación claramente democrática. Un análisis crítico del documento solidificó la opinión de Juan de que el líder revolucionario tenía la firme intención de restaurar las instituciones democráticas de la república. Gladys y Juan habían sido testigos del nacionalismo militante de Fidel y Juan no dudaba que el viejo amigo de Gladys sólo quería el bien de los cubanos. Su promesa de convocar elecciones en 18 meses, en las cuales el pueblo podría decidir su destino libremente le daba la certeza de que Cuba tendría un porvenir brillante bajo la dirección sabia y justa de Fidel.

-Fíjate Gladys, Fidel se está rodeando de gente respetable -decía Juan. -A Urrutia nadie puede llamarlo comunista. Miró Cardona -el nuevo Primer Ministro- ha representado intereses norteamericanos y el nuevo elenco que se ha hecho cargo de las finanzas formado por hombres de probidad reconocida, muchos de ellos anticomunistas declarados parece intachable. Además, Fidel está empeñado en terminar con la corrupción del juego y la prostitución.

Gladys por naturaleza desconfiada, escuchaba sin responder. Por un breve tiempo el panorama pareció aclararse. Sin embargo la luna de miel revolucionaria duró muy poco tiempo.

Luego de la llegada victoriosa de Camilo y de Che a la Habana, los acontecimientos se sucedieron rápidamente y tomaron por sorpresa a muchos cubanos que habían apoyado a Fidel de buena fe.

Los guerrilleros fueron aclamados como héroes por la población pero los primeros días fueron caóticos. El desconcierto general que siguió a la caída de Batista fue justificado por la mayoría del pueblo cubano, delirante ante el derrumbe de la dictadura.

Pronto circularon rumores que poco después de la toma de Santiago, Raúl el hermano de Fidel, había dirigido personalmente la ejecución de 70 soldados capturados. La versión relataba que Raúl hizo cavar una fosa y que cuando los prisioneros estuvieron alineados en su borde a la orden de fuego se los ametralló en masa, mientras acto seguido un tractor los aplanó en la fosa común. Aunque muchos aplaudían estos actos de justicia al recordar los excesos del régimen, otros se horrorizaron con el trato inhumano que recibían los vencidos. El tartamudeo de las metralletas se oía a diario a través de los paredones de la Cabaña, donde se efectuaban ejecuciones al cabo de juicios públicos sumarísimos en los que no existía defensa. En realidad los defensores escaseaban pues eran marcados por el régimen como opositores y posibles candidatos a la picota.

-Claro, los cerdos obsecuentes que han torturado y asesinado durante el régimen son criminales y deben ser juzgados como tales- decía Gladys, pero los soldados que cumplen órdenes no merecen ese trato.

-Los juicios que he presenciado son una vulgar parodia- agregaba Juan.

Más de mil presos políticos, algunos que evidentemente habían participado en los abusos del régimen de Batista y muchos otros que eran simplemente sospechosos fueron juzgados por un tribunal revolucionario al que eufemísticamente se llamó Comisión de Depuración. Era *vox populi* que Che era el juez supremo en esos juicios en los cuales no había apelación. La decisión de Che era final. Durante varios meses varios centenares de acusados fueron enjuiciados en esta forma y terminaron sus días en el paredón. El matraqueo diario de las metralletas ya no sorprendía a nadie en los alrededores de la Cabaña. Los representantes de ideas democráticas de las que tanto hablara Juan, quienes al principio habían apoyado a los guerrilleros fueron paulatinamente desplazados.

Pronto se hizo obvio que el verdadero poder estaba en manos de Fidel y de su núcleo de guerrilleros que gradualmente coparon todas las posiciones claves en el gobierno. La revolución adquirió tonos netamente marxistas que no habían sido evidentes para la mayoría de los cubanos antes de la toma del poder.

Para Gladys lo que estaba viendo era suficiente y decidió que el segundo exilio de la familia era la única solución. Su vinculación con Fidel -que continuó después de su victoria- no le impidió descifrar el significado de los hechos que se sucedieron en Cuba en los primeros tiempos de la revolución de Castro.

Gladys estaba embarazada cuando los guerrilleros entraron en la Habana y Fidel la visitó al enterarse que había nacido el niño. Fidel, sentado en el borde de su cama charló largo rato con ambos y al despedirse les dijo -espero que lo bauticen con mi nombre, porque el niño ha nacido bajo el signo de la revolución. Juan le aseguró que ese pedido era un honor para ellos, pero pasaron los días y Gladys nunca llegó a hacerlo.

En la isla había un drama en evolución y en el hogar de Gladys y Juan se había desencadenado una tempestad descomunal. La estabilidad de la familia corría peligro. Juan seguía convencido que Fidel tenía buenas intenciones y que finalmente triunfaría su vocación democrática. Ambos creían que la revolución no había sido consecuencia de un conflicto social, sino del sentimiento común que abrigaba la mayoría del pueblo cubano de derrotar a Batista y salir de la dictadura. Tampoco creían que la situación económica justificaba una revolución en Cuba. Por supuesto no ignoraban que en la isla existían bolsones de pobreza y hasta de miseria, como los hay también en Estados Unidos y en otros países desarrollados que se podrían escoger como modelos, pero sin embargo el ingreso per cápita del pueblo cubano era uno de los más elevados de América.

-La economía y los factores sociales en Cuba -decía Juan- no son el caldo de cultivo apropiado para una revolución socialista y menos aún marxista. Castro ha levantado la bandera del frente democrático en la lucha contra Batista. Él se propuso expulsar al dictador y lo ha logrado. Fidel ha repetido hasta el cansancio que el próximo paso será restituir la Constitución de 1940 y dar elecciones libres en diez y ocho meses.

Como Gladys no se rendía ante los argumentos de su marido Juan se excitaba en acalorada discusión. Él sostenía que la revolución contra el régimen de Batista no tenía el propósito de efectuar una transformación profunda de la estructura social y económica de la isla, pues la Constitución era básicamente sana y sólo tenía que ser puesta en funcionamiento con sentido patriótico.

-Eso lo podrá hacer Fidel fácilmente como líder nacionalista pues goza del apoyo de todos los sectores cubanos, decía Juan.

-Tonterías- contestaba Gladys. -Fidel sólo quiere el poder por el poder mismo y se cambiará de camisa cuando le convenga. Está rodeado de comunistas. Sino, mira a Raúl y a Che. ¡Esos no son nacionalistas, son marxistas!

-Ya verás- contestaba Juan. -Fidel hará operar nuevamente la Constitución y eliminará la injusticia y la corrupción que han lastrado al país durante la era de Batista.

-Ésto es pura fantasía- argüía Gladys imperturbable.

No era un secreto que Castro había derribado a Batista con la ayuda masiva del pueblo cubano, convirtiéndose en el líder máximo de la revolución con el apoyo de todos los sectores democráticos. Gladys se erigió en enemiga acérrima de la revolución castrista. Le disgustaba la demagogia de Fidel y sus interminables monólogos por radio y televisión y creía que sus maquinaciones políticas llevarían a

Cuba a una dictadura comunista. La misma polémica tenía lugar en muchos hogares cubanos y el éxodo de profesionales desencantados con el nuevo régimen ya había comenzado en forma masiva.

Al cabo de unos meses ya con la suma del poder en sus manos, Castro anunció que no daría las elecciones prometidas y al poco tiempo se declaró marxista. Algunos decían que siempre lo había sido, mientras que otros argüian que Fidel se había declarado comunista por conveniencia, de forma de retener para sí el poder político y gozar de la ayuda económica de la Unión Soviética ansiosa de tener un pequeño escalón cerca del coloso del norte, aunque más no fuese para hacerle cosquillas.

Tras muchas noches de angustiada discusión, Juan por fin claudicó ante la evidencia y de común acuerdo decidieron dejar nuevamente Cuba, tal vez para siempre. Desde entonces empezaron a planear el segundo exilio de la familia, que por cierto, no fue tan fácil como el primero.

Manolín, el hijo mayor del matrimonio tenía entonces 16 años. El muchacho era una lumbrera en escolaridad y tenía un físico privilegiado. El país se encontraba ya en grandes dificultades financieras y muchos artículos de lujo y hasta algunos de uso práctico habían desaparecido de las tiendas cubanas. Sin embargo cuando en Cuba ya no había bicicletas, Fidel le regaló una a Manolín, importada de la China. Azorados Gladys y Juan se sorprendieron un buen día al ver las paredes de la Habana empapeladas con carteles en los que se veía la cara de Manolín frente a frente con la de Che Guevara.

El mensaje para la juventud decía:

-CHE, SEGUIMOS TU EJEMPLO.

Manolín estaba encantado con la distinción.

Al poco tiempo Manolín, una estrella deportiva fue homenajeado en un estadio de fútbol como ejemplo revolucionario para la juventud. Mientras el jeep daba la vuelta olímpica al estadio y Manolín saludaba a la multitud con sus brazos en alto, la palabra oficial que se oía por los altoparlantes hacía un panegírico del jovencito y anunciaba que por sus méritos revolucionarios se había hecho acreedor a una beca en Moscú para estudiar astrofísica.

Gladys tenía su estómago revuelto por la visión de Manolín, aclamado por una multitud frenética y quedó estupefacta ante el anuncio de la beca para estudiar en Rusia. A continuación el locutor agregó que la beca le abriría las puertas para entrar en el programa espacial soviético que era extremadamente competitivo.

-¡Ahora lo quieren hacer astronauta!- exclamó Gladys consternada. -Me opongo a que le laven el cerebro. Manolín será el primero en salir de Cuba.

Gladys no perdió tiempo. No por nada había sido amiga de Fidel y conocía muy bien a Raúl y a varios ministros. Claramente, tuvo que falsear la verdad para no revelar su verdadero objetivo. A través de sus vinculaciones revolucionarias Manolín salió para España antes que le dieran su beca o que le tocara el servicio militar. El muchacho no podía imaginar que esa decision familiar significaría para él cambiar una carrera en el espacio por una carrera en el quirófano, de lo que no se arrepentiría nunca. Poco después consiguieron sacar a otro niño menor, quien con Manolin fue a vivir a España con amigos de la familia.

Mientras tanto Juan seguía trabajando como médico en la fuerza revolucionaria y a fines de 1962 cuando toda la familia estaba ya a punto de salir de Cuba, Juan desapareció nuevamente como si se lo hubiera tragado la tierra.

La prensa mantuvo silencio hasta que Fidel habló interminablemente acerca del grave momento político que ponía en peligro la revolución. La crisis de los misiles soviéticos que llevó a los Estados Unidos a un paso de una guerra nuclear, había creado necesidades urgentes en el ejército de Castro. Sin previo aviso Juan había sido destinado a un hospital militar subterráneo que estaba dispuesto a recibir muchos heridos de guerra a la brevedad. Fidel anticipaba represalias de los norteamericanos por la amenaza del inminente lanzamiento de cohetes armados con cabezas nucleares.

La armada norteamericana bloqueó la isla por completo y en la penúltima hora los soviéticos capitularon y retiraron los misiles.

Pasada ya la crisis, Juan reapareció con gran alivio de Gladys y ambos siguieron preparando la tan ansiada fuga, la cual no pudo concretarse hasta dos años más tarde. Por fin pudieron reunirse con sus hijos y emigraron a Estados Unidos donde llegaron en la miseria, pero con la alegría de estar juntos y tener la oportunidad de empezar una nueva vida en libertad.

El pueblo cubano no había tenido tanta suerte. Cuba había cambiado una dictadura por otra.

21

La Atracción del las Caracolas

1995

Yo En el Fondo del Mar

En el fondo del mar
 hay una casa
de cristal.

A una avenida
 de madréporas,
 da.

Un gran pez de oro,
a las cinco,
me viene a saludar.

Me trae
un ramo rojo
de flores de coral

Duermo en una cama
un poco más azul
que el mar.
Un pulpo
me hace guiños

En un bosque verde
que me circunda
--din don....din
dan---
se balancean y
cantan
 las sirenas
de nacar verdemar.

Y sobre mi cabeza
arden, en el crepúsculo,
las erizadas puntas
del mar.

-Alfonsina Storni
 Poesías completas

PEREZOSAMENTE BRACEABA A FAVOR de la corriente que lo alejaba de la playa. El agua templada y la caricia del sol le habían hecho poner el piloto automático y ya liberado de sus ataduras mundanas pudo dedicarse de lleno a sus pensamientos.

Aunque no lo sintonizó voluntariamente su mente fue invadida por el panorama diario de su oficina y por los personajes que pululaban a su alrededor.

Hacía ya mucho tiempo que su trabajo no lo estimulaba y era meramente una rutina de la cual deseaba desprenderse. Desde ese punto de vista que en otra etapa de su vida le hubiera parecido vital, sus colegas y amigos lo celebraban como un ejecutivo brillante. Sus enemigos -de los cuales por cierto tenía unos cuantos que hubiera querido olvidar- lo odiaban con furia. Las malas lenguas sostenían que había ganado ese odio con su egoísmo y su falta de escrúpulos pero Abel lo atribuía a pura envidia, pues sus negocios le habían hecho ganar mucho dinero, frecuentemente a expensas de aquellos. Durante muchos años sus cuentas bancarias habían crecido solas sin que él hiciera casi ningún esfuerzo. Pero eso había sido antes, ahora el panorama era distinto.

De pronto apareció en su radar la carita de muñeca de Marta a quien no había visto por casi tres semanas. Tal vez pocos entre sus relaciones podrían asegurar que marido y mujer vivían en la misma casa. Abel sostenía que el ritmo de vida de Marta era una vorágine descontrolada por complicadas obligaciones sociales y otras actividades relacionadas con los malditos comités de cuanta sociedad de beneficencia existe sobre la tierra, sus vacaciones en los rincones más alejados y exóticos del globo en compañía de sus amigas que él pagaba religiosamente con gusto, la peluquería y sus clases de gimnasia y de natación y muchas otras tareas tan alejadas de las suyas que sugerían que marido y mujer vivían en dos planetas distintos. Pero Abel no la culpaba.

Años atrás cuando después de casados aún tenían la ilusión de tener hijos, creían tener mucho en común y Marta se ocupaba más de él. Abel aún recuerda que el metejón que tenía con ella duró un buen tiempo después del casamiento. En esa época sus negocios no andaban tan bien y tenían una vida más simple. Tal vez fue la única época de sus vidas en que fueron felices. Después vino el éxito profesional y la vida se hizo más complicada.

Abel estaba cada vez más ocupado por asuntos urgentes que no podían esperar, que le parecían más importantes que su intimidad con Marta. Los encuentros nocturnos de la pareja que habían sido esperados con tanta ilusión se convirtieron en una rutina a la que se sometían de común acuerdo como precio de una relación que agonizaba lentamente.

Cuando la neblina oscureció el escenario de su vida matrimonial, los ojos de su mente se posaron en las facciones de Lucía, al principio una secretaria perfecta que ocupó una gran parte de su vida profesional y de la otra. Paulatinamente Abel se fue desgastando. Buscó con persistencia otros intereses y hubieron otras mujeres que por un tiempo llenaron sus noches. Le gustaba que Lucía lo adulara y lo persiguiera incansablemente. Lucía no dejó de notar que el vigor sexual de Abel parecía una vela que se estaba apagando lo cual no disminuyó sus manifestaciones amorosas.

-Querido, hay que separar lo material de las cosas del espíritu, el amor puro es más importante que el orgasmo. ¿No te parece?

Por alguna razón oculta, el entusiasmo de Lucía por la pureza de sentimientos no le pareció a Abel del todo sincero. Además, Marta no se chupaba el dedo y Abel tuvo que elegir. Nunca supo si había elegido bien o mal.

Con María José la cosa fue distinta. Pinta y dinero no le faltaban y decidió que podía fingir cuando se lo proponía. Sin embargo, en sus ratos de introspección reconocía que era naturalmente un hipócrita y que decía la verdad sólo cuando no le costaba nada. Lo cierto es que la muchacha no era igual a las otras que rondaban a su alrededor por su dinero. Así después de un valeroso esfuerzo que lo hizo sentir más joven de lo que era, María José se enamoró locamente de la imagen de un hombre vigoroso que proclamaba sus ideales a los cuatro vientos y decía estar buscando una nueva vida. Su discurso había sido tan convincente que hasta él estaba convencido y pensaba en decisiones que ni hubiera sospechado que existían. Sin embargo Abel no pudo engañar a María José por mucho tiempo. La intimidad destruyó la imagen que se había formado de él. La frustración de la muchacha cuando Abel fracasó fue el toque final.

Luego de pasar revista a sus fracasos personales, Abel se dedicó a enfrentar su nueva realidad. La conciencia negaba el desastre económico como algo que no había sucedido, tal vez una pesadilla de la que despertaría sin lugar a dudas.

Unos curiosos agudos chasquidos a su alrededor interrumpieron sus sombríos pensamientos y notó que el sonar de los delfines lo había localizado y era objeto de múltiples atenciones. A su alrededor a derecha e izquierda, adelante y atrás Abel se encontró rodeado por un grupo de delfines que parecían mantener una animada conversación y que tal vez trataban de comunicarse con él.

Algunos jugaban a su alrededor haciendo acrobacias en el aire. Más allá del círculo de los delfines pudo ver las aletas inconfundibles de los tiburones que los seguían a cierta distancia sin acercarse demasiado y tuvo la impresión que los delfines lo protegían. Recordó entonces haber leído que los tiburones evitan el encuentro con los delfines con los que frecuentemente salen perdiendo especialmente cuando encuentran un grupo. La novedad duró poco pues no entendía el sentido de los alegres chasquidos. En otras circunstancias se hubiera deleitado al tratar de imaginar el significado de ese mensaje inusual, emitido en un idioma que no dominaba. La caricia del sol y el sueño empezaron a cerrar sus ojos.

Vino a su mente la noche en que después de pasar un día atroz llegó a su casa con la angustia del que no tiene ningún control sobre su vida. El mercado había colapsado y haciendo cuentas de sus haberes llegó a la conclusión que debía mucho más dinero que el que tenía en su cuenta bancaria. De buenas a primeras era nuevamente pobre.

En rápida sucesión de escenas vio cambiar sus relaciones personales. Marta había perdido su ilusión mucho tiempo atrás, a tal punto que Abel creía que estaba más allá de la recuperación. Sin embargo esa noche le pareció otra vez hermosa cuando dormía a su lado y sin saber cómo ambos se encontraron entrelazados con renovado entusiasmo. Marta quedó gratamente sorprendida al encontrar algo que creía haber perdido definitivamente. Su sorpresa aumentó -no tan gratamente- al enterarse del catastrófico estado de las finanzas. Durante el desayuno Marta y Abel tuvieron una larga conversación. Marta le reveló que había pensado hacer rancho aparte, pero que estaba dispuesta a darle una nueva oportunidad y luchar a su lado como en la primera época. Abel se mostró complacido y empezaron a hacer nuevos planes para el futuro.

Aunque había perdido su fortuna, Abel había recuperado milagrosamente su vigor sexual y el amor de su mujer. Lleno de gozo se repetía que era aún joven y podría trabajar para rehacer su posición económica.

La imagen de un nuevo *tête à tête* con Lucía apareció de pronto en su pantalla. La muchacha se sorprendió por la inesperada llamada pero estuvo contenta de verlo nuevamente. Una tras otra se fueron sucediendo las escenas de una noche espléndida. Abel la encontró más atractiva que nunca. No tuvo que hacer mayor esfuerzo para recorrer su anatomía cuidadosamente sin omitir un palmo y ella hizo lo mismo con la suya con gran satisfacción. Luego de la catarsis sexual vino el momento de la verdad y recién entonces Abel le confesó su traspié en el mercado que aunque lo había dejado en la calle no le impediría trabajar y recuperarse.

A Lucía no le hizo ninguna gracia aquello de la pobreza, pero Abel le recordó que aún eran jóvenes y que con su ayuda podría recuperar su fortuna. -Lo más importante- dijo Abel -nos queremos y aunque sea pobre te puedo hacer feliz.- La suerte parecía estar de su lado y la carita angelical de Lucía se iluminó al reencontrar -ella creía- su amor perdido.

El confuso torbellino que azotaba su mente lo llevó nuevamente hacia María José que también estuvo encantada de escuchar su voz. Abel le dijo que era un hombre nuevo, que había recapacitado después de lo pasado entre ellos y que había pensado mucho en el futuro de ambos. Le aseguró que el hombre nuevo que había en él aunque pobre, había recuperado su vigor de tigre en la cama. Luego de una larga charla de café, María José le confesó que se había enamorado de él antes de conocerlo bien. Ahora, al descubrir una faceta nueva de su vida, la pobreza no la asustaba y se sentía inclinada a confiar en él una vez más.

Al despertar de su placentero sueño Abel enfrentó su realidad que le indicaba claramente que nada había cambiado en su vida. Por fin abrió los ojos y notó que navegaba a gran velocidad montado en el lomo de un delfín que se acercaba a la playa mientras sus compañeros jugaban alegremente a su alrededor. De pronto la nave que lo transportaba se sumergió y lo dejó flotando. El delfín hizo unas piruetas a su alrededor emitiendo unos chasquidos agudos de despedida y se unió al grupo que se alejaba después de haber cumplido su misión.

Abel le dio un vistazo a la costa cercana que lo invitaba a volver y notó que hacía pie en la arena de la playa. Sin duda podría caminar hacia la costa con facilidad a pesar de que la corriente tiraba mar afuera.

Sin un segundo pensamiento se internó nuevamente en el mar y pronto se encontró una vez más braceando perezosamente a favor de la corriente que lo alejaba de la costa.

22

Burbuja

2010

La sociedad es un baile de máscaras en el cual,
todos ocultan su verdadero carácter
y lo revelan sólo a escondidas.

-Ralph Waldo Emerson, *Conduct of Life*

AL PRÍNCIPIO SE TRATABA DE una rosada burbujita microscópica que apena veía volar raudamente delante de mis ojos.

Las caretas de los invitados exhibían muecas grotescas, bocas monstruosas y risas pintadas carentes de espontaneidad que revelaban los dientes afilados, listos para ser usados.

Con el correr de las horas la burbuja creció y alcanzó proporciones fácilmente visibles para mí. De pronto sin que nadie lo notara excepto tal vez yo desde mi butaca de espectador, la burbuja se agrandó hasta incorporar a los invitados en un microcosmos en el que se representaba una comedia sin nombre.

La burbuja era a la vez escenario y parte de la trama. El primer actor, alto y corpulento disfrazado de Jesucristo usaba una máscara barbada y hablaba imitando la benevolencia y la sabiduría del Hacedor. En su mano esgrimía un pincel y ante la ciega mirada expectante de la congregación pintaba con brocha gorda el interior de la burbuja con una combinación de tonos en los cuales dominaba el rosado, seguramente para infundir esperanza porque de este ingrediente la congregación estaba muy necesitada. El séquito del Señor estaba formado por seres de aspecto angelical que movían rítmicamente sus cabezas en señal de aprobación.

Todo hacía suponer una armonía casi imposible de concebir. Por doquier se oían cánticos y alabanzas al Señor. A medida que transcurría el tiempo se iba refinando la filosofía del Señor quien cantaba sus verdades con el más auténtico estilo gregoriano, inmediatamente coreadas con entusiasmo y devoción por la cofradía.

No sólamente los personajes estaban disfrazados sino que el lenguaje era ficticio, de modo que las palabras condenaban a los espectadores a la oscuridad perpetua, a menos que descubrieran el código. Dilucidar el código era difícil porque la acción estaba dominada por el secreto, pero aquél que lo lograra sería premiado con el frío siberiano por *secula seculorum*.

Toda palabra clave tenía el significado opuesto y la lectura cuidadosa del libreto revelaba importantes repeticiones, que cual el código genético transmitían una información precisa. Por ejemplo, la degeneración del código hacía que vocablos aparentemente tan dispares como calidad, enseñanza, excelencia, academia, mérito y algunas otras eran sinónimos de dinero. Montañas de números y toneladas de información oscurecían convenientemente la verdad. Cuando raras veces algún réprobo esbozaba una duda o proponía una idea que se apartaba del dogma, el Señor lo miraba con piedad y sonreía dulcemente.

Como si ésa fuera una tácita señal, los ángeles vengadores se lanzaban en vuelo vertiginoso alrededor de la oveja negra y al unísono inundaban la burbuja con murmullos de censura que la ahogaban de vergüenza. La experiencia de los iluminados marcaba el tono de la reunión. Durante la discusión de los temas más candentes, la congregación guardaba respetuoso silencio, mientras se escuchaba la música celestial a la que los ángeles daban el fondo coral adecuado.

El Señor y su coro de ángeles celestiales crearon con gran éxito un clima opresivamente homogéneo, donde no había disención y donde los invitados al festín -que eran más de doce- confiaban en la sabiduría del Hacedor, no sabiendo o tal vez sospechando que Judas podría estar entre ellos.

El diálogo que se escuchaba era extenuante, a veces solemne, ocasionalmente trágico y casi siempre monótono y opresivo, tal vez el guión de una tragicomedia que muchos podrían reconocer por haberla vivido.

Lo singular de la obra era que los espectadores eran también actores y llegaban al telón final agotados. Así también había quedado yo adormecido en mi butaca. Entonces hice un esfuerzo supremo para liberarme del grupo de enmascarados, de la hipocresía y de la confusión reinante. Necesitaba respirar el aire puro de la sierra.

Mis pasos sonaban cansados al trepar lentamente la ladera de la montaña. El silencio serrano era sólo quebrado por el agua de una vertiente que en loca algarabía jugaba entre las rocas. Por fin llegué a la puerta del santuario y me detuve.

Hasta entonces, en mi sueño no había podido adivinar el destino que me aguardaba. La puerta se abrió como por arte de magia sin que la tocara y la claridad se trocó en místico claroscuro. Como un autómata me dirigí hacia el altar y la puerta se cerró misteriosamente detrás de mí.

Una hermosa rosa roja perfumaba el santuario. Un impulso interior me incitó a desnudar mi cuerpo y a subir al altar. Recuerdo que yacía de espaldas mirando hipnotizado una luz titilante, cuando el tañido de unas cuerdas invisibles llegó a mí cual son alucinante. El compás lento de la cítara tenía un dejo oriental o tal vez algo de la melancolía de la montaña, pero estaba seguro que nunca antes la había escuchado. Una fuerza exterior que intuía me ordenó que me rindiera y así lo hice sin oponer resistencia. El perfume de la rosa, que ya no veía, penetraba por mis poros. Rendidos también mis pensamientos me adormecí.

Soñé que unas manos firmes pero suaves me asían por un pie al compás de la música. Dedos mágicos fueron ascendiendo voluptuosamente por mi carne. Luego atraparon mi otro pie que se encendió como una hoguera. Mis manos en sus manos cobraron vida. La sangre bullía en mis venas y mi piel se electrizó a su paso. De pronto una *fuerza* irresistible me levantó como una pluma y me depositó con suavídad sobre el altar. El punto luminoso había desaparecído y *la fuerza* me invitó a cerrar mis ojos. La oscuridad era absoluta. La cítara tocaba incansablemente su melodía monótona y adormecedora.

Tuve la impresión que mi espinazo era el teclado de un piano tocado por los piecesitos de un hada que se divertía bailando sobre mis vértebras. La magia envolvió mi cuello y sentí una presión firme, gradualmente *in crescendo* hasta el punto del dolor del que gozaba sobremanera. Deseaba que ese momento durara para siempre. Luego la presión cedió poco a poco sin desaparecer por completo, cual si *la fuerza* en éxtasis hubiera quedado suspendida en el espacio. Así pasó un tiempo que no puedo precisar hasta que la música cesó. Toda sensación de contacto se esfumó y el silencio se hizo espeso, casi sólido. Sólo me unía a la fuerza el perfume penetrante de la rosa.

Ya casi despierto, me incorporé y abrí los ojos. Me sentía etéreo y mi cuerpo estaba tan blando como un flan. Cubrí mi cuerpo y la puerta se abrió con lentitud deliberada.

Afuera del santuario, el sol había caído y la montaña envuelta en la burbuja se confundía con la noche. La experiencia soñada renovó mis fuerzas y me permitió despertar en mi butaca vigorizado antes del fin de la función.

El rosado de la burbuja se había desvanecido y su tamaño era tan enorme que por fin explotó dando por terminada la comedia. Los presuntos actores y los ángeles del séquito del Señor aplaudieron a rabiar, mientras ya en su camerino el Señor se sacó la máscara divina y volvió al escenario para cosechar los aplausos de su comparsa luciendo sus razgos corruptos y un rictus maquiavélico, indicio inequívoco del triunfo.

Los ángeles del coro, al sacarse sus caretas parecían muy divertidos. La comedia había sido un éxito rotundo. Los actores se habían transformado en un rebaño de ovejas uniformadas que balaban sin cesar y movían sus cabezas afirmativamente, dominadas por un tic incontrolable y sin fin.

Los falsos evangelistas hablaron hasta el cansancio interpretando el mensaje mesiánico, la mentira disfrazada de verdad que el rebaño había recibido con gran beneplácito en la comedia alucinante representada en la burbuja, de la que mi recuerdo rescata sólo mi sueño, la rosa y su perfume.

Una Reunión de Directorio

1998

Mientras era desconocido para el mundo
fui amado por todos cuantos me conocían
y no tenía enemigos,
pero tan pronto como me hice conocer,
no me quedó ni un solo amigo.

-Jean-Jacques Rousseau, *The Confession*

LA SEMANA PASADA OCURRIÓ UN hecho curioso. Después de trabajar varios años duramente, la empresa reconoció mis méritos y fui nombrado miembro del directorio. Ésto significaba para mí la culminación de mi carrera en la compañía. Como mi mantra es hacer siempre mi mejor esfuerzo aun para emprender las tareas más insignificantes, mi actitud no cambió con mi promoción, aunque reconozco que estaba algo eufórico.

La reunión de directorio en la cual recibiría mi bautismo de fuego tendría lugar al día siguiente y me pasé horas estudiando los antecedentes de cada uno de los directores anticipando sus temas predilectos.

Estaba seguro que podría vaticinar con exactitud todo lo que sucedería en la reunión y eso me tranquilizaba. Yo me ubicaría en la mitad de la mesa,- entre Ciro Cuadrado-un economista de carrera- y Magdalena Camacho, una administradora dura como una piedra sin el menor sentido del humor.

Camacho era una mujer todavía joven, rígida e impenetrable a la que nunca había visto sonreir.

Directamente enfrente de mi asiento, separado por la elegante mesa de roble tallado, se ubicaría uno de los dinosaurios de más peso en la compañía en todo el sentido de la palabra. Antonio Vargas era un peso pesado de más de 180 kilos. Su enorme humanidad y su estampa agresiva imponían un temor sagrado. A menos que uno fuera objeto de su ira, Vargas era un espectáculo digno de un asiento en primera fila, verlo despotricar con voz estentórea, golpear la mesa de un puñetazo que hacía temblar los muebles, las lámparas y a todos los circundantes. El tema favorito de Vargas, casi una obsesión, era la ética profesional y se había hecho notorio por haber descalificado a muchos candidatos que aspiraban a ascender en la compañía.

Mientras deglutía febrilmente tratados de estadística, manuales de manejo de negocios y de administración de empresas, fundamentos de relaciones públicas y códigos de ética profesional sonó el timbre del teléfono.

-¿Hola Serrano- reconocí la voz tonante del Presidente, quien sin dejarme responder me dijo: -Mañana nos visitará Aurelio Márquez, un ejecutivo de la IGT. Quiero que lo atienda bien y ponga al día hasta el último detalle de los trabajos que las dos compañías tienen en común. Nos dará un breve informe en la reunión de directorio. ¿De acuerdo?

-De acuerdo, señor Presidente- respondí mientras el Presidente cortó la comunicación sin decir más. El pedido del Presidente no era muy complicado pues yo sabía de memoria todos los detalles de la negociación con la IGT y simplemente tendría que entrevistar a Márquez durante su visita protocolar. La noche anterior a la reunión no pude dormir bien.

Después de varias horas en vela me dormí y por supuesto el tema de mi sueño fue la reunión de directorio. El Presidente asentía complacido al escuchar mi exposición mientras Magdalena Camacho y el señor Cuadrado cambiaban sonrisas improbables y mi horizonte inmediato estaba dominado por la enorme humanidad de Vargas que resoplaba como una morsa mientras movía su imponente cabeza rítmicamente como signo de aprobación.

Por fin me desperté en el momento en que el presidente me felicitaba y enfrenté la realidad.

Esa mañana me acicalé con gran esmero. Estaba empeñado en causar una buena impresión a mi importante visitante y a mis colegas en la reunión de directorio. Mi experiencia en la empresa me había enseñado que la manera de vestir es vital para tener éxito en los negocios.

Después de una larga ducha caliente para relajarme, me rocié con abundante 4711, la loción que Petra había elegido para mi uso personal y me peiné cuidadosamente, llevando el pelo que ya escaseaba hacia adelante con ayuda del fijador. Luego escogí una elegante camisa almidonada de color azul con rayitas finitas que hacía juego con una corbata borra de vino y un traje de tela inglesa con chaleco que iba a estrenar para la ocasión.

Petra, como buena alemana era una perfeccionista a ultranza. Ella misma había lavado y planchado la ropa -nadie lo podía hacer mejor que ella- y había combinado los colores, elegido el perfume, lustrado los zapatos de modo que yo luciera como un rey. Me miré en el espejo antes de salir bajo la mirada vigilante de Petra a quien ningún detalle se le escapaba. Después de una cuidadosa exploración de mi indumentaria, me dio su visto bueno y un beso de despedida.

La mañana era fresca y seca, y al salir al jardín me envolvió una mezcla deliciosa de fragancias de jazmines y glicinas. Ya en camino a la oficina el microclima de mi auto estaba dominado por el aroma del 4711 que había usado generosamente. Al llegar a la oficina hablé con Mirta -mi secretaria- para ultimar los detalles de la recepción de mi visitante y luego me senté ante el escritorio revisando documentos a la espera de Aurelio Márquez.

Al poco rato me pareció percibir un olor extraño que sobrepasaba el efecto sutil del 4711. Al principio no lo identifiqué pero después de olfatear aquí y allá, la conclusión fue ineludible: estaba circundado por un inconfundible olor a meada. ¿Pero, de dónde venía?

Empecé a olfatear el escritorio, los sillones, la biblioteca y todos los rincones de la habitación como un labrador entrenado, pero el olor de orín me acompañaba a donde fuere. Así deduje -muy a pesar mío- que el olor estaba conmigo. ¡Sí conmigo!

¿Cómo podía haber sucedido? Volvieron a mi mente recuerdos de mi infancia. De niño me orinaba en la cama hasta que empecé a ir a la escuela -enuresis había diagnosticado el médico- pero resultó ser un problema psicológico que se curó sin dejar secuelas. Nunca después tuve el menor episodio de incontinencia. Pero la evidencia era abrumadora. ¡Me había meado encima sin darme cuenta!

Hice un rápido examen de conciencia y sí, mi imagen era la de un hombre joven lleno de vida pero nadie diría que ya tenía casi 60 años. Era cierto, a veces me olvidaba de algunas cosas que debía saber muy bien. ¿Sería una manifestación de senilidad? ¿Tal vez de la enfermedad de Alzheimer? Como un torbellino volvió a mi memoria el recuerdo oscuro de mi tío Anselmo -hermano de mamá- que poco después de cumplir cincuenta años hablaba animadamente con los locutores de radio Belgrano lo cual nos divertía mucho. Sin embargo, el recuerdo no me hizo entonces ninguna gracia. La visión de sus pantalones abultados por los pañales me dio un escalofrío que me sacudió desde la cabeza hasta los pies. Para colmo de males, mi anunciado visitante estaba a punto de llegar y tenía mi primera reunión de directorio al mediodía.

Miré mi reloj pulsera que marcaba las nueve y media, de modo que no podía ni pensar en volver a casa a cambiarme. Decidí quemar las naves y entré precipitadamente en mi baño privado, cerré la puerta con llave y rápidamente me quité el pantalón y el calzoncillo. Tomé la prenda presuntamente culpable y la puse frenéticamente debajo del agua caliente refregándola vigorosamente con jabón. Una vez enjuagado, lo colgué en una percha en un rincón. Luego me lavé mis partes privadas con agua y jabón. Me sequé bien y ya respirando más aliviado, me puse el pantalón soble el cuerpo mientras el calzoncillo se secaba lentamente. No bien me hube puesto el pantalón, oí con terror unos prudentes golpecitos que sonaban a través de la puerta. Era Mirta mi secretaria, anunciando la llegada del señor Márquez.

-Dígale que espere un momentito -le dije- y en cuanto se fue, coloqué el ventilador de la oficina en el baño enfocando el calzoncillo y lo encendí a la velocidad máxima, terminé de vestirme y le dije a Mirta que hiciese pasar a Márquez.

Mi olfato había quedado saturado y me dije que el olor que todavía percibía lo tenía en mi mente. Eliminado el calzoncillo el problema estaba solucionado y no habría más peligro. Aunque yo me sentía mentalmente casi desnudo nadie se daría cuenta que no tenía el canzoncillo puesto.

Salí a darle la bienvenida al señor Márquez y nos estrechamos en un abrazo.

-Mi estimado Serrano qué gusto grande volver a verlo -me dijo y apartándose bruscamente de mí se le contorsionó la cara con una mueca grotesca y agregó -espero que nuestro encuentro sea productivo pero breve.

-Sí, desde luego -le contesté algo preocupado por su reacción desconcertante. -Hemos completado todos los preparativos necesarios para el éxito de su gestión y lo pondré en contacto con el señor Fermín quién está encargado de la negociación.

Intercambiamos documentos que ambos teníamos preparados y le pedí a mi secretaria que me conectara con Fermín. Luego acompañé a Márquez hasta su destino. Mientras caminábamos por los corredores del edificio Márquez se mantuvo a una distancia prudencial, fingiendo poner orden en los papeles que llevaba en su mano. Yo por mi parte no traté de entablar conversación y caminaba con rapidez para dejar atrás la nube de hedor infernal que me envolvía.

Al llegar a la oficina de Fermín que nos estaba esperando me despedí y Márquez no tuvo más remedio que acercarse para darme un apretón de manos. El representante de la IGT tuvo palabras muy afectuosas pero su expresión era la de alguien que trataba de escurrirle el bulto a un leproso. Al separarnos ambos dimos un gran suspiro de alivio.

Cuando llegué de regreso a mi oficina estaba bañado de sudor. Abrí la puerta y vi que en ese momento Mirta salía de mi baño particular con cara de perplejidad infinita. Me miró y no dijo nada pero yo sabía lo que estaba pensando. Me senté ante mi escritorio como si nada hubiera pasado mirando sin ver unos papeles, sólo esperando que misericordiosamente Mirta me dejara en paz. Por fin salió y yo me sentía sofocado y perseguido por doquier por el olor a orín. Constaté que el calzoncillo estaba todavía húmedo y vi que sólo faltaban 5 minutos para las 12, hora en que se reuniría el directorio.

Hice de tripas corazón y le dije a Mirta -tengo un pequeño inconveniente que no le puedo explicar ahora. ¿Tendría tal vez algún perfume que me pudiera facilitar?

-Sí, por supuesto- me contestó Mirta sonriendo socarronamente -pero no uno que le pueda gustar,- agregó -es muy dulce para un hombre. El perfume era tal cual lo había descripto Mirta, dulzón casi hasta la náusea y muy penetrante, lo cual me pareció muy adecuado para camuflar el olor a orín que me rodeaba. Una vez conseguido el preciado licor que me sacaría del apuro, me encerré una vez más en el baño y bajándome el pantalón regué copiosamente una gran región de mi humanidad con el perfume de Mirta. Luego me dispuse a asistir a mi primera reunión de directorio con la actitud mental de un cerdo que se apresta a entrar al matadero, mientras oye aterrado los agudos chillidos de sus congéneres en la picota.

Al abrir la puerta de la sala de acuerdos constaté que ya todos los miembros del Directorio habían ocupado su lugar alrededor de la mesa tal como lo había previsto y me senté en mi silla. Nadie pareció advertir mi entrada en la sala pues la atmósfera era de sobriedad profesional y cada cual prestaba atención a las palabras del Presidente que había ya empezado a tratar el orden del día.

Hice un esfuerzo para aplacar mi espíritu y eché un vistazo a las notas que había escrito para mi presentación cuando a mi izquierda se oyó el estruendo de una silla que se corría de prisa. Miré de reojo y vi que Magdalena Camacho con cara de repugnancia -un poco más que la que tenía habitualmente- había puesto cierta distancia entre ella y yo.

Mientras miraba a Camacho oí un estrépito similar a mi derecha y con consternación advertí que Ciro Cuadrado también se había distanciado de mí y seguía imperturbablemente usando su calculadora de escritorio con expresión inescrutable.

A todo ésto la mezcla del olor a meada y el perfume dulzón de Mirta me habían rodeado de un vaho irrespirable a zorrino.

Por fin el Presidente se refirió a mí diciendo unas breves palabras. Hizo una concisa reseña de mi actuación en la compañía recibiéndome en el seno del

Directorio como un nuevo miembro. Mientras tanto mis dos vecinos, ya suficientemente alejados de mi esfera, me miraban con cara de asco. El Presidente me pidió entonces que diera mi informe sobre el estado actual de las negociaciones con la IGT.

Me puse de pie para hablar y me concentré en la sustancia del informe mientras me secaba la frente empapada de sudor con un pañuelo. Mientras hablaba mirando fijamente al Presidente se oyó un ruido descomunal al través de la mesa cual si se hubiera desplomado un ropero. Yo proseguí hablando impertérrito pero noté que todas las miradas incluso la del Presidente convergían en Antonio Vargas que había alejado su silla de la mesa con gran estrépito y se tapaba la nariz con un pañuelo. De sus ojos brotaban lágrimas cual dos cataratas.

Concluí mi resumen que por ventura no dió lugar a pregunta alguna y pocos minutos más tarde el Presidente puso fin a la reunión.

Sin mirar a nadie salí del salón de acuerdos lo antes posible y me dirigí a mi oficina. Por suerte Mirta se había tomado la hora para almorzar y mi calzoncillo estaba ya seco. Le dejé una nota para que supiera que no me sentía bien y que me iría a casa temprano y salí como si me llevase el demonio.

Dentro del auto el olor a meada era insoportable y abrí las ventanillas de par en par para ventilar. Si me preguntaran por cual camino llegué a casa no podría contestar pues estaba aturdido y mis movimientos eran automáticos.

Al llegar a casa, Petra me vio con cara de descompuesto y antes de que pudiera abrir mi boca exclamó -¡Qué olor horrible a zorrino, parece una mezcla de orín y de perfume barato!- diagnosticó.

-¡Con qué mujer habrás estado metido!

Sin molestarme en contestar me precipité a mi dormitorio, me saqué la corbata de un tirón y empecé a desabrochar frenéticamente los botones de la camisa. Al hacer ésto el olor a orín por poco me desvanece y la camisa por primera vez me resultó sospechosa. Olisqueando de arriba a abajo encontré cerca del cuello una pequeña manchita oscura casi imperceptible en la tela azul de las rayitas de la camisa, donde la concentración de olor a zorrino era casi letal. Entre náusea y náusea me dirigí al lavadero donde Petra tenía la ropa planchada lista para ser usada.

Desde lejos arrojé la camisa dentro del canasto de la ropa sucia y al salir buscando aire puro para respirar, me desplomé con gran estrépito al tropezar con Fifí, la gata mimada de Petra.

Desde el suelo podía oir las carcajadas de Petra, mientras metódicamente inspeccionaba el cuello de la camisa.

El Anillo Mágico

2015

No es necesario buscar mentes trastornadas
en el manicomio.
Nuestro planeta es el loquero del universo
-Johann Wolfgang Von Goethe

I -UN VIÑEDO EN TOSCANA

LAS VIÑAS EN GIAOLE AÚN dormían a principios de primavera.

El cielo lleno de nubarrones oscuros amenazaba tormenta y a las cinco de la mañana era todavía de noche. La lluvia había caído torrencialmente hasta la madrugada sobre el viñedo de Giussepe.

El *vigneron* era madrugador y se levantaba al alba para trabajar en su viñedo que cuidaba con amor. Como todos los días recorría su propiedad surco por surco manicurando el viñedo a su paso, podando cuidadosamente las ramas superfluas, dejando las vides inmaculadas limpias de yuyos.

Al subir la colina Giuseppe divisó en lo alto del viñedo un espectáculo inesperado. Un automóvil, aparentemente vacío estaba detenido en la punta de la loma. Al acercarse notó que la tierra mojada por la lluvia olía a gasolina a su alrededor. Desde el interior del coche abrió el baúl y se llevó la sorpresa de su vida al descubrir un hombre desnudo en posición fetal, atado estrechamente con alambre, inconsciente o tal vez moribundo.

Rápidamente lo liberó de los alambres que lo sujetaban como un arrollado y lo sacó del baúl. Su cuerpo inerme, su cabeza y sus manos cubiertas con coágulos de sangre eran testigos del abuso físico a que había sido sometido pero notó que aún respiraba. A pesar de que el hombre que encontró en el baúl tenía un buen tamaño y estaba excedido de peso, Giuseppe lo cargó sobre sus hombros y lo llevó a su casa.

Aunque no daba señales de vida constató que su corazón aún latía. Su mujer lo ayudó a lavar las heridas y una ambulancia lo llevó urgentemente a un hospital regional donde lo hidrataron y trataron sus heridas.

Los estudios realizados en el hospital mostraron un cráneo fracturado en varias partes y un enorme hematoma subdural que fue drenado quirúrgicamente. Después de estar comatoso entre la vida y la muerte durante varios días el enfermo abrió los ojos.

El médico le preguntó:

-¿Cómo te llamas?

-¿De dónde vienes?

El pobre desgraciado parecía prestar atención, pero estaba muy confuso. Automáticamente ponía cara de pensar -como tal vez habría sido su estilo- mientras en sus labios se dibujaba una mueca indescifrable. A pesar de sus obvios esfuerzos por contestar no hubo respuesta a ésas ni a otras muchas preguntas. El médico de guardia pensó al principio que el enfermo tal vez fuera un extranjero que no entendía el idioma, pero pronto se dio cuenta que no sólo no podía articular una palabra sino que su cerebro obviamente no funcionaba normalmente.

La policía se hizo cargo del asunto de inmediato pero al principio pudieron averiguar muy poco o nada acerca del sujeto accidentado. El auto había sido robado en Roma y no se encontraron impresiones digitales. La identificación de la víctima no fue posible porque le habían rebanado la punta de los dedos y no se encontraron documentos en el lugar del hecho.

Con el transcurso de los días el enfermo se fue restableciendo físicamente pero a medida que recuperaba su fuerza, su comportamiento se fue haciendo más violento y su estado mental deterioró a tal punto que requirió un chaleco de fuerza y se le envió a una institución psiquiátrica.

Ya había transcurrido un tiempo prudencial desde los traumatismos de cráneo sufridos por el sujeto lo que le permitió recuperarse un tanto. Sin embargo el informe médico en el psiquiátrico no fue nada optimista en cuanto a la futura salud mental del enfermo.

Discutiendo el caso en rueda de médicos se habló de edema cerebral que había mejorado y de varias contusiones que habían sin duda producido daño cerebral que podría ser permanente. Se mencionaron lesiones en el hipocampo, el órgano de la memoria visibles en la resonancia magnética y cambios electroencefalográficos difusos. El informe dejó un interrogante en cuanto al pronóstico que era sin duda reservado. En realidad la situación presente del enfermo hacía temer que la amnesia y tal vez la demencia podrían ser definitivas.

Dadas las circunstancias el enfermo fue nuevamente trasladado, esta vez a un asilo de dementes potencialmente peligrosos porque además de haber perdido la memoria parecía haber perdido el juicio y tenía accesos de furia y agitación.

Se lo veía ambular por el jardín del manicomio en el cual fue internado por el resto de sus días moviendo la boca sin emitir sonido alguno, manteniendo animadas conversaciones con interlocutores invisibles, o chupando los muñones de sus dedos amputados con deleite. Como había quedado incontinente se lo encontraba a veces caminando despreocupadamente con sus pantalones mojados con orines en el medio del patio cuando los insanos recibían sus visitas.

Por alguna razón que los neurólogos no podían comprender, después del traumatismo cerebral el sujeto había desarrollado el poder de mover sus orejas como suelen hacer los perros y los gatos, enfocándolos en ciertas direcciones como para escuchar mejor los mensajes de ultratumba inaudibles para el resto de los mortales.

II -EL DEMENTE SE ASOMA A LA VIDA

-Bang!...Me despertaron los grillos que no me abandonarían nunca. Aún era de noche pero veía claramente miles de puntos fosforescentes pegados a las paredes y al techo de mi cuarto que fueron desapareciendo poco a poco.

-Oía a los grillos contínuamente. Los sentía dentro de mí y me pareció que se habían establecido en mis oídos. Yo hacía esfuerzos sobrehumanos para librarme de ellos pero mis brazos estaban sujetos por una fuerza invisible y sentía un dolor punzante en mis manos. Una luz mortecina apareció en mi estrecho horizonte y los grillos se alejaron pero nunca dejaron de cantar para mí. Luego aparecieron en mi pantalla seres desconocidos, tal vez venidos de otros mundos. Sus caras estaban acribilladas por docenas de agujeritos como los de la viruela que cambiaban de posición cuando ellos o yo nos movíamos. Un idiota que no podía ver porque hablaba desde afuera de mi reducido campo visual me torturaba preguntándome:

-¿Quién eres? ¿Cómo te llamas?, con la regularidad de una tortura medieval.

-Como podía yo saberlo si no tengo pasado y del presente sé menos que él. Es la nada total y el pensar en lo que es la nada me da escalofríos. No tenía la menor idea de mi identidad, pero a juzgar por la pregunta yo debía haber sido alguien en el pasado que no recuerdo, tal vez un ser como ellos. De todos modos si lo hubiera sabido era obvio que no podía articular una palabra inteligible.

Como a pesar de no obtener respuesta mi interlocutor seguía preguntando lo mismo con la insistencia de un disco rayado, yo me enfurecía y me ponía violento. Durante el interrogatorio movía el torso contra el respaldo de la silla para espantar a los grillos que me enloquecían. Entonces me sujetaron fuertemente con cuerdas de modo que los grillos pudieran torturarme a su antojo.

A veces me porto tan mal que no sólo me sujetan con el chaleco de fuerza y me atan los brazos con cuerdas, sino que me dan inyecciones y al poco rato dejo de oir a los grillos. Entonces me duermo y me azotan las pesadillas. Cuando me despierto estoy menos agitado pero me invade un sentimiento de frustración infinita al no poder encontrar ni en lo más profundo de mi ser algún pequeño indicio de lo que pude haber sido en mi pasado.

-A veces el torturador me deja en paz. Entonces me quedo solo con los grillos que me acompañan a donde vaya y medito acerca de mi existencia. Quién habré sido en el pasado es un misterio para mí y me paso las horas pensando sin perder la esperanza de recordar algún hecho por ínfimo que fuese que me permita comprender. Pero una y otra vez me encuentro con la nada, nada, nada, una pared que me impide el acceso a mi vida anterior. Entonces me desespero cuando me estrello contra la pared y me pregunto en el colmo de la frustración, ¿ qué somos sin la memoria? Nada. Sin embargo no aprendo de mi experiencia y la esperanza vuelve a renacer en mí en forma irracional y el ciclo de búsqueda sin fin se repite sin que pueda controlar mis pensamientos.

-El primer recuerdo de mi vida en el hospital es que dormía la mayor parte del tiempo y que me estremecía con sueños muy agitados. Una pesadilla me atormentaba frecuentemente con algunas variaciones del mismo tema en las que el personaje central era siempre yo. Curiosamente, este personaje no tenía las facciones que ahora veo cuando me miro en un espejo, pero -no sé porqué-yo sabía que se trataba de mí.

Era de noche y de pronto me vi rodeado por un grupo de mujeres sin facciones reconocibles que danzaban frenéticamente a mi alrededor sobre una plataforma de nubes oscuras en las que se sumergían una por una como tragadas por la oscuridad de la noche dando alaridos de terror. Cuando la última bailarina espectral desaparecía hundiéndose en la nada, me despertaba bañado de sudor con la sensación opresiva de que yo tenía algo que ver con el *mutis por el foro* de las mujeres sin cara.

-De alguna forma adquirí cierta noción del tiempo. Intuía que había vivido en un mundo del que por alguna razón tenía una visión difusa, fuera de foco. No tenía la menor idea de su dimensión ni de la identidad de los seres que lo habitaban. Descubrí que conservaba la mecánica del lenguaje que hablaban los seres que me rodeaban, pero me irritaba no poder articular palabra a pesar de poner todo mi empeño.

-Hay alguien a quien llaman doctor que viene a verme todos los días, me pregunta estúpidamente cómo estoy como esperando respuesta y a veces me da palmaditas en la espalda. No me gusta que me trate como si fuera tonto y cada vez que lo veo no me puedo contener y orino en la silla. Entones me da una perorata fenomenal que no surte ningún efecto porque lo sigo haciendo. A pesar de todos mis esfuerzos no me he podido librar de él. Al salir de mi cuarto el doctor le dijo a alguien que estoy mejorando.

Yo también creo que en cierto modo estoy algo mejor porque me duele menos mi osamenta y las manos no me molestan tanto.

-Oigo que dicen que me porto mejor y hace ya varios días que me sacaron el chaleco de fuerza, pero me siguen dando tranquilizantes a la mañana. No sabían que yo los retengo en la boca y los escupo cuando no me ven. Por desgracia al cabo de cierto tiempo me descubrieron y ahora ya no me dan pastillas sino una inyección tres veces por día. Enseguida después de la inyección me siento tan blando como una jalea y los grillos me dejan en paz pero luego vuelven al ataque con más fuerza.

-Otro gran cambio en mi vida es que me dejan salir del cuarto y puedo compartir el comedor con otros internados. Ahora que veo los dedos de los locos me doy cuenta porqué me dolían tanto las manos. Las mías son distintas. En cambio de los dedos alargados que tienen todos los otros locos, los míos son pequeños y redondeados. La punta de mis dedos en cambio de tener uñas tienen una cicatriz con una especie de costra que se está descascarando. Deduzco que algo le sucedió a mis dedos pero no sé lo que puede haber sido. Aunque ya no me duelen siento una compulsión por chuparlos uno por uno lo que me hace sentir bien y me adormece.

-A pesar de que no puedo participar en la conversación durante las comidas me divierte mucho escuchar a los locos. A veces he intentado comunicarme con alguno de ellos por medio de señas ya que no puedo hablar y creen que soy uno más de la cofradía. En el grupo que comparte la mesa conmigo los hay quienes no hablan para nada. Otros en cambio hablan contínuamente consigo mismo o pronuncian agitados discursos para una audiencia virtual.

-Uno de mis compañeros parece casi normal. Saluda cortésmente, no me pregunta nada porque sabe que no puedo hablar pero me hace comentarios acerca de la comida y conversa con los cuidadores y las enfermeras.

Por él me enteré que su caso estaba en revisión porque tenía problema para hacer frente a los pagos. Me dijo que como su actividad profesional era considerada esencial para la seguridad nacional, había peticionado a Woodrow Wilson que el Estado lo mantuviera por el resto de su vida en la Residencia. Me imagino que su petición fue denegada porque un día desapareció y no lo vi más. De todos modos el éxodo forzado de mi compañero me hizo pensar por qué estoy aquí y como me las arreglo para que no me echen.

-De lo que no tengo dudas es de que éste es un hospital psiquiátrico. Yo creo que no soy loco, pero una voz interior que creo haber escuchado antes me dice que deben ser pocos los locos que creen que son locos.

De lo que tampoco tengo dudas es de que estoy aquí porque creen que soy loco. Sé que he vivido otra vida de la que nada recuerdo porque ya no soy un chico y tal vez ya sea viejo. Mi vida anterior es una noche oscura y como no puedo emitir más que ruidos guturales estoy aislado del mundo exterior del que tengo una vaga idea.

-He intentado muchas veces convencer al doctor de que no estoy loco sin el menor éxito. Mis gestos y sonidos altisonantes lo fastidian y como lo persigo como un moscardón para que me haga caso ha llegado a darme un empellón diciéndome: -¡Apártate loco de mierda! Entonces me agito mucho y me ponen el chaleco de fuerza de modo que he abandonado el intento de convencerlo.

III -LAS AVENTURAS DE UN DEMENTE

-No sé como surgió la idea de escaparme para mirar el mundo por fuera de los confines del hospicio. Ahora que todo pasó me parece que fue una locura.

-Me pareció esencial portarme bien durante un tiempo para inspirar confianza. Me convertí en un modelo con gran afición a las caminatas por los pasillos y los patios del hospicio que me llevaran cerca de la única puerta de entrada siempre guardada por un portero, un hombrazo de aspecto amenazador.

Pensé sin saber porqué que había vivido en el pasado una situación similar, tal vez en un país regido por una dictadura en la cual en los edificios públicos y en los hoteles había una sola puerta guardada por un agente de seguridad.

Los cuidadores se habían acostumbrado a verme y no despertaba sospechas. Pensé que la hora del medio día cuando había gran tráfico de visitantes sería la más propicia para intentar el escape. Muchas veces llegué a la cercanía de la puerta pero no me animé a salir, hasta que en una de mis pasadas por el lugar vi que el portero estaba ocupado dando indicaciones a unos visitantes. Sin darle un pensamiento más cambié de dirección y en un tris me encontré en la vereda caminando con tranquilidad, tomándole el gusto a la libertad por primera vez en mi recuerdo.

Noté que algunos caminantes que se cruzaban conmigo me miraban como si yo fuera un bicho raro, pero siguieron su camino y yo continué mi marcha. Tarde reparé que mi guardapolvo gris claro de algodón llamaba la atención de los que conocían el uniforme de los internados en el hospicio.

Al llegar a la esquina los transeúntes que debían cruzar la calle se detuvieron pero yo seguí caminando sin inmutarme gozando de la caricia del sol y pensando en lo lindo que era ser libre, cuando me sobresaltó el ruido de una frenada brusca. Un automóvil se había detenido apenas a unos centímetros de mis piernas. El conductor del auto que había frenado bruscamente se asomó por la ventanilla abierta y me gritó a todo pulmón:¡¡¡Tarado!!! Yo me di cuenta que el hombre estaba muy enojado y por un instante me pareció haber oído ese insulto antes.

Alguien que estaba mirando en el cordón de la vereda gritó:

-¡Es un loco escapado del manicomio!

-Automáticamente salí corriendo, gambeteando[12] a un grupo de chicos de guardapolvo blanco que salían de la escuela que me siguieron cantando a coro -¡loco!¡loco!-, mientras el que había dado la voz de alarma gritaba:

-¡Atájenlo, se ha escapado del manicomio!

De más está decir que el episodio terminó con un enjambre de autos patrulleros, un concierto de sirenas policiales y un chaleco de fuerza que concluyeron ruidosament mis breves andanzas por el mundo libre.

-Con frecuencia un personaje curioso que vivía cerca de mi cuarto entraba con gran prosopopeya diciendo cosas que no entendía. -Otro loco- pensé.

Al principio creía que el buen señor que vestía una levita gastada y un cuello alto un tanto ajado que aparentemente sabía lo que me pasaba y por eso no esperaba respuesta, pero luego lo vi muchas veces en el comedor y en los pasillos hablando con otros

12 En el lenguaje del fútbol, eludiendo a un rival

internados y me di cuenta que a ellos también los arengaba largamente sin esperar respuesta a pesar de que los otros podían hablar.

Su tema predilecto era el pecado y me decía, pídele al Señor que perdone tus pecados y que te reciba en el reino de los cielos. No permitas que tus pecados te lleven al fuego eterno del infierno.

Aunque el loco de la levita tal vez no lo sospechara, sus palabras no caían en saco roto, sino que despertaban en mí otras vivas preguntas.

-¿Quién es el Señor de quien hablaba el loco y dónde está el reino de los cielos?

-Me imagino que el Señor puede ser el dueño de una cadena de hospitales psiquiátricos y que el reino de los cielos sea tal vez el hospital de lujo donde sólo van a parar los elegidos. ¿Me gustaría saber como eligen a los locos que aspiran ir al cielo.

-Después me quedaba pensando en el pecado. En mi pequeño mundo no tenía idea de que se trataba. Por el patético tono de la voz del loco de la levita, el pecado debía ser algo terrible de lo que uno debiera avergonzarse. Era claro para mí que el loco se refería a mi intento de escape. Me pareció improbable que el dueño de la cadena de hospicios se olvidara de mi hazaña reciente y como premio me permitiera la entrada al cielo, la sucursal de más alcurnia. Tal vez ése había sido mi pecado capital.

-Por otra parte yo no recordaba haber pecado antes o después del episodio. Pero me quedé pensando en mi vida anterior de la que nada recuerdo. ¿Como he de pedir perdón por pecados de los que no me acuerdo? Es probable que muchos tengan tendencia a olvidar sus pecados y entonces supongo que no los tendrán que confesar. Me parece que Dios debe tener todos los pecados registrados y no se lo puede engañar. Lo del infierno me horrorizó y me hizo pensar en el significado del fuego eterno. ¿Será el infierno un sitio tan malo como lo pinta el loco de la levita?

-Mi soledad era casi absoluta, una verdadera tortura en las largas noches de insomnio en el invierno. A veces sentía un escozor entre las piernas y mis pañales se anegaban con un humor viscoso mientras en mi pantalla aparecía el nombre de Villagra, al cual no le encontraba ningún significado, tal vez el nombre de un antigüo amigo del que no podía acordarme.

IV -EL LOCO RECIBE INSPERADAS VISITAS

-Hoy tuve varias visitas. Nadie que yo conociera. Llegaron en grupo a mi cuarto en el momento en que trataba de librarme de los grillos. Uno de ellos se ubicó en un rincón oscuro y no dijo nada. Otro se quedó en el umbral de la puerta con cara de pollito asustado. La tercera visitante me pareció una serpiente o tal vez una mujer aunque no estoy completamente seguro. En realidad no sé porqué pienso que era una mujer porque no recuerdo haber visto una antes. Es una de las tantas cosas que sé pero no sé porqué.

Pero sí, creo que era una mujer que evocó en mi mente la imagen de una serpiente cascabel. Cuando entró en mi cuarto los grillos cambiaron bruscamente el tono de su canto que se hizo muy agudo, como imagino el sonido que haría la cola de la serpiente al menearse en la cercanía de su presa. Se acercó lentamente con su cabeza erguida y sus ojos centelleantes clavados en mí. Su boca entreabierta dejaba al descubierto una lengua

Félix Fernández Madrid

puntiaguda y colmillos afilados listos para el ataque. Se quedó mirándome largo rato, tal vez maravillada de no verme caer muerto en el acto al influjo de su veneno.

Me dio un poco de lástima, seguramente estaría acostumbrada a obtener éxito instantáneo y la pobre no sabía que yo por alguna razón que desconocía estaba vacunado. Su voz sonó como una sibilancia de ultratumba cuando me llamó con un nombre extraño, Lázaro que no recuerdo haber escuchado antes, con la ansiedad de alguien que no desea una respuesta. Yo no sabía de que estaba hablando y traté de no mirarla.

Al no encontrar eco a sus palabras, la serpiente retrocedió lentamente con su carga de veneno intacta y al llegar a la puerta dio una rápida media vuelta y se fue revoleando el cascabel de su cola. En ese momento los grillos celebraron alegremente la salida de la víbora volviendo a tocar su antigua melodía. Los otros dos se hicieron humo detrás de ella.

-A veces me visita una mujer muy atractiva de mediana edad, que viene con una o dos jovencitas casi siempre distintas pero todas muy parecidas, como si la madre tuviera una fuente inagotable de niñas hechas con el mismo molde. Me miran con curiosidad y me dicen tonterías como le dirían a un niño de pecho, sin esperar que le entiendan.

Me desconcierta que a veces esta mujer también me ha llamado Lázaro. El único Lázaro del que me acuerdo no sé cómo, es el leproso bíblico que dicen que fue resucitado por Jesús. Cuando me llaman así no sé de quién están hablando.

-Todavía recuerdo la última vez que vinieron. Una vez más, la mujer a la cual llaman mamá llegó con una jovencita, tal vez la mayor de ellas. Cuando llegué a mi cuarto me estaban esperando. La madre se sentó a mi lado y la niña encendió un cigarrillo. Aunque fumar era una de las tantas cosas que tenía borradas de mi mente, por alguna razón supe de que se trataba en el momento en que percibí el aroma del tabaco y me mostré gratamente sorprendido.

-Recuerdo que las mujeres se miraron atónitas ante mi reacción y de común acuerdo, sin decirse una palabra la madre sacó un cigarrillo y me lo puso en la boca mientras la chica me dio fuego.

Como si supiera fumar, aspiré profundamente con fruición y me asombré cuando de mi boca asomaron anillos de humo de un tinte gris azulado. Si me preguntaran como se dibujan los anillos de humo no sabría explicarlo, pero parece que yo sabía hacerlos muy bien. En esa oportunodad sucedió un hecho sorprendente que no puedo explicar.

A través de un anillo voluptuoso que dibujaba el humo del cigarrillo pude ver claramente una adorable jovencita de trenzas negras y ojos grandes tomando un café con un muchacho muy bien parecido al que miraba con admiración como si estuviera enamorada. Era obvio que ambos parecían exudar felicidad por todos los poros. Recuerdo que me sentía transfigurado al pensar que el jovencito podría haber sido yo en mi vida anterior. Por un fugaz instante estuve seguro de haberla visto antes y me pareció que ella había sido importante en mi otra vida. Los dedos largos y afilados del jovencito de marras muy distintos de los dedos cortos sin uñas que tengo ahora jugaban con los de ella y la fluida voz de barítono del chaval sonaba como música en mis oídos. Me pareció que tal vez estaba reviviendo algo de lo que había sido mi vida en el pasado.

-No podría decir cuanto tiempo duró la visita de las mujeres, pero cuando se fueron el cenicero sobre la mesa estaba lleno de ceniza y de puchos.[13]

-Me pareció por un momento que el anillo, deliciosamente se había suspendido en el tiempo iluminando un período oscuro y olvidado de mi vida pero por desgracia no fue así, porque de pronto sus bordes se hicieron borrosos y en la habitación llena de humo quedaron sólo una hermosa mujer madura y una jovencita cascarrabias, a quienes a pesar de todos mis esfuerzos no he podido ubicar en mi pasado.

La niña, algo irritada me sacó el cigarrillo de los labios y dijo:

-¡Basta mamá!- rompiendo el sortilegio.

La muchacha apagó el cigarrillo en el cenicero y se la llevó del brazo. El momento encantado había muerto al disiparse el último anillo.

Una neblina azulina le daba a mi cuarto un aspecto espectral, mientras las siluetas de las dos mujeres que salían sin mirar atrás quedaron retratadas en mi memoria. Más de una vez he tratado de ubicarlas en lo que pudo haber sido mi vida anterior, pero he llegado a la conclusión que lo sucedido fue fruto de mi imaginación y que realmente no significan nada para mí. Nunca las volví a ver.

-De vez en cuando me adormezco chupando los muñones de mis dedos y sueño con el anillo de humo del cigarrillo y a su través veo la carita fresca de la encantadora jovencita de trenzas negras y ojos grandes que me mira con ternura como si estuviera enamorada de mí, pero la visión es siempre fugaz. El anillo se

---

13 La colilla de un cigarrillo

disipa y con él se esfuma la imagen de un pasado extinguido.

-La única visita que se repite con la regularidad de un ritmo circadiano es la de un señor mofletudo que bufa al caminar y que cada vez que viene sigue la misma rígida rutina. Entra a mi cuarto con paso cansado, se detiene junto a mí y poniéndome su pesada mano sobre mi hombro me pregunta

-¿Cómo estás Lázaro?

Después de repetirse esta escena muchas veces, de las visitas de la madre con sus hijas y la de la víbora creo que mi nombre puede haber sido Lázaro, pero aunque lo repito mil veces no me trae ningún recuerdo. De todos modos como sabe que no le contesto, el de los mofletes prosigue con el resto de la ceremonia, examina cuidadosamente mi ropa, deshace la cama para constatar que las sábanas estan limpias y abre el armario para investigar el estado de la ropa colgada en las perchas. Luego pasa un dedo sobre los muebles para constatar que no están cubiertos de polvo, examina minuciosamente el baño y por último llama al médico con el que sale del cuarto conversando.

-Cuando el señor gordo de los mofletes se va tengo la certeza de que mi mundo es estable y que no tengo nada que temer. Ésto es la felicidad absoluta.

-Cierto día mi reloj interno me indicó que la visita periódica del señor mofletudo no se había producido y aunque no sabía el significado de esta ausencia me sentí desposeído. Al poco tiempo pero fuera de fase, apareció un nuevo personaje en mi pequeño mundo, un hombre joven, alto y delgado con razgos afilados y mirada incisiva.

-Al entrar a mi cuarto me saludó poniéndome una pesada mano sobre mi hombro-¿Cómo estás Lázaro? Sin esperar respuesta, examinó cuidadosamente mi vestimenta, deshizo la cama y abrió el armario de par en par para inspeccionar la ropa colgada en las perchas. Antes de ir a conversar con el doctor se fijó que los muebles estuvieran limpios y que el cuarto de baño estuviera impecable. Me sorprendió que la rutina del joven visitante fuera la réplica exacta de la del gordo mofletudo y cuando salió con el médico descubrí en su meñique izquierdo un anillo con un enorme brillante que me resultó vagamente conocido.

V -LA FLECHA DE CUPIDO Y EL DESPERTAR DE UN AMOR DORMIDO

-Recuerdo la última vez que lo vimos con María José una semana antes de volver a Buenos Aires. Cuando llegamos, Lázaro estaba ambulando por los pasillos y nos sentamos en su cuarto a esperarlo. De pronto entró sigilosamente con un andar felino que no revelaba las penurias sufridas. Mirándonos con curiosidad sin reconocernos, se sentó a nuestro lado y pareció muy interesado en nuestra conversacion.

-Mamá- dijo María José, -me pone nerviosa ver como Papi mueve las orejas cuando le hablamos y parece hacer un esfuerzo para entender lo que decimos. Las mueve como un gato. ¿Has notado que también camina como un gato?

-Mientras María José fumaba un cigarrillo yo me senté cerca de Lázaro que se mostró muy interesado en nuestra cercanía. Sorpresivamente, Lázaro con el rostro desolado extendió sus manos hacia mí exhibiendo los muñones de sus dedos amputados, mirando deslumbrado a María José fumando. Entonces impulsivamente le puse un cigarrillo en sus labios y María José se lo encendió. Recuerdo que el rostro ajado de Lázaro se iluminó con una sonrisa de oreja a oreja cuando empezó a fumar.

-Los anillos que Lázaro dibujaba con el humo del cigarrillo me fascinaban. Uno tras otro, cual una rendija en el tiempo estimulaba mi recuerdo y tocaba como una varita mágica alguna región misteriosa de su cerebro y del mío. El encantamiento del anillo me hizo olvidar por un instante el egoísmo sempiterno de Lázaro que había marcado nuetras vidas. Comprendí que una vez más estaba perdidamente enamorada de esa voz cálida y grave, de esa sonrisa radiante y contagiosa y de ese pelo ensortijado caído sobre la frente que volvían a mi memoria.

Recuerdo como si fuera hoy el día que lo conocí. Salí corriendo de la clase de inglés con mis cuadernos y libros debajo del brazo para tomar el ascensor que se había detenido en el piso. Traté de entrar cuando la puerta estaba a punto de cerrarse. Al ver que estaba repleto no pude ocultar un gesto de desaliento y me detuve, pero un hombre que ocupaba el hueco de la puerta me hizo un lugarcito a su lado y escurrí mi cuerpo contra el suyo mientras le sonreí agradecida.

En mi aparatosa entrada en el ascensor mis dedos se engancharon fortuitamente con los del desconocido y por alguna razón quedaron entrelazados por un lapso brevísimo, tal vez una fracción de segundo más de lo que podría ocurrir accidentalmente.

Una vez que el ascensor estaba en marcha, presentía que mi ocasional benefactor me miraba persistentemente. Levanté mi vista y mis ojos se encontraron con los suyos por un instante.

Cuando llegamos a la planta baja salí apurada y el gentío se dispersó. No bien hube dado unos pasos, cuando una voz de barítono a mi lado me preguntó.

-Marisa, ¿sos[14] argentina?

Yo sabía bien quien me había hecho la pregunta y sin fingida sorpresa contesté -Sí, ¿cómo sabés[14]?

-Todavía sé leer. En la tapa de tu cuaderno has escrito en letras grandes Marisa Laverne. Lo de argentina fue una corazonada. -¿Tomamos un café?

-Bueno- consentí. De pronto se me había pasado el apuro. Lázaro era muy atractivo. Apuesto, de cabello suelto ensortijado, frente ancha y ojos soñadores de enamorador profesional.

-¿Qué hacés[14] en Los Ángeles?- me preguntó con una sonrisa encantadora.

-Vine después de terminar el secundario en un programa de intercambio estudiantil. Estuve tres meses en la casa de una familia norteamericana y después me quedé trabajando durante el verano como pinche en una compañía. ¿Y vos que hacés[14]?

- Casi nada desde que llegué de Buenos Aires el año pasado, o mejor dicho, trabajo de lavacopas en un club nocturno para poder comer hasta conseguir algo más de acuerdo con lo que sé hacer. Me recibí en Ciencias Económicas. Suena a algo importante, pero no es así, nunca trabajé hasta ahora. Me criaron como a un nene de mamá.

-Si, sé muy bien como funciona allá. ¿dónde vivías?

---

14 Vocabulario a la usanza de Buenos Aires.

-En Olivos, al lado del club de tenis en la plaza de Borges.

¿y vos[14]?

-En el río Quesada.

-Eso es en Belgrano, ¿no? ¿porqué lo de río?

Muerta de risa le contesté -porque cuando caen dos gotas de lluvia Quesada se inunda y hay que saber nadar para cruzar la calle.

-¿Que planes tenés[14] después de este verano?- me preguntó. No sé exactamente. La semana que viene volveré a Buenos Aires y pienso tomar el curso de ingreso a medicina....

Dos horas más tarde aún estábamos sentados en el mismo lugar como atrapados por el encuentro. Mientras nos internábamos en regiones cada vez mas íntimas, yo que ni sabía porqué fumaba y que era una novata en el vicio, me maravillaba al ver los anillos de humo que Lázaro había aprendido en los cafetines[15] de Buenos Aires. Intenté levantarme varias veces sin éxito porque en realidad no quería irme. Recuerdo que con la magra experiencia que me ofrecían mis diez y nueve años traté desesperadamente ver más allá de lo que él era, lo que tal vez podría ser y me enamoré perdidamente del objeto de mi imaginación. Por fin nos despedimos con la promesa de vernos al día siguiente.

Nuestra relación se profundizó vertiginosamente como si ambos nos hubiéramos matriculado en un curso amatorio acelerado. El día de mi partida a

---

15 Cafetines, en Buenos Aires, Argentina palabra muy usada en el tango para describir sitios donde los jóvenes toman café, juegan al billar y fuman.

Buenos Aires Lázaro me propuso matrimonio y yo le prometí volver pronto.

VI -EL PRECIO DEL ÉXITO

Lázaro Agüero ya en sus 50 pasados, había emigrado a Estados Unidos desde Buenos Aires, su ciudad natal después de terminar estudios en economía. Cuando llegó al país del norte Lázaro contaba sólo con su juventud, su personalidad carismática y sus conocimientos básicos de economía que puso en práctica con gran éxito. Estaba radicado en Los Ángeles hacía más de 20 años y era *vox populi* que había amasado una gran fortuna.

Lázaro no podía olvidar su divorcio tempestuoso y el período caótico que le siguió, todo lo cual había quedado atrás. Un *bon vivant*, había estado casado con Marisa con quien tuvo 9 hijas, lo que no le impidió ganar mucho dinero y llevar una vida de disipación.

Marisa era una mujer hermosa e inteligente que había dedicado su vida a sus hijas y a su marido. Lázaro era un trabajador incansable y tenía un gran ego y debilidad por las mujeres bonitas. Tanto las rubias como las morenas y a veces alguna pelirroja, siempre bien dotadas por la madre natura y cada vez más jóvenes a medida que pasaban los años, lo persiguieron con gran entusiasmo desde su época de estudiante y el asedio continuó aún después de casado.

Sus amigos sabían que Lázaro era un mujeriego empedernido y fantaseaban-lo cual a él no le disgustaba- acerca de sus complicadas relaciones románticas. A pesar de estar frecuentemente sumergido en algún devaneo amoroso, Lázaro trataba de guardar las apariencias ante sus niñas, pero no podía engañar a Marisa quien durante años intentó dialogar con su marido sin mayor éxito. La magia del flechazo se había esfumado tiempo atrás.

Cierto día Marisa perdió la paciencia, buscó un abogado y pidió el divorcio. Los dos creían haberse querido, pero Marisa estaba harta de que la engañaran y su actitud intransigente sorprendió a Lázaro. Él no quería divorciarse pues quería mucho a sus hijas y estaba muy cómodo con el *statu quo*.

Una vez más Lázaro pactó, negoció como él sólo sabía hacerlo, imploró y hasta juró en vano que iba a cambiar, pero esta vez Marisa tantas veces defraudada no le creyó. Sorpresivamente su mujer se reveló como una negociante mucho más dura que los competidores en sus negocios a los que hubiera continuado engañando indefinidamente.

Marisa había estado muy ocupada con sus niñas todavía pequeñas, mientras él por su lado vivía dedicado a su trabajo que no le impedía frecuentes escapadas en las que salpicaba los negocios con placeres extramaritales. Marisa, que se había casado enamorada y había creído en su sinceridad y en su cariño por largo tiempo, llegó a conocerlo bien. Lázaro se amaba a sí mismo, era el colmo del egoísmo.

Un día Marisa dijo basta y se borró de su vida. Un abogado muy hábil acumuló pruebas fehacientes de la infidelidad de Lázaro, quien confrontado con la realidad no pudo negar los hechos. Sin dificultad Marisa obtuvo el divorcio y la tenencia de sus hijas.

VII -LA SOLEDAD DE LÁZARO

Cuando el divorcio estuvo consumado, Lázaro que aún vivía en su casa quedó un tanto confundido. El colapso de su vida familiar le reveló un panorama nuevo. El juez dictaminó que Marisa y sus hijas tenían derecho a la casa señorial donde el matrimonio había vivido más de 15 años, de lo cual Lázaro no se dio por enterado.

Una noche al volver a la que creía que era su casa Lázaro encontró delante de la puerta de calle una larga hilera de valijas y baúles con su ropa y otros muchos objetos personales. Su sorpresa se tornó en disgusto cuando su llave no pudo abrir la puerta de la que fuera su casa. Furioso la golpeó con sus puños exigiendo a gritos que le abrieran, cuando una mano pesada se apoyó sobre su hombro. Un oficial de policía le recordó cortésmente que esa no era ya su casa y que debía retirar sus pertenencias de inmediato pues obstruían el paso.

Impactado, Lázaro tartamudeó una protesta pero el policía lo interrumpió para informarle que holgazanear y merodear alrededor de propiedad ajena es un delito penado por la ley. Lázaro, lívido no atinó a contestar y volvió a su automóvil. Media hora más tarde una camioneta llegó a la puerta de la casa de Marisa y dos hombres cargaron los bártulos de Lázaro.

Luego de vivir en un hotel casi un mes Lázaro compró un departamento espacioso y penosamente enfrentó la necesidad de elegir muebles y muchos otros objetos imprescindibles para la vida diaria en los que nunca había pensado. Constató que no era fácil elegir el color de las alfombras de modo que no desentonaran con el moblaje o las lámparas, cuadros y otros objetos de adorno que hicieran juego con los ambientes que estaría obligado a ver todos los días.

Lázaro llegaba a su departamento después de su jornada habitual y pasaba largas horas de insomnio pensando en su futuro. En su soledad no se reconciliaba con su destino. Todo parecía tan distante del calor de hogar que se respiraba al entrar a la que fuera su casa, donde Marisa lo recibía con un beso y sus nenas lo abrazaban y se deslizaban entre sus piernas jugando con algarabía.

El día usualmente culminaba con la cena en familia con su mujer y sus chicuelas que Marisa manejaba con una mezcla de dulzura y firmeza.

Recordaba las noches cuando después que los niños dormían, ansiosa de compartir su vida con él Marisa le hablaba hasta que se daba cuenta que Lázaro no eschuchaba sus palabras, a pesar de que él ponía cara de escuchar. Entonces ella callaba y él le preguntaba,

-¿Qué te pasa?

-Nada, ...nada- ......ella respondía.

Y por último la relación íntima con su mujer. A pesar de que las 9 niñas eran testimonio de que habían pasado muchas cosas en la cama matrimonial, el fuego del amor se había apagado hacía ya mucho tiempo. Marisa evidentemente perdió esa carrera con las numerosas minas[16] que Lázaro tuvo a través de los años. El encuentro nocturno de la pareja era automático, casi aséptico. Una rutina sin encanto que ambos creían necesaria.

---

16 Mina, en Buenos Aires y en Montevideo, mujer bonita y atractiva sexualmente

De todos modos eso había quedado atrás y se repetía que debía olvidarlo.

-Depresión, había diagnosticado el psiquiatra. Borrón y cuenta nueva le había aconsejado. Un antidepresivo le daría más confianza en sí mismo y le ayudaría a aceptar que a pesar de todo también él tenía derecho a gozar de la vida aunque no hubiera sido un modelo de vida para nadie.

Aún así sus pensamientos estaban consumidos por un sentimiento de culpa inconfesado y por una imagen negativa de sí mismo. A todo ésto su ego se esforzaba por sobreponerse a la situación. El psiquiatra le habló de la importancia del ego y él asentía sin contestar. Después de mucho hablar sacó la conclusión que el psiquiátra le quería decir que él realmente existía y que era importante. Lázaro trató de seguir el consejo existencial de su psiquiatra

-Debe pensar primero en usted, segundo en usted y tercero en usted para poder encontrar su existencia auténtica.

Lázaro quedó algo sorprendido con el consejo. El psiquiatra no podía saber que ese había sido el mantra de toda su vida y según la voz de su conciencia, la causa de su derrumbe.

Después de mucho cavilar, relajado y satisfecho de sí mismo, entre whisky y whisky se le ocurrió una idea brillante. Volvería a casarse.

VIII -TÊTE À TÊTE CON LA CONCIENCIA

Estimulado por el descubrimiento de su ego, Lázaro meditaba acerca del significado de su propia existencia. Entonces por un accidente de la vida tenía a su disposición más tiempo para pensar. En el proceso de introspección al que frecuentemente se entregaba libremente, Lázaro descubrió una voz interior a la cual no podía controlar, cuyo eco resonaba sorprendentemente en lo que él llamaba el microcosmos de su alma. La aparición inesperada en su pantalla mental de pensamientos involuntarios que creaban dudas y oponían argumentos a sus decisiones era algo nuevo para él.

-El mundo está lleno de mujeres hermosas e inteligentes y seguramente encontraré alguna que me quiera de verdad, pensó Lázaro.

-No que Marisa no me haya querido- le hacía reconocer su conciencia de mala gana y lo invitó a que se mirara a sí mismo.

Lázaro se miró largamente en el espejo. -¡Hmm!- dijo.

La imagen que le devolvía el espejo era una realidad cruel. Calvicie prematura, patas de gallo marcadas, una nariz llena de estrellitas venosas, tal vez testigos de su afición por el whisky, músculos blanditos y una barriga prominente.

Pensar que alguna vez fui un lindo pibe[17]- murmuró hablando consigo mismo.

-Claro que la pinta no es todo, lo que llevamos adentro...un enigma... es lo importante y además hay detalles que pueden ser cruciales, la cuenta bancaria, por ejemplo- pensó contento.

Su conciencia le retrucó -¿Qué tienen que ver los millones de tu cuenta bancaria con el amor?

-Hmm-gruñó Lázaro apagadamente, mientras recordaba que la única vez que creyó estar enamorado

---

17 Jovencito, chaval

se había casado con Marisa cuando no tenían nada en que caerse muertos. Entonces eran felices o por lo menos vivían en un mundo de fantasía donde se bebía felicidad.

Después vino el éxito económico para el que no estaban preparados, las tentaciones siempre al acecho, su proverbial adicción por las mujeres bonitas, su naturaleza egoísta y débil, la vorágine de una vida de disipación y ahí estaba, -¿porqué no?- pensaba, decidido a empezar nuevamente casi a foja cero.

-¿Pero, y todas las fojas vividas no te han dejado ninguna marca?- le preguntó su conciencia.

-No, no lo creo- contestó Lázaro de inmediato, -a todas las fojas pasadas las he arrancado y la próxima está vacía.

-Eso no es verdad insistió impasible la conciencia. Y tu pelada, tu barriga y tus músculos flácidos, ¿no te dicen nada?- machacó imperturbable la conciencia.

-Sí, me dicen algo pero mi verdad es muy distinta de la tuya.

¿De todos modos qué es la verdad? No es que yo mienta, la verdad absoluta es una quimera y sé muy bien que mi verdad de hoy es distinta de mi verdad en el pasado y estoy seguro que podrá cambiar en el futuro. Mis amigos me dicen que debo hacerme un implante de pelo, tal vez liposucción, tomar pastillas para bajar de peso y hacer ejercicio en un gimnasio.

-Todo eso parece muy fácil cuando lo piensas, pero no todos lo pueden hacer- susurró la conciencia, y como de paso agregó una pregunta crítica:

-¿Te parece que tus millones te ayudarán a encontrar un amor verdadero? ¿cómo podrás distinguir a las mujeres que se acerquen por tu dinero de aquellas que se enamoren de Lázaro como hombre?

Luego de un larga pausa la conciencia enmudeció en vista de que Lázaro embriagado por la expansion de su ego, el anti-depresivo y el whisky no la escuchaba.

Por cierto Lázaro era un hombre de acción y estaba dispuesto a cumplir sus propósitos. Una vez tomada la decisión de promoverse a sí mismo su estilo de vida adquirió un ritmo acelerado. En apariencia nada había cambiado, sus negocios andaban de maravilla y las mujeres como antes revoloteaban a su alrededor. Lázaro se divertía con algunas de sus amantes y con frecuencia hacía nuevas relaciones con hermosas jovencitas que lo hacían sentir más joven, a las que usaba como objetos mientras le dieran placer sin exigencias.

Como Lázaro se negaba a ser avasallado por el frenesí juvenil, esos encuentros nocturnos eran una especie de *ménage à trois*, en el cual participaba de incógnito un nuevo amigo a quien Lázaro jocosamente llamaba "Villagra".

Poco a poco descartó a sus amantes más trajinadas como objetos ya inútiles y a muchas otras candidatas que lo acosaban. A pesar de que había enmudecido en cambio de contestar la pregunta clave de su conciencia, Lázaro descubrió dolorosamente que su voz interior tal vez tenía un granito de razón.

-Cuando uno es rico como yo, es mucho más fácil ser casado que divorciado o soltero- pensaba. Cada vez le resultaba más dificil descubrir la verdad.

IX -LÁZARO ENCUENTRA UNA JOYA

Después de muchas lunas de jugar al amor de jovenzuelo sin mayor goce aparte del sexual que no era por cierto despreciable pero no suficiente para llenar su vida, apareció en el horizonte de Lázaro una nueva estrella.

Lucrecia Piedrabuena había llegado a la ciudad tres meses antes y de ella sólo sabía que había estudiado en la Universidad de Chicago donde había vivido más de 10 años y que una importante consultoría la había recomendado sin reservas a uno de sus mejores clientes a quien Lázaro veía con frecuencia.

Lucrecia era una mujer bonita y tenía un físico generoso, lo cual Lázaro no dejó de notar durante sus visitas a la oficina de su cliente. Además tenía menos de la mitad de su edad, era inteligente, efectiva en su trabajo de secretaria ejecutiva, mezquinaba sonrisas y se mostraba reservada. Su actitud profesional no daba pie a ninguna entrada personal fácil. Ésto contrastaba con la actitud que Lázaro conocía bien en las mujeres que llegaban a él en tropel, quienes le habían enseñado -pobre inocente- muchas lenguas que se transmiten con mensajes inalámbricos a través de los ojos, los gestos o las caderas.

Lucrecia lo ignoraba -o por lo menos él creía- y no hizo el menor esfuerzo en acercarse a él. Aunque no lo demostrara, Lucrecia tenía sus antenas desplegadas y sabía muy bien quien era Lázaro Agüero. Más aún, por la índole de su trabajo estaba muy al tanto de su situación económica.

Las visitas de Lázaro a su cliente se hicieron innecesariamente más asiduas. Cierto día, cuando

Lázaro subía en ascensor a la oficina de su cliente, entró Lucrecia en un piso intermedio cargada como un camello con una montaña de papeles. A Lázaro le pareció irresistible con su melena suelta y su mentón apoyado sobre la pila de papeles y no perdió tiempo.

-Buenos días-Lucrecia ¿puedo darle una ayuda?- preguntó Lázaro solícitamente.

-No muchas gracias, estoy equilibrada- contestó Lucrecia, apenas esbozando una sonrisa profesional.

-¿Le gustaría salir a almorzar conmigo?- agregó Lázaro como de paso haciéndose el canchero[18].

Lucrecia que no se chupaba el dedo le dijo, esta vez con una sonrisa encantadora, -Señor Agüero, gracias por la invitación pero estoy muy ocupada y no tengo tiempo para usted. Su sonrisa se evaporó en un instante y al abrirse la puerta del ascensor salió apurada para continuar su actividad profesional.

Lázaro se quedó de una pieza y se sintió tan turbado como un adolescente imberbe sin experiencia.

Lo demás es historia reciente. Como era de suponer Lázaro no se dio por vencido después de su traspié inicial que lo habia herido en su amor propio y luego de intentar varias veces logró vencer la reticencia de Lucrecia. Salieron a tomar un café al paso, alguna cena en un restaurante de moda, a bailar y a reírse juntos. Lucrecia ya no ocultaba su interés. Cuando Lázaro creyó que la breva estaba madura y se la quiso comer se llevó una sorpresa.

-¿A tu departamento? Ni lo sueñes, tendría que volverme loca. Me agrada estar contigo, me divierto

---

18 Canchero, ducho o experto en una determinada actividad, en este caso en su trato con mujeres.

mucho, pero no quiero convertirme en tu pasatiempo. Prefiero que te olvides de mí y no me persigas.

Lázaro creyó estar enamorado por segunda vez en su vida.

X -UN NEGOCIO BRILLANTE

Hacía ya varios meses que Lucrecia y Lázaro se habían casado legalmente. La vida de Lázaro había hecho un giro de 180° al transformarse en un marido fiel. Se exhibía en todos lados con su joven mujer y sus amigos lo veían rejuvenecido y feliz. A Lucrecia le gustaba vestir con elegancia y él gozaba al verla brillar en las reuniones sociales. Las joyas le quedaban muy bien y tenía muy buen gusto.

Cuando Lázaro volvía a tener un raro encuentro con su conciencia, ésta no podía menos que admitir que no todos los días un vejete se casa con una jovencita con menos de la mitad de su edad, pero además inteligente y llena de chispa, pero le advirtió que mantuviera sus ojos bien abiertos, a lo cual Läzaro deslumbrado por el brillo de la joya que había encontrado en su camino hizo caso omiso.

Lázaro se levantaba al alba para correr, transpiraba largo rato en el sauna y luego recibía un masaje para aflojar sus músculos entumecidos.Sus noches con Lucrecia eran a la vez fuente de gozo y de ansiedad, pues a pesar de esforzarse, era evidente que no llegaba a darle lo que Lucrecia exigía. Mientras ella estaba dotada de un fuego inextinguible, Lázaro y "Villagra" hacían esfuerzos sobrehumanos para salir a flote en la batalla. A pesar de ese problemita de su intimidad, Lucrecia parecía la compañera ideal y también lucía muy feliz. Por cierto, Lázaro estaba muy satisfecho con su elección y se sentía muy dichoso

La vida de la pareja adquirió un ritmo vertiginoso. Vacaciones en Bermuda, Hawai y la *Côte d'Azur* y viajes de negocios que Lázaro emprendía casi siempre en compañía de Lucrecia.

Al final del invierno se le presentó una oportunidad para hacer un negocio excepcional y proyectó un viaje a Italia. Lucrecia decidió no acompañarlo porque no se sentía bien y muy a su pesar, Lázaro partió solo rumbo a Europa.

Agüero llegó a Roma en un vuelo sin escalas desde Chicago donde había estado sólo unas horas por asuntos de negocios. Su plan era concretar ciertas transacciones comerciales y luego pasar unos días de descanso en su villa de Liguria y terminar el viaje en Berna. Su viaje a Suiza se debía a la necesidad de efectuar simples trámites bancarios antes de su regreso a Los Ángeles.

Lázaro era un hábil negociante y sus planes en Roma no eran muy complicados. En un breve tiempo debía concretar varios negocios que requerían su toque personal. Aparte de la actividad comercial tuvo una entrevista con Gambino, un abogado recomendado por Miller y cuando hubo terminado su proyecto, salió alegre y despreocupadamente en su automóvil alquilado en Roma en dirección a Portofino.

Anthony Miller era un conocido abogado de los Ángeles. Imponente por su gordura y sus mofletes rosados, Miller era amigo personal de Lázaro quien le había regalado un valioso anillo con un gran brillante que usaba en el dedo meñique.

Ya concluidos sus negocios en Roma, Lázaro le escribe a su mujer.

PORTOFINO, 14 DE MARZO

Querida Lucrecia:

Ardo en deseos de verte. He concluído los negocios que tenía entre manos en Roma y descansaré unos días en nuestra villa de Portofino hasta que me reponga. Me hubiera gustado que estuvieras conmigo. Sin tí los días son largos y aburridos pero ya tendremos tiempo más adelante.

He leído cuidadosamente la revisión del testamento antes de salir de Los Ángeles. No quise firmarlo en la oficina de Miller porque me pareció muy apresurado y estoy contento de no haberlo hecho entonces, pues hay algunos detalles importantes con los que no estaba de acuerdo. Lo he modificado para darte más seguridad en caso de que algo me suceda y tengo en mi portafolios el documento firmado con los cambios esenciales hechos por el abogado Gambino en Roma.

A Gambino me lo recomendó Miller. Hizo un trabajo rápido y efectivo, de modo que depositaré el documento en su estudio a mi llegada a los Ángeles. Aunque te parezca raro mañana saldré otra vez hacia el sur, porque se me antojó comprar unas cajas de algún Brunello[19] de los

---

19 Brunello. Vino tinto noble de Italia que se hace a partir de la

que se consiguen sólo en Montalcino. Lo gozaremos juntos. Espero que te sientas mejor.

Con mucho cariño, un beso.

Lázaro.

XI -ACCIDENTE EN LOS ALPES

El espléndido Mercedes que Lázaro habia alquilado para su viaje de negocios en Europa rodaba a gran velocidad por las rutas alpinas del norte de Italia.

El conductor, enfrascado en oscuros pensamientos tenía como meta llegar a Berna por la mañana para concretar ciertas operaciones bancarias y volar sin dilación con destino a Los Ángeles donde lo esperaba su amada.

El conductor ni gozaba del andar suave del automóvil que debía dejar en el aeropuerto luego de cumplir su misión, ni de la belleza del panorama que se ofrecía a su vista. Su meta era llegar a su destino cuanto antes.

El negocio había sido fácil y todo hacía suponer que la empresa tendría el fin esperado. Dos valijas llenas de billetes con los que proyectaba abrir una cuenta bancaria en Suiza y joyas de gran valor que quedarían en depósito en un banco.

A lo lejos podía ver docenas de puntos luminosos que bajaban de la montaña a gran velocidad, mientras pensaba nebulosamente en la felicidad que le esperaba con Lucrecia. Se distrajo un instante por darle un vistazo a un tren iluminado que parecía estar aferrado a la ladera de la montaña y al volver a ocuparse de la

---

uva San Giovese en Montalcino, Italia.

ruta perdió toda noción espacial al ser encandilado por dos faros que se acercaban vertiginosamente.

El epílogo fue tan rápido que el pobre diablo no tuvo tiempo de reaccionar. El choque casi de frente envió al coche al fondo del barranco y durante su caída se oyó una tremenda explosión al estallar el tanque de nafta. El camión que lo había encandilado se detuvo al costado de la ruta unos docientos metros más allá del sitio del accidente.

El fuego ardió durante muchas horas hasta que fue extinguido por el cuerpo de bomberos. Del automóvil de Lázaro sólo quedó una masa informe de metal retorcido y humeante calcinado por el fuego. Las cenizas esparcidas por el viento blanquearon el barro y las rocas alrededor del vehículo destruido. Los faros de los autos policiales iluminaban desde la ruta la tétrica escena, que parecía una gran vela blanca encendida en el marco negro de la noche. Los camioneros fueron los primeros en acercarse y la policía caminera se hizo presente de inmediato, pero poco podía hacerse para acercarse al sitio donde el auto destruido ardía como una porfiada antorcha, dado que el acceso era difícil por lo escarpado del barranco.

-Debía estar borracho. Venía a gran velocidad haciendo eses y de pronto se nos vino encima. No lo pudimos evitar porque la ruta es angosta y no había lugar para dejarle paso. Pienso que estuvimos a un tris de terminar en el barranco- dijeron los camioneros.

Inicialmente la investigación pudo sólo rescatar restos metálicos irreconocibles. Aunque la patente no fue hallada, un examen detallado de los metales retorcidos permitió reconocer la numeración de fábrica del vehículo. En lo que quedaba del automóvil se encontraron sólo restos humanoides que no se pudieron identificar.

Los restos quemados estaban demasiado dañados y el examen del ADN[20] fue inconcluso. Todo el equipaje había sido destruido con excepción de las joyas que el fuego no había podido consumir. La lluvia y la mezcla de barro y piedras en que se habían empotrado los restos del automóvil hicieron la búsqueda muy ardua.

En Milán, donde se levantó el sumario se averiguó que el automóvil había sido alquilado en Roma por Lázaro Agüero, un multimillonario argentino que había llegado a Roma tres semanas antes en viaje de negocios. Luego se supo que su esposa lo esperaba en Los Ángeles al día siguiente procedente de Berna. La investigación constató que el señor Agüero había partido de su villa de Portofino dos días antes del accidente.

Los funcionarios italianos informaron al cónsul argentino del accidente pues a pesar de haberse radicado en Estados Unidos desde tanto tiempo atrás, Lázaro aún viajaba con el pasaporte de su país natal. Lo que pudo recuperarse de los restos calcinados del conductor, llenó una pequeña urna que se puso a disposición del consulado. El juez notificó a la viuda que las joyas encontradas habían quedado en depósito, exoneró a los camioneros de toda culpa y el caso fue cerrado.

XII -UNA MALA NOTICIA

La noticia del accidente alpino tuvo gran repercusión en Los Ángeles cual un terremoto seguido por múltiples movimientos sísmicos de menor magnitud.

20 ADN. El material genético ácido desoxiribonucleico

Suena el timbre del teléfono en lo de Agüero y la contestadora automática recibe un mensaje.

-Quisiera hablar con la señora de Agüero por un asunto de urgencia. Habla Julio Corvalán, del consulado argentino en Los Ángeles.

Lucrecia había escuchado el mensaje y levantó el auricular.

-Habla la señora de Agüero. ¿Qué desea?

-Le hablo en nombre del cónsul para darle una mala noticia.

-¿Una mala noticia?¿Le ha pasado algo a Lázaro?

-Sí señora, por desgracia usted está en lo cierto. Su marido ha tenido un accidente cuando manejaba en la montaña en el norte de Italia en dirección a Suiza.

-¿Pero, cómo está Lazaro?

-Fue un accidente terrible señora, y desgraciadamente Agüero murió instantáneamente.

-Dígame por favor dónde están sus restos, quiero ir a buscarlos de inmediato.

-Creo que no será necesario que viaje a Italia. El auto se incendió y su cuerpo quedó atrapado dentro del coche. El señor Agüero murió carbonizado.

-No puede ser, debe ser una equivocación- replicó Lucrecia sollozando amargamente.

-Lo siento señora y la acompaño en su sentimiento, pero de él se han recuperado sólo las cenizas que le llegarán en un vuelo desde Milán probablemente mañana. Además, dentro de los restos del auto se encontraron algunas joyas que están en depósito en la sede de la policía caminera de Varese. Le hablaré luego para darle el detalle del vuelo.

Corvalán escuchaba a través del auricular el llanto desconsolado de una viuda.

Lucrecia dijo con voz entrecortada - Gracias señor Corvalán y cortó.

Si Corvalán hubiera visto a su interlocutora tal vez se hubiera sorprendido. Los ojos de Lucrecia estaban secos y tenían una expresión de perplejidad infinita.

Unas pocas horas después de la llamada telefónica de Corvalán, Lucrecia recibió una carta por correo expreso.

ROMA, 16 DE MARZO

Te envío esta breve nota para ponerte al tanto de la situación . Nos hemos divertido mucho. La pesca resultó todo un éxito. El premio mayor fue una trucha fabulosa que mordió la mosca pero te aseguro que esta trucha no volverá al agua.

Todo salió muy bien. Ya te contaré los detalles. Pronto te veré en Los Ángeles.

Cariños,

Eduardo.

Mientras Lucrecia leía la breve misiva de Eduardo su cara se fue iluminando. Al terminar su lectura, la arrojó al aire y se entregó a una danza frenética alrededor de la carta que daba piruetas en su caída que duró varios segundos. Cuando pudo por fin calmarse levantó el auricular y marcó un número de teléfono.

-¿Marisa?, te habla Lucrecia. Quiero ser la primera en comunicarte una triste noticia. Lázaro falleció en un accidente en Italia -dijo Lucrecia con voz doliente.

-Parece que su automóvil se estrelló en una carretera del norte de Italia cuando atravesaba los Alpes en dirección a Berna.

-Gracias por la llamada, me acabo de enterar por los diarios- respondió Marisa con tristeza.

A pesar de su divorcio traumático, Marisa no odiaba a Lázaro y aún conservaba algún sentimiento para el padre de sus hijas con quien algun día se había casado por amor de modo que su muerte no le era indiferente.

-Mañana llegarán sus restos y el funeral tendrá lugar pasado mañana- dijo Lucrecia. -Te tendré al tanto.

XIII -EL TESTAMENTO DE LÁZARO.

No bien terminó de hablar con Marisa, Lucrecia mantuvo una larga conversación telefónica con Anthony Miller, el abogado que atendía los asuntos jurídicos de Lázaro. Miller era un abogado de renombre con quien Lázaro había estado vinculado durante veinte años.

-¿Se habrá enterado por los diarios del accidente de mi marido en Italia?

-Sí Lucrecia lo siento mucho. Usted sabe bien que Lázaro era más que un cliente un amigo.

-Lo llamo para pedirle que me envíe una copia del nuevo testamento de Lázaro, que según me dijo iba a firmar en su estudio antes de su partida.

Me gustaría mucho complacerla pero no es posible. Terminamos el trabajo a tiempo incluyendo las cláusulas que usted sugirió, vale decir dejando prácticamente toda la fortuna de Lázaro a su nombre. Antes de ir al aeropuerto pasó por mi estudio y me dijo que se había retrasado y no tenía tiempo para leerlo con detenimiento de modo que se lo llevó sin firmar.

Me pidió el nombre de un buen abogado en Roma y le recomendé a Gambino a quien conozco bien y es de mi entera confianza. Le sugiero que lo llame. Estoy seguro que Gambino le podrá decir exactamente lo sucedido con el testamento.

Al concluir la comunicación con Miller Lucrecia se desplomó en un sillón y lanzó un prolongado suspiro. Sus ojos reflejaban incertidumbre y determinación cuando marcó un número telefónico en Roma.

-Habla la señora de Lázaro Agüero. Quiero comunicarme con el abogado Gambino.

Luego de una breve espera, Gambino viene al teléfono y Lucrecia le dice:

-Me informó mi abogado Anthony Miller que le sugirió a mi marido que lo consultara por una modificación testamentaria.

¿Recuerda?

-Si señora, por supuesto. La semana pasada trabajamos varias horas con su esposo para modificar el documento preparado por Miller en Los Ángeles. Creo que quedó muy satisfecho y se lo llevó firmado y legalizado de modo que lo encontrará en orden cuando vuelva a Los Ángeles.

-Desgraciadamente mi marido ha muerto en un accidente. Le hablo para pedirle que me envíe las copias firmadas del documento.

-Cuánto lamento lo sucedido señora, pero lo que me pide no es posible. El señor Agüero insistió en llevarse el original y las copias firmadas del documento para depositarlas en el studio de Miller a su regreso. Recuerdo que puso el documento en un portafolios de cuero y pienso que si no ha sido destruido en el accidente aún debe estar en él. Puede ser que esté en poder de la policía caminera o tal vez se encuentre aún en el lugar del accidente. Le aconsejo que intente recuperarlo señora.

-Gracias señor Gambino, adiós.

Lucrecia cortó bruscamente la comunicación. Su estado anímico oscilaba entre el estupor y la histeria. Abrió la heladera tambaleando y sacó una cubetera, puso un par de cubitos de hielo en un vaso y lo llenó hasta el tope con whisky. Entonces, con lentitud se sentó buscando refugio en el whisky que paladeaba y se concentró en decidir cual debía ser el próximo paso.

¡Todo había sucedido tan rápidamente!

Una vez recuperada la calma, Lucrecia decidió ponerse nuevamente en contacto con Miller.

-¿Cómo está Lucrecia?... Perdóneme, es una mala pregunta- dijo Miller. Sé que no se siente bien.

-En realidad no sé como me siento- respondió Lucrecia.

-Estoy un poco confundida. Gambino me dijo que Lázaro se llevó el original del nuevo testamento y que no tiene copia del documento firmada en su poder. La persona que me habló desde Milán me dijo que todo lo hallado en el lugar del choque se encuentra depositado en un galpón de la policía caminera en Varese muy cerca del sitio del accidente.

Hubo un breve silencio dado que Miller no encontró nada que decir y Lucrecia preguntó -¿Y si el portafolios no se encontrara?

-En tal caso el testamento previo que Lázaro firmó hace más de tres años estaría en vigencia y como seguramente recordará, los herederos designados eran Marisa, su ex- esposa y sus hijas. El original de este documento está depositado en nuestro archivo.

-Pero eso no puede ser, usted sabe que esa no era la voluntad de Lázaro- protestó Lucrecia.

-Aunque así fuera Marisa tiene una copia del documento firmado, dijo Miller y agregó cambiando de tema,

- ¿Cuándo será el funeral?

-Pasado mañana, ya le avisaré. Desde luego será muy breve.

-Bien, trataré de verla- se despidió Miller.

XIV -EL DOLOR DE UNA VIUDA

Durante el funeral de Lázaro, Marisa con sus nueve hijas, Miller con su hijo y socio, un grupo de amigos y relaciones comerciales del difunto formaban un heterogéneo grupo reunido alrededor de la viuda para darle el pésame y honrar los restos de Lázaro. La sobria urna llegada desde Milán había sido colocada sobre un taburete delante del altar. Lucrecia estaba demacrada pero parecía compuesta y dueña de sí misma recibiendo el saludo de la concurrencia.

Un hombre joven se aproximó a saludarla y ambos se apartaron para intercambiar unas palabras privadamente. Al cabo de esta conversación fue evidente que algo había ocurrido en su interior, pues a partir de ese momento Lucrecia ya no pudo contenerse. Se acercó temblorosamente a la urna con sus ojos bañados de lágrimas y la mirada perdida en el infinito, mientras su mano acariciaba la tapa de mármol con emoción.

Un sacerdote de la amistad de la familia hizo un resumen de lo poco positivo que verdaderamente se podía decir de Lázaro aderezado con la sal y pimienta de la fantasía, repartiendo sus miradas entre Lucrecia que lloraba a lágrima viva y Marisa y sus hijas que estaban conmovidas por el homenaje póstumo a Lázaro.

Marisa estaba perpleja y no podía dejar de mirar a Lucrecia cuyas lágrimas inundaban sus ojos y bañaban sus mejillas como cataratas.

-O Lucrecia es una actriz dramática de primera agua o todos estamos equivocados- pensó Marisa, hasta entonces convencida que Lucrecia se había casado con Lázaro por su dinero y que entre ellos no había nada parecido al amor.

En el pequeño círculo de la familia y amigos íntimos de Lázaro el funeral abrió un interrogante.

Marisa había quedado azorada ante la tristeza que reflejaban las lágrimas de Lucrecia que le parecieron espontáneas y genuinas. Miller que no se asombraba de nada se quedó pensativo con su mirada fija en la urna.

A los pocos días a su vez, Marisa solicitó una cita con Miller a quien tuvo oportunidad de conocer mientras duró su matrimonio con Lázaro.

-¿Señor Miller, tiene conocimiento de otro testamento que Lázaro haya hecho después del que usted preparó hace tres años?

-Ya no es un secreto profesional, desde que Lázaro ha muerto y quedo liberado. Sí, a su pedido preparé un nuevo testamento nombrando heredera a Lucrecia, y reduciendo su parte y la de sus hijas al mínimo impuesto por la ley.

Marisa lo miraba sin sorpresa y le preguntó -¿Tiene la copia del documento?

-No señora, el original y las copias se las llevó Lázaro a Italia en su último viaje pero le confieso que si la tuviera no se la podría mostrar sin la autorización de Lucrecia. Agüero no estaba satisfecho con algunas de las cláusulas y quiso modificarlas durante su estadía en Italia. Le aconsejé la firma del abogado Gambino con quien hemos tenido clientes comunes. Marisa hizo entonces una pregunta que Miller anticipaba como un *déjà vue* -¿Supongo que si el nuevo testamento no se encontrara el anterior continuaría en vigencia?

-Desde luego- respondió Miller con una sonrisa forzada.

Marisa le pidió el número de Gambino, saludó y salió como una exhalación con expresión de incertidumbre.

Al llegar a su casa sin pérdida tiempo llamó al abogado Gambino.

-Le habla Marisa Laverne desde Los Ángeles. Deseo saber si Lázaro Agüero, mi ex-marido que acaba de fallecer en un accidente hizo alguna disposición testamentaria en su oficina en su reciente viaje a Roma.

También para Gambino, esta pregunta fue un *déjà vue*.

-Sí por cierto señora Laverne. Agüero se llevó el original y todas las copias.

-¿Me podría decir si fuera posible, cuáles fueron los cambios que introdujo Lázaro en el testamento?

-No recuerdo los detalles pero estoy casi seguro que se trataba de una reducción del legado que recibiría usted y sus hijas en favor de su nueva esposa. No le puedo dar más información porque no tenemos copia en nuestro archivo y si la tuviera no se la podría facilitar a menos de contar con la autorización de la señora de

Agüero. El señor Agüero me dijo que pondría todo en manos de Miller a su llegada a Los Ángeles.

Marisa dió un hondo suspiro y le agradeció la información. Luego de hablar con Gambino, todavía con el auricular del teléfono en su mano quedó inmóvil durante unos minutos. Marisa parecía paralizada por un pensamiento. No podía alejar de su cabeza la visión del desconsolado llanto de Lucrecia durante el funeral de Lázaro cuyas lágrimas sorpresivamente no le parecieron de cocodrilo.

XV -LUCRECIA RECORRE LA RUTA DE LA MUERTE.

Después del funeral Lucrecia tomó el primer avión que pudo conseguir para Milán. En su viaje -a su pedido- la acompañó Eduardo Ramírez, un viejo amigo al que viera en el servicio fúnebre. En Milán tomaron un automóvil y se dirigieron hacia el norte por la ruta seguida por el autómovil que Lázaro había alquilado en Roma. Decidieron ir primero al depósito de la policía caminera de Varese para examinar los despojos del accidente que tal vez les permitiera encontrar algún indicio para encontrar el testamento perdido.

En la oficina de la policía caminera los atendieron cortésmente y les permitieron entrar al depósito sin ningún problema. Un galpón enorme estaba dedicado a guardar los restos de los accidentes ocurridos recientemente en la ruta, cada uno de los cuales ocupaba una superficie de unos dos o tres metros cuadrados. Los enviaron a un lote que contenía los restos del automóvil del que sólo quedaba un esqueleto de hierros retorcidos.

Todo lo que el fuego había podido consumir había desaparecido. Encontraron dos valijas metálicas abolladas y abiertas, ambas llenas de un polvillo carbonizado. Revisaron minuciosamente los restos recogidos en el lugar del accidente y encontraron lo que había quedado de un motor irreconocible, pilas de tuercas achicharradas, fragmentos de papeles calcinados y una montaña de vidrios rotos que habían sido botellas de vino, pero no encontraron nada que pudiera haber sido un portafolios en el cual de acuerdo a Gambino se encontraría el documento buscado. Lucrecia preguntó por las joyas y le dijeron que estaban en una caja de seguridad a su disposición.

-Muchas gracias, las buscaré a mi regreso- dijo Lucrecia bastante decepcionada y volvieron nuevamente a la ruta en dirección a Lucerna. Al poco rato llegaron al sitio, donde de acuerdo a las indicaciones que les dieran en la policía caminera habría ocurrido el accidente.

Dejaron el automóvil estacionado en un mirador cercano donde una joven pareja muy acaramelada se había detenido a gozar del panorama y caminaron al borde de la ruta hasta un sitio en que la cerca de protección había sido recientemente reparada.

En el barranco vieron troncos de árboles tronchados y quemados por el fuego. El lugar coincidía con las indicaciones de la policía de modo que decidieron que ése era probablemente el lugar del suceso. Por allí bajaron cuidadosamente hasta el lugar en que el daño había sido mayor.

Al acercarse al sitio del accidente ambos quedaron desanimados por las condiciones del terreno. La nieve derretida y las lluvias de primavera habían ablandado la tierra convirtiendo el barranco en un lodazal. Los dos tiritaban de frío y tenían un aspecto desastroso con sus ropas embarradas, recorriendo los alrededores palmo a palmo buscando el vellocino de oro.

Así transcurrieron más de dos horas de búsqueda infructuosa en el barrial, cuando Lucrecia trastabilló y se enterró casi hasta la rodilla en el fango. Al tratar de asirse a algo que la sostuviera para no desbarrancarse, sus dedos se cerraron como un garfio sobre un objeto que no reconoció por su forma. Con gran esfuerzo recuperó el equilibrio y esgrimiendo su trofeo en la mano lo agitó para que Eduardo lo viera. Lucrecia miró a Eduardo gritando alborozadamente:-Me parece que encontré lo que buscamos-mostrándole desde lejos un objeto cubierto de barro que podía ser el portafolios buscado.

Subieron penosamente la pendiente del barranco y al llegar al borde del camino examinaron el precioso objeto que habían encontrado. Se trataba en efecto de los restos del portafolios de cuero que fuera de Lázaro. Lucrecia intentó abrirlo pero el cierre relámpago arruinado por el fuego no cedía fácilmente.

−¡Maldición!- exclamó frustrada Lucrecia y antes de decir algo más, inesperadamente una voz grave y firme resonó a sus espaldas.

-¡Quedan detenidos!

XVI -UN HÁBIL INTERROGATORIO

El señor de la voz tonante se presentó como el inspector Travaglini del cuerpo de investigaciones de la policía de Milán y la mujer a quien habían tomado por su almibarada pareja era su ayudante. Obviamente los habían estado esperando.

Las circunstancias precarias en que se encontraban Lucrecia y Eduardo, embarrados y ateridos de frío y lo inesperado de la situación dieron al suceso un tono dramático y amenazador. Una llamada telefónica del Inspector trajo al lugar con presteza un coche patrullero en el cual Lucrecia y Eduardo entraron a regañadientes.

Cuando llegaron a la seccional de policía de investigaciones en Milán, el Inspector Travaglini los invitó a sentarse y colocó el portafolios calcinado sobre la mesa.

-¡Exijo que se nos diga de qué se nos acusa! -declamó desafiante Lucrecia.

-No se los acusa de nada por el momento, respondió con sobria cortesía el Inspector.

-Simplemente estamos detrás de una pista y la ley nos permite demorarlos en averiguación hasta que la situación se aclare, de modo que les pido cooperen con la investigación. Sólo queremos hacerles unas preguntas y por supuesto tienen derecho a no contestarlas.

-Tenemos derecho a exigir la presencia de nuestro abogado antes de contestar- declamó Lucrecia.

-Desde luego señora- respondió Travaglini con su mejor cara de piedra, mientras examinaba los pasaportes.

-Podrían contratar los servicios de un abogado en Milán o traer su abogado de Los Ángeles, pero hasta entonces tenemos autorización del juez para demorarlos en averiguación.

-Bajo protesta para abreviar, ¿qué es lo que desean saber?- explotó Lucrecia.

-¿Qué es lo que busca en ese portafolios quemado?- preguntó el inspector.

-Éste es el portafolios en el cual mi marido llevaba sus cartas y documentos personales y me propuse recuperarlos. ¿Hay algo de malo en eso?

-Es natural señora no tiene nada de particular, ábralo por favor- instó el inspector.

Con manos temblorosas, luego de forcejear bastante Lucrecia abrió el cierre metálico arruinado por el fuego. El portafolios contenía una masa informe de papeles chamuscados que se desparramó sobre la mesa ante sus ojos incrédulos. El documento se había arruinado y era obviamente indescifrable.

-Ya ve señora lo que contiene el portafolios. Ahora, dígame la verdad, ¿qué esperaba encontrar?

A todo ésto Eduardo, pálido como un papel parecía hipnotizado.

-Ya le dije lo que pensaba encontrar y siento que los documentos estén achicharrados -respondió Lucrecia.

-¿No es suficiente tortura haber perdido a mi marido en un accidente? ¿Porqué tengo que dar explicaciones por intentar recobrar sus documentos íntimos?

-Por supuesto señora le pido disculpas, no es nuestra intención torturarla, pero hay detalles en este caso que no entendemos y quisieramos aclarar.

-El expediente había sido cerrado por el juez, pero lo reabrió a nuestro pedido porque al juntar los restos del choque para ponerlos en el depósito encontramos un anillo que nos pareció inexplicable por los hechos conocidos- dijo Travaglini.

-No tiene sentido que nos detengan y nos hagan pasar este mal rato por un estúpido anillo.

-No quiero hacerle pasar un mal rato, pero este "estúpido anillo" parece guardar un secreto que no podemos descifrar, respondió el Inspector.

Travaglini hizo una pausa y sacando del bolsillo un anillo chamuscado lo depositó en la mesa delante de Lucrecia, y les espetó. -¿Lo reconocen?

-¡No!, respondieron al unísono. -No lo he visto nunca- respondió Lucrecia sin vacilar.

-¿Tal vez pueda leer las iniciales grabadas en el anillo?- preguntó el inspector.

-Lucrecia miró el anillo largo rato y si bien interiormente temblaba su actitud no revelaba emoción y contestó con voz firme -Creo leer una M y una P- dijo por fin.

-Ésto es precisamente lo que no entendemos. Las iniciales de su marido eran LA, ¿no es verdad?

-Sí- admitió Lucrecia.

-Tal vez le interesará saber que ese anillo se encontró dentro de los restos del automóvil.

-Lázaro no usaba anillo, ni siquiera el de casamiento porque le molestaba. ¿Qué tiene de particular un anillo como éste encontrado entre las joyas que traía Lázaro en el equipaje?- preguntó Lucrecia.

-Ésto no tendría nada de particular si fuese así, pero las joyas estaban dentro de una de las valijas y este anillo no- dijo el inspector.

-¿Quiere decir que le encontraron el anillo en sus dedos?- preguntó Lucrecia.

-No precisamente- contestó Travaglini- los restos que encontramos ya no tenían dedos. El anillo se halló entre las cenizas que le enviamos a Los Angeles.

-Yo no sé lo que quiere decir con eso, podría haber tenido un anillo y quién sabe cuantas otras cosas en sus bolsillos por razones que no puedo imaginar- dijo Lucrecia, satisfecha con su explicación.

Sin cambiar el tono de su voz, el inspector prosiguió. -Le diré algunas cosas que tal vez le ayuden a recordar. En el vuelo en que su marido llegó a Roma desde Chicago, viajó también un tal Mariano Peña. ¿Reconoce el nombre?

-No recuerdo a nadie con ese nombre- musitó Lucrecia.

-En el mismo vuelo también viajó el señor Eduardo Ramírez, que de acuerdo a su pasaporte es el nombre de su acompañante- agregó imperturbable el inspector. ¿A él lo reconoce?

Lucrecia con una expresión de chiquilla asustada rara en ella, miró hacia el rincón donde estaba sentado Eduardo, quien escuchaba demudado el hábil interrogatorio del Inspector y contestó con voz apagada bajando la cabeza. -Sí, ahora recuerdo,.... pura coincidencia.

-Después de encontrar el anillo y de revisar la lista de pasajeros que viajaron en el vuelo en que llegó Agüero a Roma, nos pusimos en comunicación con el agente de viajes que expidió los pasajes de Peña y Ramirez, quien nos informó que habían sido abonados con una carta de crédito a su nombre -martilló el inspector con persistencia. -¿Recuerda?

-Sí, sí recuerdo, sollozó Lucrecia.

-Entonces, ayúdeme señora Agüero. ¿Qué significa el anillo de Mariano Peña entre las cenizas del conductor del automóvil alquilado por su marido?

Después de un largo silencio, Lucrecia contestó con voz apenas audible. -Es posible que el que murió en el accidente no haya sido mi marido,... sino Mariano Peña.

-En realidad le confieso que sé lo que usted buscaba en el portafolios destruido, pero hay otra cosa que realmente me interesa saber. Si como sugiere el anillo con sus iniciales, las cenizas que le enviamos a Los Angeles eran los restos de Mariano Peña ¿qué le sucedió al señor Agüero?- inquirió el inspector.

-No lo sé, se lo juro- respondió temblorosamente Lucrecia. Travaglini por primera vez se volvió hacia Eduardo y le preguntó a boca de jarro.

-¿Dónde está Lázaro Agüero?

XVII -MATAMBRE A LA TOSCANA

-Agüero manejaba su automóvil a gran velocidad como si conociera la ruta de memoria. Nos costaba seguirle el tren con el Fiat que Mariano había robado en Roma. No quisimos alquilar un auto para no ligar nuestros nombres con el vehículo.

-Lo seguimos hasta su villa de Portofino donde permaneció unos días mientras nosotros hacíamos guardia en las cercanías. La espera fue penosa porque nos vimos obligados a mover el auto frecuentemente para no despertar sospechas.

-Pensábamos que iría hacia el norte porque sabíamos que su destino era Berna, pero sorpresivamente se dirigió hacia el sur en dirección a Toscana. Lo seguimos hasta Pisa y allí viró hacia el sudeste hasta llegar a Siena y sin detenerse tomó una angosta ruta hacia el sur.

-Nos pareció que por alguna razón que desconocíamos volvería a Roma lo que haría fracasar nuestros planes. Sin embargo a unos treinta kilometros al sur de Siena desvió su camino y se internó en un camino estrecho rodeado de viñas plantadas en un terreno ondulado hasta llegar a una colina en la que hay un pequeño pueblo llamado Montalcino. Allí almorzó, compró varias cajas de vino y a media tarde volvió por la misma ruta hacia el norte.

-Nuevamente pasó por Siena y se internó en el corazón de Toscana. Inesperadamente se detuvo y bajó de su automóvil en lo alto de una colina plantada con viñas, seguramente para contemplar el panorama espectacular a pesar de que estaba oscureciendo y el día era nublado.

-Ésta era la ocasión que estábamos esperando y estacionamos nuestro Fiat delante de su Mercedes. Nos bajamos tal vez con el mismo objeto, habrá pensado Agüero y nos dijo,

-¡Qué paisaje extraordinario, parece encantado! ¿no es cierto?

-Hablamos de trivialidades y nos ubicamos a su lado, y cuando se distrajo conversando conmigo, Mariano lo dejó tendido inconsciente de un cachiporrazo.

-Procedimos a sacarle la ropa que a Mariano le quedó muy bien. Lo atamos con alambre en posición fetal y Mariano le cortó la punta de los dedos con una tijera de cortar alambre para que sus restos no pudieran identificarse. Cuando lo pusimos en el baúl del Fiat Agüero parecía un matambre[21] y Mariano le dio dos tremendos cachiporrazos de despedida, uno en cada lado de la cabeza.

-Para que no sufra, dijo Mariano y cerró el baúl.

Regamos nuestro Fiat con gasolina y pusimos una larga mecha para que nos permitiera desaparecer de la escena antes que el auto incendiado explotara. Yo volví a Roma en una motoneta que habíamos traído en el auto mientras que Mariano siguió con el coche de Lázaro rumbo a Suiza donde debía terminar su misión y volver a Los Ángeles. Cuando pasamos por la punta de la mecha Mariano la encendió y salimos a toda marcha para alejarnos de la zona.

La confesión había dejado a Eduardo extenuado. Mientras tanto Lucrecia lo había escuchado con los ojos cerrados.

-Bien,- dijo Travaglini -todavía no sabemos que le sucedió a Agüero. ¿Vieron explotar el Fiat en el que estaba Lázaro? ¿En qué lugar ocurrió lo que nos ha contado?

Eduardo levantó los hombros e hizo una mueca de interpretación difícil.

-No tengo la menor idea- contestó. No presenciamos la explosión y no creo que la hubiéramos podido escuchar dado el largo de la mecha y la velocidad de nuestra fuga. Solo sé que era un viñedo al norte de Siena, varios kilómetros al sur de Florencia, en algún lugar de Toscana.

---

21 Matambre. Arrollado de carne y verdura muy popular en Argentina.

XVIII -UNA VISITA AL PSIQUIÁTRICO

Cuando después de la confesión de Eduardo la policía de Milán circuló los datos del hombre buscado, perdido, abandonado o muerto en algún lugar de Toscana, obviamente el matambre de Gaiole, donde Giuseppe tenía su viñedo resultó un candidato perfecto.

Sin mayor espera el inspector Travaglini se presentó en el sanatorio de alienados con Lucrecia, Eduardo y su ayudante para examinar al presunto Lázaro Agüero.

Cuando llegaron a su cuarto Lázaro estaba sentado en un sillón ancho, sujeto con un chaleco de fuerza, amarrado al respaldo por cinturones de cuero. Su cara algo consumida, sus ojos sin expresión y su pelo endurecido, engrasado y revuelto le daban un aspecto tétrico que hizo estremecer a Lucrecia.

Travaglini miraba la escena con curiosidad casi científica y se colocó en un rincón de la habitación para observar los pormenores del encuentro.

Lucrecia se acercó lentamente a Lázaro y sin tocarlo, se detuvo muy cerca de él. Su rostro no denotaba emoción. Temía sin embargo que la reconociese y no sabía lo que podría esperar de su marido en esas condiciones. Deseaba íntimamente que ya que no se había muerto por lo menos que estuviese bien loco.

Travaglini notó un cambio en su ritmo respiratorio cuando al cabo de unos minutos de silencio se hizo obvio que el enfermo no daba señal alguna de reconocer a Lucrecia ni a Eduardo. Lucrecia tomó valor y acercó aún más su cara a la de Lázaro mirándolo fijamente a los ojos mientras Lázaro, ignorando su cercanía contemplaba un paisaje imaginario a su través como si ella fuera transparente. Lucrecia se apartó tan lentamente como se había acercado, con temor de romper el sortilegio.

Eduardo por su parte parecía petrificado y no pasó del marco de la puerta. Travaglini se dió cuenta que el encuentro de la pareja con el loco ya no daba para más y salió de la habitación seguido por Lucrecia y Eduardo que se sintieron muy aliviados de que la entrevista terminara.

El Inspector ordenó a ambos detenidos que permanecieran en distintas habitaciones para interrogarlos a solas y estuvo largo rato conversando con el médico de guardia acerca del estado mental de Lázaro.

XIX -LOS MUERTOS NO HABLAN

Lucrecia pensó por un instante negar todo conocimiento del enfermo para desligarse del suceso, pero pronto comprendió que estaba en manos del inspector Travaglini, a quien sería fácil comprobar la identidad de Lázaro. Después de una breve entrevista con el inspector ambos admitieron que se trataba efectivamente de Lázaro Agüero. Recién entonces el inspector Travaglini quedó satisfecho y el caso pudo cerrarse.

El proceso reveló que Lucrecia y Mariano habían vivido juntos en Chicago durante cinco años, antes que Lucrecia se trasladara a Los Ángeles. Desde luego nadie era responsable de la muerte de Mariano sino él mismo.

La defensa acentuó la culpabilidad de Mariano como perpetrador principal del intento de asesinato y del daño corporal inflijido a Lázaro. La defensa de Eduardo se concentró en que Mariano lo había contratado para hacer un"trabajo" en Italia y que si bien él lo acompañó, no tomó parte activa en el robo del coche en Roma ni en el daño corporal que recibió Lázaro.

Los muertos no hablan es una verdad de perogrullo que la defensa usó abundantemente en beneficio de sus clientes. A Eduardo se lo condenó a quince años de prisión por ser el cómplice principal de Mariano. Por supuesto, el argumento de que el "trabajo"había sido obra exclusiva de Mariano no pudo convencer al jurado.

Lucrecia fue procesada como presunta conspiradora y principal responsable del complot para asesinar a su marido. ¿De qué se la podía acusar? Si bien ahora Marisa comprendía el porqué de las lágrimas de Lucrecia en el funeral de Lázaro, eso no contaba como argumento legal. Se probó que había pagado con su tarjeta de crédito los pasajes de sus amigos para que "se divirtieran en Italia", pero no había prueba legal de que los hubiera contratado para asesinar a Lázaro.

El giro imprevisto de la situación era que Lucrecia, acusada de conspirar para asesinar a su marido, todavía estaba legalmente casada con él y Lázaro no sólo había resucitado sino que tenía amnesia total y era mentalmente incompetente. El fallo dictaminó que la demostrada participación de Lucrecia en el atentado contra su esposo la descalificaba como heredera de sus bienes y era culpable de planear el atentado.

Eduardo negó tener conocimiento de la participación de su amiga en la maquinación del "trabajo" que los llevó a Italia y se mostró sorprendido por la evidencia que demostró que Lucrecia había pagado su pasaje. Por supuesto Mariano se había ocupado de los detalles del viaje que él ignoraba. Además Lucrecia se había empeñado en recuperar el testamento que la favorecía

¿No era ésto natural?

Un buen abogado recomendado por Miller y paradójicamente pagado con la fortuna de Lázaro consiguió para Lucrecia una sentencia relativamente leve que le pemitió quedar en libertad condicional después de unos pocos años de cárcel. Miller invocó la ética profesional como razón para no tomar la defensa de Lucrecia pero aceptó el papel de administrador de los bienes de Lázaro a pedido del juez.

A pesar de todo lo pasado Marisa acompañaba de cuando en cuando a alguna de sus hijas a visitar a su padre.

La única otra visita que recibía Lázaro periódicamente era la protocolar de Miller, quien cumplía fielmente su papel de administrador de sus bienes y las instrucciones de la justicia que lo obligaba a controlar la calidad del cuidado que recibía en el manicomio.

Cuando Lucrecia fue puesta en libertad recibió un paquete muy pesado con una breve nota.

-Te envío las cenizas que te hicieron llorar tanto. No te guardo rencor.

Marisa.

A Miller, actor y espectador durante todo el proceso desde la primera hora no le fue fácil precisar quién había recibido el castigo más severo.

XX -EL JUICIO FINAL

Por fin me quedé solo con los grillos. Cuando se iban por un par de horas después de la inyección que me aturdía ansiaba su retorno. Así pasaron no sé cuantas de mis últimas lunas. Los grillos me abandonaban momentáneamente pero al cabo, después de un tiempo volvían.....y por fin se fueron para siempre y me dejaron solo. Los objetos a mi alrededor se fueron desvaneciendo paulatinamente envueltos en una neblina que se hacía progresivamente más espesa.

-Cuando mi separación del resto del mundo era total me di cuenta que tal vez estaba muerto cuando escuché una voz de soprano, firme y serena que una vez más como mis visitantes lo habían hecho en el psiquiátrico me llamó Lázaro.

Aunque yo había olvidado todas mis experiencias pasadas pude reconocer sin lugar a dudas que se trataba de una voz de mujer.

-Lázaro, tu pasaje por el mundo ha concluido y debes enfrentar el juicio final. He revisado tu foja terrenal y es obvio que te has hecho mucho daño a ti mismo y has sido el artífice de tu propio destino. Sin embargo veo también que no has pagado por tu pecado capital.

-Sí, es cierto que intenté escaparme del asilo y que gozé al caminar libremente por la calle a pesar que la libertad no duró mucho tiempo. Confieso que no estoy arrepentido.

-No Lázaro, ese pecadillo no tiene gran importancia, pero hay algo gordo en tu foja de lo que ni te acuerdas, pero que tengo bien registrado. Tu pecado capital es el egoísmo y tu arrogancia machista, tu menosprecio por las mujeres a las que has tratado durante tu vida terrena como meros objetos. Tu paso por la vida creyendo que eres el centro del universo y que todas las mujeres giran a tu alrededor sólo para darte placer es tu pecado capital.

-El sermón me tomó desprevenido pues aunque imaginaba que algo así me tocaría enfrentar en mi última hora, esperaba escuchar una voz masculina de barítono y por cierto nunca hubiera pensado que Dios fuese una mujer.

De acuerdo al veredicto divino y a mis vagos recuerdos de mi vida reciente en el asilo y sobretodo por lo que pude vislumbrar de mi vida anterior a través del anillo de humo, era claro que el hombre había edificado el mundo a su alrededor para su exclusivo servicio y que la mujer había sido abusada y relegada por siglos y siglos a un segundo plano.

Me alarmó un tanto la revelación del sexo de Dios, pero pensê que mi sexo masculino no debiera ser un factor negativo para quebrar la equanimidad divina.

Adivinando mis pensamientos como sólo podría hacerlo Dios continuó la voz:-En reconocimiento de tus sufrimientos terrenos y como atenuante, te concedo una disminución de la pena que puedes considerer como un premio divino que podrás disfrutar durante la vida eterna.

-Con rapidez vertiginosa pensé en lo que podría significar la vida eterna de la que hablaba la voz divina. En mi defensa contesté que no recordaba otros pecados y que más aún no tenía la menor idea de mi egoísmo pasado y de mi actitud negativa hacia la mujer.

-La voz divina me retrucó diciendo que el olvido no es un justificativo válido y que yo había pecado estando en mi sano juicio y que entonces sólo pensaba en mi placer personal sin pensar en las consecuencias de mis actos para otros seres humanos que tenian sentimientos genuinos hacia mí.

-Por fin aduje que yo no era el primer macho *chovinista* que se creía el centro del universo y que había menospreciado y abusado a la mujer a lo que la voz divina replicó:

-Lo que dices es verdad pero debes saber que todos los culpables han sido castigados y te aseguro que a cada cerdo le llega su San Martín y hoy ha llegado tu turno y eres responsable aunque no te acuerdes.

-Tendrás entera libertad para recorrer el espacio celestial en el cual el horizonte es un gran espejo móvil que te acompañará por donde vayas, sin que encuentres a tu alrededor a nadie que perturbe la contemplación de tu propia imagen.

-La pena por tu egoismo terrenal es que podrás contemplarte a ti mismo tal cual eras pero a nada ni a nadie más por la eternidad.

El veredicto divino me pareció injusto y la condena desmesurada por un crimen del que no tenía recuerdo.

-Sin embargo, en ese momento crítico volvió a mi mente la pesadilla recurrente de los seres sin cara, tal vez mujeres que danzaban frenéticament a mi alrededor para hundirse aterrorizadas en las sombras de la noche y entonces comprendí.

-La palabra de Dios no tenía apelación y su eco persistió por unos instantes hasta perderse en la noche eterna, Lázaro, Lázaro, Lázaro, Lázaro... y después solo el silencio y yo.

Del Autor

Félix Fernández Madrid es argentino, nacido en Chivilcoy, Provincia de Buenos Aires, radicado en Estados Unidos de América desde 1960. Fernández Madrid se recibió de médico en la Universidad de Buenos Aires donde fue practicante del Hospital de Clínicas.

En la Universidad de Miami, Florida, cursó estudios superiores en biología molecular y ha dedicado su actividad profesional a la enseñanza de la medicina interna y reumatología y a la investigación de la relación entre la autoinmunidad y la biología del cáncer en la Universidad de Wayne State, Detroit, Michigan donde es profesor de medicina.

Fernández Madrid ha publicado numerosos trabajos científicos y varios libros entre otros una colección de cuentos cortos, *Cuentos Grises y Rosados* y *Calidoscopio*, una colección de poesías en castellano y *Treating Arthritis, Medicine, Myth and Magic* and *Che Guevara and the Incurable Disease* en Inglés.

Otros Libros del Autor

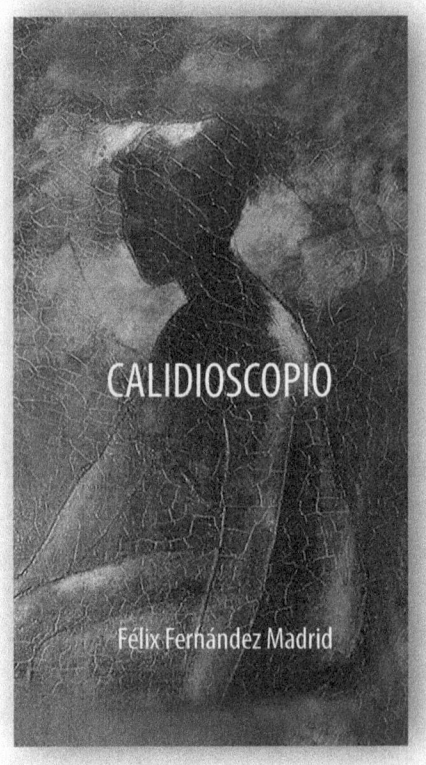

CALIDOSCOPIO. Ebook Bakery, 2018 es una colección de poesías y pinturas alegóricas con significado simbólico. Calidoscopio es un himno al arte de la poesía y a la poesía del arte, un canto a la vida y a la muerte que revela con fidelidad la intimidad de la naturaleza humana.

Se trata de una óptica con continuos giros de temática que permite apreciar el espectro que se extiende desde la belleza sublime hasta la última miseria humana, cual exótico bazar del Medio Este que visitamos para gozar de formas, colores, perfumes y sonidos comunes y a la vez extraños. Sylvia Pellizari.

Che Guevara and the Incurable Disease, Dorrance Publishing Co. Pittsburg, 1997. Félix y Che Guevara jugaron al rugby en el mismo equipo de reserva del San Isidro Club del cual Félix era capitán y años después fueron compañeros de estudios en la Facultad de Medicina de Buenos Aires, Argentina donde ambos se graduaron de médicos.

Fernández Madrid ofrece una visión de la gesta de Che basada en la especulación y en los hechos históricos e introduce el concepto de la enfermedad incurable como responsable en gran medida de la opresión y la miseria que aflijen al mundo de nuestros días. En su opinion la enfermedad incurable es el miedo, la paranoia y la pérdida de mobilidad experimentadas por una sociedad esencialmente motivada por el dinero y ciega ante la miseria y la opresión económica de un enorme segmento de la población del globo.

Treating Arthritis, Medicine, Myth and Magic. Plenum Press, New York 1989. Si usted es una de más de 40 millones de personas en busca de alivio de la artritis estará fascinado por la información proporcionada por el Dr. Fernández Madrid, un destacado experto en reumatología en *Treating Arthritis. Medicine, Myth and Magic.*

En este estudio exhaustivo de los tratamientos primitivos, míticos y contemporáneos inusuales o heréticos es evidente que muchas de estas "curas de la artritis" buscadas por el público eran ya practicadas hace siglos.

Único en su enfoque, *Treating Arthritis Medicine, Myth and Magic* despertará interés vital en los artríticos que buscan en los tratamientos de la antiguedad y en lo que ofrece la medicina moderna la ansiada "cura" de la artritis. Traducido de la Introducción de Daniel J McCarty, Jr.,M.D Profesor de Medicina de la Universidad de Chicago Ill, USA.

Félix Fernández-Madrid, *Cuentos Grises y Rosados*.
Ediciones La Lámpara Errante. Buenos Aires 1999
Colección de cuentos cortos.Edición agotada. Algunos
de estos cuentos se han reproducido en El Anillo
Mágico y otros cuentos

www.ingramcontent.com/pod-product-compliance
Lightning Source LLC
Chambersburg PA
CBHW060521180626
46817CB00002B/442